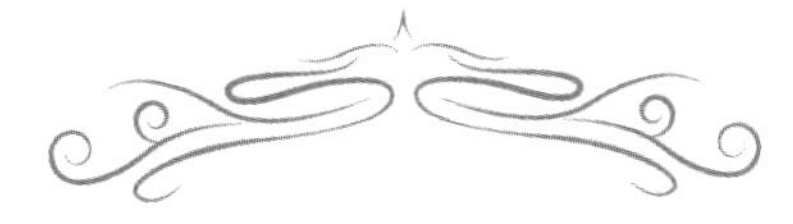

“枞阳文学精品丛书”组委会名单

顾　　问	杨如松	县委书记
	占聆娜	县人大常委会主任
	何正清	县政协主席
主　　任	杨秀颀	县委副书记、县政府县长
副 主 任	杨贤招	县委副书记
	黄　楚	县委常委、宣传部部长
	左敬东	县委常委、常务副县长
	周晓娟	县人大常委会副主任
	吴正芳	县政府副县长
	江习明	县政协副主席
成　　员	叶学挺	县委办公室主任
	李友好	县政府党政成员、县政府办公室主任
	张文满	县人大常委会教科文卫工委主任
	钱利勇	县政协文化和文史学习委主任
	黄　勤	县委宣传部副部长
	吴立友	县发改委主任
	朱　晋	县财政局局长
	周剑斌	县教体局局长
	吴文汉	县住建局局长
	刘毛陆	县文旅局局长
	周立宏	县招商服务中心主任
	胡学东	县委史志研究室主任
	章宪法	县文联主席

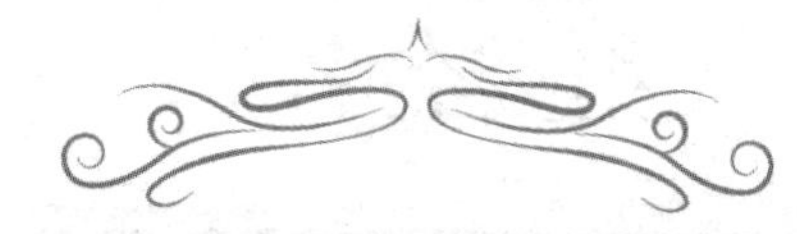

“枞阳文学精品丛书”
编辑部名单

枞阳文学精品丛书（第四辑）

丛书主编◎章宪法

一帘山色白云岩

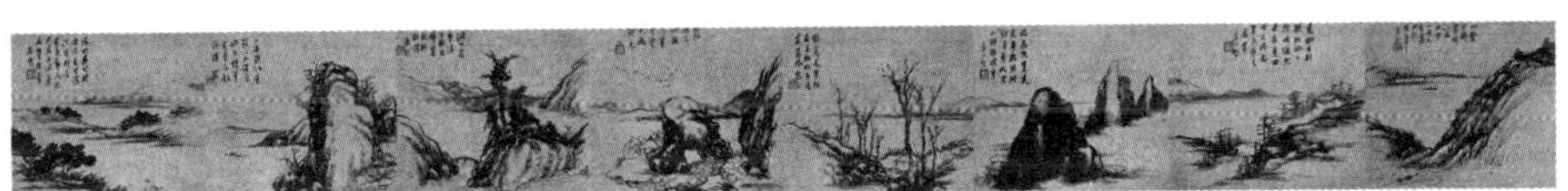

齐永平——著

合肥工业大学出版社

图书在版编目(CIP)数据

一帘山色白云岩/齐永平著．—合肥：合肥工业大学出版社，2021.9
(枫阳文学精品丛书．第四辑)
ISBN 978-7-5650-5405-1

Ⅰ.①一…　Ⅱ.①齐…　Ⅲ.①散文集—中国—当代　Ⅳ.①I267

中国版本图书馆 CIP 数据核字(2021)第 174866 号

一帘山色白云岩

YILIAN SHANSE BAIYUNYAN

齐永平　著　　　　责任编辑　疏利民

出　版	合肥工业大学出版社	版　次	2021 年 9 月第 1 版
地　址	合肥市屯溪路 193 号	印　次	2022 年 4 月第 1 次印刷
邮　编	230009	开　本	710 毫米×1010 毫米　1/16
电　话	理工图书出版中心：0551-62903018	总印张	123.75
	营销与储运管理中心：0551-62903198	总字数	1546 千字
网　址	www.hfutpress.com.cn	印　刷	安徽联众印刷有限公司
E-mail	hfutpress@163.com	发　行	全国新华书店

ISBN 978-7-5650-5405-1　　　　总定价：432.00 元(共 9 册)

如果有影响阅读的印装质量问题，请与出版社营销与储运管理中心联系调换。

序

清风明月故乡来

方朝晖

我的故乡在长江北岸不远处的一个小山村。虽离长江不远，直线距离估计不过 20 公里，但因为过去路不好，在童年的记忆里，我是难得能见到长江的。我可能是直到上大学时，因为要乘轮船沿江而下，才第一次见到了长江。

我家所在的村子，东西两面都是连绵的青山，真是名副其实的“开门见山”。西边的山远些，不属于本村，中间又隔了河涧，总感到遥不可及。东面的山属于本村，我经常去玩，所以感到亲切。特别是村东北的七家山，实际上是连绵几十公里而不绝的群山山脉，又大又高又深，仿佛走不到头，我小时候每年都要随大人到大山深处去砍柴。七家山靠近人烟的地方有座山，叫白云岩，大概是我们村子的地标了，全村人没有不爱它的。正如本书作者所说，有许多关于白云岩的故事，流传在民间。

白云岩最有特色的地方，是它的山腰里有个很大的滴水洞，洞里长年有山泉流出，甘冽无比。生病之人在那里饮一口，仿佛能治好病似的。所以每次上山，我们都要带几个空瓶，装些泉水回家。因为有甘泉滋润，洞周边茂林修竹，阴凉无比。白云岩还有一传奇之处，就是据说岩上林间有一种极少能被看到、但人人确信其存在的鸟，人称“青鸟”。谁能看见青鸟，仿佛就能交上好运，让人羡慕不已，所以大家无一不珍爱这自己从未见过的青鸟。它在当地人心目中是神奇和神秘的，象征着吉祥和好运。

白云岩的另一特殊之处，是山顶有革命烈士吴中亚之墓。每年清明节，全体学生都会在老师的带领下去扫墓。在震耳欲聋的鞭炮声中，在烟雾弥漫的朦胧中，倾听老师大声朗诵致辞，那是多么神圣的感觉啊！扫完墓我们就自由活动了，下山时光也是无比美好的。漫山遍野的映山红，点缀着我童年的梦，我总是少不了摘下一大把带回家插在瓶里。那漫山遍野、无比艳丽的映山红景观，我在离开故乡后的几十年间，从来也没有在他处见过，也许只有在电影《闪闪的红星》里见到过类似的景色。七家山上有两座又尖又高的山峰，两峰并峙，大概是山脉最高点。我们每次经过都只能远远地望着，看山峰两侧白云悠悠，我小时候以为这就是白云岩之所以得名的原因，现在想来未必正确。

我们家坐落到村子最南端，开门是一片无比开阔的田野，西南方向离我家不到一华里地的地方，是一座看起来脱离山脉、凸显出来的并不低矮的山，当地人称“独山”，可能是因形起名吧？印象最深的是山半腰趴着一块硕大无比的碣石，外形像两只老虎，非常可怕。小时候妈妈可能是怕我们乱跑，常说那两只老虎时刻盯着我们呢。一旦我们干了坏事，老虎就可能下山，把我们吃掉。所以我每次只要一看到那老虎石，就心生恐慌。一直到成年以后，每次看到那老虎石，还是有点害怕，可能是童年时的感受太深刻了吧。

我家南面不远处是一条从东往西流淌的山涧，人称“小涧”——相对于村西那条称为“大涧”的河涧而言。在我的印象里，涧与河是不同的，它主要由石块构成。小涧从七家山延伸而来，涧水又清又亮。河床里全是被水冲刷过无数遍的、干干净净的鹅卵石，妇女们每天在涧边洗衣服。涧水并不深，童年、少年时期的我，赤脚在那涧水里泡过无数回。就算是今天，我仿佛还能回味出踩在水底鹅卵石上那爽凉的感觉，还记得大雨过后涧水从巨石上奔泻而下的壮观场面。可惜后来大兴水利工程，两侧修成了高高的堤坝，河床也彻底改造了，再也看不到往日那令人神往的小涧了。

村西北角有两处池塘，分别称为“大泊”和“小泊”。那大泊就在村边上，村民的吃水全靠它。大泊的水很深，水面总是绿的，有村民的孩子因溺水而亡。我虽不会游泳，小时也曾经在那里游过不止一回。记得有一年春节前，村里把大泊水放干，抓上来好多鱼，分给各家各户。大泊水流出来，形成一条窄窄的渠道。在20世纪70年代，那渠道依然是各种鱼儿的藏身之所，有虾、鲢鱼、鲫鱼，还有泥鳅、黄鳝、螃蟹，等等，有的鱼据说只有夏夜才能抓到。如果你到村民家做客，他可能会临时抓些鲜鱼来招待你，不用专门跑市场。数年前回家乡，特地去看了一下大泊，发现它是那么的宁静安详，柳条四周环绕，随风飘荡，周边是千重稻浪、无边良田，真是美不胜收。我想，走遍世界，也未必能找到几个地方比我的家乡更美。我的家乡这么美，我怎么从小没认识到呢！

我离开家乡30多年了。30多年前，因举家迁徙，加上我负笈远行，上学工作均远离故土，所以很少再回到故乡。其间虽偶尔回去过若干次，也是匆匆而过，难以留宿。然而30多年间，故乡的山、故乡的水，让我心驰神往；故乡的人、故乡的事，令我魂牵梦萦。齐永平的《一帘山色白云岩》让我仿佛回到了故乡，进入一个梦幻般的世界。

此书作者以平淡而不失真情的笔墨，抒发了在我的家乡工作、生活多年的种种感受，它唤醒了我沉睡的记忆，激发了我对岁月的感伤。它像一本词典，记录了那里的风土人情，描画了那里的山水人物。当然作者所写并不限于白梅一地，但风格大体相同。作者语言朴素，但细读起来你会发现，他语言功底深厚，用语精心雕琢，可读性很强；更重要的是，作者于平淡中体味生活的真谛，呈现人生的思考。我看这本书，不仅感到非常亲切，让我仿佛回到那遥远的梦一般的世界，而且佩服作者的文采，以及在字里行间闪烁着的种种人生思考。因此，我愿向读者推荐此书。

2020 年 6 月，写于北京

作者简介

方朝晖，安徽枞阳县人，哲学博士，清华大学人文学院历史系教授、博士生导师。

目录

第一辑

云岩花开

第三辑

旧时风物

第四辑

尘世冷暖

第一辑 云岩花开

这星空下的白云岩，这么微小的一粒尘埃，于我，却永远是一粒幽暗黑夜里熠熠生辉的明珠。

时光如水，尘梦尚暖。与这一方小天地的云和水，与这盈盈一握的白云岩，还是相看两不厌，缱绻星空下，愿结三生缘。

白梅漫谈

白梅这个地方，算得上是典型的小丘陵山区，三四百米高的小山此起彼伏，连绵不绝。其中小有名气的就数白云岩了，我曾于枞阳论坛发帖：“白荡之源，浮山共脉，云岩之秀，山泉同幽。昔时青鸟吐音，名士归山，梵钟悠鸣，宋僧面壁，隐约桐城文韵；已而勇士振臂，雕弓击剑，英烈赴难，烽烟弹雨，毕竟东乡雄风。然千载风流已逝，一潭春水犹存，但有十里山场，尽流水曲觞之妙，双峰并望，拥烟霞霁光之姿，岩花入云，展婀娜绰约之容，钓台凌空，遗桃源谦淡之风，其为游山玩水之所，品茶忘忧之处，名曰白云岩，号为小浮山。”此帖配以图片，大受网友欢迎，享受置顶待遇。

白梅山虽多，但沾了枞阳水乡泽国的光，并不缺水，中有一条孙青大涧，贯通南北，源于翼青水库，南抵白荡湖，也可以说是八百里皖江的源流之一。涧水碧绿，终年不断，即便是雨季，涧流汹涌，也少见黄浊，这得归功于封山育林。这一条涧水也养育了这一方人，当地农人将涧水每隔一段就围成塥坝，既可供农田引水，又可浣衣洗菜。平常季节，涧底一片绿茵，杂草丛生，时有水鸟觅食，耕牛休憩，宛然一片湿地风景，而风中飘来洗衣女子的笑语，则增添了一分桃源意境。

说来有缘，我因工作来到白梅，并在此成家，至今乐居乡政府大院已有十几年了。大院里绿树成荫，有飘香的金桂、幽绿的玉兰，还有一排排参天的水杉，显得十分幽静。而夜晚的感觉更是美妙，月明中天，如纱如雾，大涧的水鸣声仿佛一首欢快的小夜曲，催人入梦。第一次宿居白梅，半夜里醒来，听着水声潺潺，恍惚中以为回到了菜子湖畔，夜宿舟船之中。那时乡里还有个小选矿厂，有时晚上开工，隆隆的机器声在半夜里听来仿佛火车跑动的声音，让我疑惑不解，白天向人打听哪有铁轨而闹出笑话，许久以后我才适应这种状况。山中夜晚特别岑寂，有时中夜醒来，轻轻推门，窗前水杉高大肃穆，那一株广玉兰肥硕的叶子闪烁着银月的光辉；那银月有时圆，有时缺，都恬静地挂在屋顶上；涧水歌声未歇，夜色如斯空灵，沐浴其中的我不由得想起了人生、宇宙之类玄奥的题材，悲伤、欢喜等情绪萦绕心中，直到寒意浸入肌肤方才回屋。

除了打牌、下棋和看电视外，山中娱乐项目不多，不远处的白云岩值得一游。山上有白云岩寺，实为一天然石洞，长 13 丈，宽 5 丈，高 10 余丈，石屏方整，可容千人。北宋治平元年（1064），高僧义青禅师住持白云岩，传承浮山一脉的佛法。后白云大师与徒法演曾在东岩修行说法。法演人称“五祖法演”，一时佛法兴隆，东西二岩并称，白云岩遂成为佛教道场。20 世纪 80 年代，白云岩寺被认定为县重点文物保护单位。20 世纪 90 年代末，有九华僧人释果良重建白云岩寺，后又有尼僧释果存重修东阳洞，山上香火复兴。逢初一、十五，善男信女子夜敬香，烟花连鸣，钟声悠响；至于白天，法事更兴。而游白云岩以三四月间为好，其时满山新绿，山花烂漫。攀岩登顶，极目四望，山势绵绵，茫茫皆绿，红男绿女，悠游其间；云已出岫，松风浩荡，间或鸟鸣，莫测其妙；水碧天蓝，村庄罗列，农夫荷锄，无异桃源。一时尘世纷争已远，胸中块垒渐消，颇有天高地远，啸傲山林之感。再徜徉白云岩寺，烧一炷清香，听老僧指点龙纹虎迹，尝尝甘洌的泉水，近到县城里的客人，远到京城的游子，皆觉不虚此行了。

不过最为外人所乐道的是山里清新的空气，清晨或傍晚散步时，鼻间总有一缕淡淡的香气，吸一口，沁人心脾。但白梅的清晨是何等的幽静，最适合我这类懒人小睡养生觉，散步只有选择傍晚了。于我而言，散步最好的时间莫过于秋天的傍晚，听着潺潺的水声，还有秋虫幽幽地弹唱，沿着公路，三五个人，谈论着生活中的琐事，呼吸着山野间青草味的鲜活空气，目光随便转转，秋天的田野更是色彩斑斓，十分养眼，而天边的微云已轻轻流过白云岩了。

观　云

与尘世相比，每一朵云都是洁净而优雅的。

在白梅，一个人发闷的时候，免不了看看天空，看看白云苍狗，顺便溜几眼白云岩。

有时阴天，天将雨未雨。灰云从南向北，浩浩荡荡，像浪潮一样涌来。在远方，还有点灰白色，一到近前，就成了铅灰色。那些白色，其实是云团的一个又一个凹点。灰色的云漫过小山顶，擦着树梢，飘向白云岩。灰云分成两层，底下总是几朵或几缕，就像羊群边的牧羊犬，飞速地跑向远方；上面是厚重的云海，不紧不慢，气势磅礴地涌向白云岩，涌向远方。忽然，有几只白色的鸟从小山顶钻出，飘飘荡荡，转眼消失在视野外。

有时，一堆云铺天盖地地来了；有时，只有一两片云静静地躺在那里。它们和我们一样，也有情绪。那个时分，碧空如洗，秋天时还有一种让人心醉的湛蓝，偏有一两朵洁白的云彩孤零零地飘游在天地间，让沉静的天空变得灵动。

五月阴雨的时候，小雨淅淅沥沥。灰云像一道幕布遮蔽了天空，幕布质地厚重，天空显得低沉。“雨来细细复疏疏，纵不能多不肯无。似妒诗人山入眼，千峰故隔一帘珠。”但不经意间看看白云岩，一片细白的云，像轻纱织成的飘带，围着白云岩，随着小南风，缓缓移动。间或有白色或黑色的鸟飞向天空，掠过一个又一个低矮的山丘，飞入白云岩。那时的白云岩，山青如黛，缥缈神秘，宛如仙境。

大多数时候，云来自山后，无止无尽，停留在白云岩上，像巴黎时装展上来自各国的模特，或如棉朵娴静，或如宝石绚烂，或如飞鸟悠游，或如浪涛奔放，变幻多端，气质迥异，让人捉摸不透，又让人遐思无穷。有时明晰剔透，蓝天白云青山，纤尘不染，纯净得令人落泪；有时朦胧隐约，如羽毛，如蚕丝，如轻纱，如梦幻泡影。云把白云岩当作一个 T 台，秀着自己的美丽；白云岩把云当作一顶皇冠，装饰着它的梦。

有时在楼上，遥看白云岩，静卧云下，一团青翠，烦躁的心即刻平静，清凉自生。“山中何所有，岭上多白云。只可自怡悦，不堪持赠君。”山中宰相陶弘景如斯说，动荡的世间，他只愿与青山白云相伴，心情愉悦了才思考，才挥毫泼墨，解答尘间疑惑，替君王号脉时局。人生的烦恼，在于欲望，而最大的烦恼，在于思考的欲望。一个经常拥有思考欲望的人，总会面临一个又一个的痛苦，即使克服了无数个，但前面仍有无数个痛苦，最终会深陷痛苦而无法自拔。仰望白云，观其舒卷自如，仰望星空，察其寥廓深邃，知人类渺小，省人生短暂，心胸不能不为之宽广，烦恼不能不为之顿消。故康德墓志铭云：“有二事焉，恒然于心；敬之畏之，日省日甚：外乎者如璀璨星穹，内在者犹道德律令。”

其实晨光和夕色中的云，更为绚丽。而我是个难得早起的人，无缘晨光中的天空和云，倒是看过不少夕色。那是一种暮归之艳，赤霞隐约在西，有时浓烈，有时素净。青黑色的云块横亘在空，或厚重沉稳，或轻灵飘逸；或浓墨泼洒，或轻烟淡净。又被霞光点染，富丽，梦幻，暮光远去，云霞一点点褪去彩色，只剩一丝红色的晕，若有若无。夕气与夜色，层次分明再到混沌一团，也让人流连不舍。

夏日的午夜梦醒时分，我有时也会出门凝望星空，也会凝望白云岩，哪怕那儿是一片漆黑，一片虚无。风自南向北而来，掠过黝黑的大涧水面，掠过影影绰绰的树丛，带来了白荡湖的湿气。在这美妙的夜色中，白云岩也脱去了伪装，它不再是秀丽的风景，不再是饱学的文山，也不再是深明禅理的智者，它就是一座江边的小丘陵。月圆时分，夜空里的云忽明忽淡，远眺白云岩，有一个黑色的轮廓，安宁祥和，遥想那山岭的夜色，必是月光如水，松影斑驳。有几次我想乘着月色走向那山岭中，却怕扰乱了那里的宁静，终不敢成行。星光暗淡时，或者阴雨时，白云岩就隐身于星空下，仿佛不存在。但这星空下的白云岩，这么微小的一粒尘埃，于我，却永远是一粒幽暗黑夜里熠熠生辉的明珠。

于是有了一种奇怪的感觉，潜藏在深夜的星空下的白云岩，就像一头安静的怪兽，毫不留情地吞噬着人世间所有的烦恼和虚弱，然后在每个清晨醒来，吞云吐雾，迎来第一束阳光，也引来人世的光明和希望。

郑板桥游南京时，作词云："淮水秋清，钟山暮紫，老马耕闲地，一丘一壑，吾将终老于此。"六朝古都风流，让"难得糊涂"的丹青高手如此青睐，只愿埋骨其间。而我，一个闷中发呆的我，一个闷中生闲的我，与这一方小天地的云和水，与这盈盈一握的白云岩，还是相看两不厌，缱绻星空下，愿结三生缘。

寻梦白云岩

秋天里的白云岩，一如既往的岑寂。

山口边的水库，在夏季丰盈过，此时又瘦了。水波微漾，一眼好像能看穿，又看不穿，底下是一片浓浓的绿，琉璃一般。水库梢头的小溪，已彻底断流，满眼是洪水冲刷来的大小石头，浅白色的多是今年夏季新冲下来的，粗糙生硬，愣头青似的；颜色暗淡的，则有些年份了，一脸圆润，怡然自得。

沿着水库梢头，向东是一条狭长的山谷，荆棘丛生，逶迤数十里。山谷中，还留存有泥石垒砌的土房，那曾经是上海知青奋斗的地方。那一代人的青春和梦想，早已和路边杂草一样荒芜，湮灭在岁月的长河里。走了的知青，也不曾有人来山里寻找失落的梦。其实，从水草丰美的菜子湖畔来到林木森森的白云岩，一居20年，我的青春和梦想，也在白云岩边消磨殆尽。当然，在这秋风里，想和一座山谈论岁月变幻，青春不再，也是一个笑话。在山悠久的生命中，人和草木何异？一代代成长，一代代凋谢，瞬息即逝，可能都抵不上山的一个短梦。过去，还有山民来这里砍柴，如今，也没人瞧得上那点柴火了，山谷更少有人涉足，即使来了，也只是浅尝辄止。落寞的山谷，在秋日里更加苍凉。

水库梢头的南边是一片风景秀丽的山场。山坡上有一大块茶园，山脚边还有一小块菜园，菜园边是几间乡土味十足的泥瓦屋；10 年前，它还是岩前村集体林场兼茶场，春天里，工人们摘茶炒茶，秋日里，工人们巡逻看山，砍柴伐木。这样的忙碌，忽然就没了，就和山谷里的知青屋一样，林场也渐渐荒废了，取而代之的是水库梢头的一间农家乐，那里的人们依然在春天里炒茶。炒茶的日子，是白云岩最有生机的时候。草木如此，进山的本地人和外地人也如此，饱含山石草木精华的茶香，激活了山和人的春日梦想；在春光里，山和人抛弃了冬日的枯萎和干瘪，舒舒展展地活着。在其他的季节，农家乐的主人满山头种茶养茶，挖点山货，抽空再炒炒农家菜。一个梦想失落了，另一个梦想又起航了。白云岩，不缺乏梦想的港湾，哪怕它只是一座小丘陵。

港湾，不仅仅是梦想的源头，也是梦想的归宿。这世上有多少人，曾经执着于初心，但走着走着就迷失了，那最初的梦可能丢失了，破碎了；然后又想起初心，想起最初的梦，但尘世已难回首，便转身去一座山中捡拾，或者去一条河里打捞。白云岩，这一座长江北岸精致小巧的丘陵，吞云雾，听江声，蕴含着浓浓的江南气息，无疑是一个寻梦的理想之地。

有文字可考的白云岩，自北宋开始。宋以前，应为原始丛林，人迹罕至，即使有，也是不服王化的野民。宋以前，也只能是神仙游荡于白云岩的丛林中，美丽而多情的西王母来了，把宠物青鸟遗忘在白云岩；虔敬于大唐文化的王子金乔觉来了，脚踏五龙之所，留下了神奇的仙人足迹。神仙走后，众生来了。于是，苦行僧来了，在那个有着繁华东京梦的时候，在一窟山洞里晨钟暮鼓，传梵音，叩禅心，度人度己；隐士来了，在那个山河破碎的明末清初时分，不甘于汉族衣冠尽的血腥暴政，困居于危岩绝壁间，刻石为字，“一叶翔真羽”，试图忘记国破家亡的痛楚；雅客来了，听青鸟百啭之声，赏岩花人云之姿，望皖江缥缈之态，吐陶潜尘世之烦忧，作阮籍山中之长啸，虽无应和，又有何妨？来的人也少不了下里巴人，砍柴汉来了，留下了“一滴泉”的传说，告诫凡夫俗子，应谨守初心，不贪不占；勇士来了，在家为十八护教，除暴安良，保家卫乡，入山则为范大范二，踞守双峰野寨，劫富济贫。但以地形而言，双峰寨形险地狭，范大范二们的小伙伴必定也有限。双峰寨四周人烟稀少，进山的多半也是穷汉，范大范二们能劫谁的财？下山吃大户，东乡尚武，大户也是啃不动的硬骨头。范大范二们，即使占着白云岩，也是进退两难。这乱世里的白云岩，幻象丛生，不论雅俗，不论贫富，都想来这里探寻人生的真谛。那些引人注目的奇峰怪石，少不了奇异而美丽的民间传说，无疑是凡夫俗子们具象化的梦想。

曾经青春生涩的我，为稻粱谋，挟一箱书籍，来到白云岩，与它相识，初遇，再遇，常遇，偶遇，甚至常不遇，由惊艳到平淡。倏忽已中年，最初的梦已模糊，也不知是丢失在了白云岩的一泓碧水里，还是被山中某一块石子收藏了，只能留待余生去慢慢寻找了。

这样徜徉在水库边，慢慢地，山色填满心胸，也无须再去寻幽探胜。略略一望山下，有一大片银杏林。那是冰川纪的精魂，叶如画扇，蝶舞枝头，风姿绰约。再远，人和村庄忽然有点小，玲珑的小。人在一大片农地里，慢慢地蠕动，村庄时不时披着雾纱，东缺一块，西缺一块。这山上山下，一样是美妙动人的白梅秋色，可以辽阔高远，可以菁华内敛。

杏花三月

杏花二月红，然而山乡的三月，才是杏花灿烂的季节。

一路车行缓缓，涧边的垂柳枝条纤纤，细叶吐绿，一种清清秀秀的小儿女模样，特别惹人怜爱。而掩藏在树木或人家墙院里的杏花，或含苞欲放，或大放春光，粉红如霞，月白如锦，着实让我们领略了一场“杏花雨”。车辆沿着“村村通”水泥路爬上七家山水库的梢头，我们一行人随即下车，走向水库的大堤。一行人中，除了我和乡里的导游，便是县委宣传部的客人了，此行的目的是探访大名鼎鼎的青鸟。

来白云岩的客人，多半是冲着“白云青鸟”的名气，也有小半礼佛上香的人。白云青鸟，旧传为桐城八景之一，青鸟之说，有文字典籍记载的似乎唯有桐城刘才甫的《浮山记》，其云：“山中有青鸟，其声百啭，独时时往来于白云、金谷之间，他山未之见也。”青鸟，这东西方传说中的吉祥鸟，真实面目为何，估计刘才甫不是鸟类专家，也只是人云亦云。我也未见过青鸟。山中的老和尚倒是见过，为了香火，他说得神乎其神，连青鸟的鸣声他都能说出有五种意味，真是有趣。不过，2007 年黄复彩老师来游玩时，居然遇个正着，黄老师后来著文《白云岩见青鸟记》说：“人要是总能保持一份好心情，头顶上飞过的哪一只鸟不是吉祥之鸟呢?”兴奋之情溢于文字。

黄老师是春日来的。早春三月，青鸟于飞，恰是探访的时机。新修的堤埂一片沙石荒芜，但堤内波生绿意，堤下菜园青青，透着春日融融的暖意。忽然我们眼前一亮，远处山坡上两三棵杏花开得正盛，宛如团团霞光，十分惹眼。堤岸不长，百十来米，尽头是一片裸石岩，远看像是一条牛。岩下拐弯处是狭窄的石岸和向上的石阶，下临深渊，游人路过，未免心惊；沿岸新修了一条长长的水泥栏杆，涂着黄漆，只是做工略嫌粗糙。石阶在两块巨石间，曲径通幽，引领我们攀向云深处。

石阶上则是跑马冈，其名来源于朱元璋同部下赛马的传说。这有点牵强，短短的山岗，如何跑马？那岂不要都要跑到水库里了？不过，跑马冈上的大石坡，却是白云岩的一处观景点，俯视可见碧波一泓，群峰簇拥，仰望则奇峰异嶂，岩花入云。同行的黄部长留影后，翻看了相片，觉得不尽如人意，提议下次要带上广角镜头，方能一览无余地拍下此处的山水风光。

跑马冈不长，路边尽是些松树，又矮又小，密密的，被当地人称作“老头松”。当年山上光秃秃的，绿化造林时人们选择了成活率高的松树，树活是活了，却难成材。清明、冬至时分，山上时常失火，把救火的跑得气喘吁吁，上气不接下气，恨恨地骂道：“这些破树，要烧就烧光好了。”骂完了还得跑，救火如救命。

行过短松冈，便是一条交叉路口。右至东阳洞，远远望去，一片翠篁；左通白云岩寺，传说中的青鸟结巢处。踏入白云岩寺，未见青鸟，入目的却是尚未完工的佛像，地上堆着沙石，感觉有点拥挤，也有点乱。说起来，白云岩只是一个小小的天然石洞，洞外也就是一块不大的平地，山崖上的平地。想在上面建造一座飞檐翘角、金碧辉煌的寺庙，无论怎样都有点局促。我总觉得，白云岩也罢，浮山也罢，这样的小山岭，适宜的是苏州园林那样精微的布局，而不是随意地修建几尊佛像。

幸好洞外有几棵高大的古树，藤蔓缠绕，透着一抹幽幽的古意；幸好寺内有一株老杏树，繁花满树，那朵朵杏花，花蒂红艳，粉白的花瓣中是脆生生的花蕊，金黄的花粉随风轻轻抖动，盈盈飘浮，在我们目光之外逸去，和着阳光，给静谧的山寺涂上一抹明亮的色彩。生如花粉，有暗香浮动，又在最美好的时光里飘散，此中当有禅意，却不是我这俗人能悟解得了的。

寺内的老和尚，闻道是宣传部的客人，殷勤地迎了出来，并端上了用一滴泉泉水冲泡的茶水。当我们把话题说向青鸟，老和尚谈兴更浓。他说由于庙里人诚心礼佛，感动了青鸟，晨昏时频现白云岩。为了留住青鸟，庙里人还天天喂食。老和尚边说边带着我们来到一处陡峭的石坡，坡上果然放着一个盛着米饭的瓷碗。看来，这吉祥的鸟儿，在餐风饮露之余，也想尝尝人间烟火。和尚还说，青鸟在寺外的石崖上筑有小巢。这给未曾识荆的我们增添了慰藉，未曾遇见青鸟，参观一下人家的住室，也算聊胜于无。我们沿着暗湿的石阶，拨开荆棘，拉着枝条，爬到崖边，崖下有一处可容人站立的空间，只是石壁上冷灰密布。高高的石缝中有一个鸟巢，静悄悄的，让人徒生"白云好寻，青鸟难觅"的感慨。其实，青鸟只是人们心中的一种美好的念想，心存吉祥意，自是吉祥人。当年柴火紧张，人们守着偌大的七家山，扒的扒，砍的砍，寸草不放，还是缺柴少米，也不见有青鸟来佑护。如今山清水秀了，那长尾碧羽的青鸟，又带着满身的诗句回来了。说到底，人，不一定需要青鸟的佑护，真正需要佑护的倒是青鸟，哪怕它带着一身神话色彩。

下到山崖，枯枝黄叶丛中，却有一束映山红，挣破了春寒的枷锁，悄然吐出一抹嫣红。回到寺里，我们撞响了大铜钟，梵钟悠悠，沿着山林层层漾开。在钟声里，我们告别了白云岩。从跑马冈下来时，却没有来时的清静，一群城里人正在石岸边对着青山绿水，惬意地烧烤。忽然想起一句话：人生，当闹中取静，静中取闹。这样对比着生活，方不失趣味。

回首，山坡上，那一树杏花，枝头春意闹。

遇见油菜花开

最美的山乡白梅，是油菜花开时。那时，白荡湖畔，春水荡漾，白云岩上，山花含苞待放，山乡的土壤里，绿色的生机从每一粒尘埃中苏醒、生根、发芽，再吐出丝丝缕缕的春意，然后交织成无边的春色，妆点山高月小的梦境。

那时，烟花三月，阳光薄暖，还未驱尽寒意，十里春风舒舒缓缓，刚吹过孙青大涧，油菜花仿佛约好了似的，一夜间便悄然开遍了山乡白梅。这是乡间最盛大的花事，从低矮的洼地到高高的山岭，从贫瘠的旱地到肥沃的水田，油菜花都留下了靓丽的倩影。

远远看去，一大片一大片油菜花气势昂扬地从平地开到山边，再开到天边，把黄这种色彩像海洋一样汇聚起来，再酣畅淋漓地向大地泼洒，绘出恣意的、奔放的、雄浑的、欢快的自然美。尤其是山岭上的油菜花，不再连绵不断，但就是那么一两块，再辽阔再浓重的绿意也遮挡不住那一小块奔腾的、蓬勃的黄。它们在阳光下恣意开放，犹如最神骏的野马，犹如最香浓的烈酒，犹如愈攀愈高的高音唱腔，是世间阳刚的美、纯净的美。每次看着那绚烂跳脱的色彩，想着勤劳的农人，一股爱意和敬意便油然而生。

和侍弄它们的农民一般，油菜花适合群居，偶尔路边有一两枝油菜花，孤独无助，弱不禁风。但当这些普通的农作物汇聚一起时，一畦又一畦，一片又一片，犹如千军万马，雄壮威武；那种大气磅礴的美，浓重厚实，让人目瞪口呆，无比震撼，直想扑进花海，化为浪花一朵，尽情扑腾。

然而走近油菜田，你会发现它又是秀美的。它身材高挑，茎叶犹如碧玉，花朵玲珑小巧，花瓣薄如蝉翼，颜色干净纯粹。它似乎瘦瘦弱弱，但这些娇小的花一朵挨一朵，簇拥在一起，就把那单薄的黄色渲染成了明亮又厚重的色彩，那种原始的黄色，别样的美丽迷人。走近油菜田，你还会发现油菜花是芬芳的，散发着淡淡的清香，混合着春风和阳光，构成了家乡田园的味道，烙在心田，会一直陪着你走向远方，成为永不能忘的梦，温暖异乡人生。走近油菜田，你还会发现，油菜田里还有一个个小精灵——蜜蜂。精灵们“嗡嗡”地哼着小调，在花丛中一边舞蹈，一边采蜜，优美的舞姿，娴熟的技艺，足以让人在春风里沉醉，在菜花香里忘记时光，忘记尘世里的劳碌。这些油菜田，还是我儿时的劳作场兼游乐场，幼小的身躯拎着小篮子，在田间出没，寻找猪草，其中有一种叫小鸡草的，长得特别茂盛，一抓一大把。它有一束毛茸茸的籽，可以用于喂食小鸡。打够一篮子猪草后，我和小伙伴们就在田间游玩，采野花野菜，看蜜蜂跳舞，打一副残旧的扑克……那贫瘠的年代，油菜花田给予了孩子们无忧无虑的时光。

这些春日里的油菜花，不再是一种简单的食用植物，不再是老农侍弄的带着土腥味的朴素的庄稼，它已化身为一种富有田园美学意义的植物，甚至可以媲美凡·高最钟爱的向日葵。它美得雄浑大气，美得热烈奔放，美得清新阳光，不媚俗，不矫揉造作，拒绝阴郁和忧愁。它不仅能让辛勤的农人在劳作之后赏心悦目，更能让城里人把沉在心底的喜悦捞起来，绽放在嘴角边、脸颊上、眼睛里，甚至在声音和呼吸的空气里。所以啊，城里的男女老少，一到油菜花盛开的季节，就争先恐后地来到乡间观赏。他们走进原以为一辈子也不爱搭理的田间地头，忍不住触摸一朵油菜花，狠狠嗅着阳光下淡淡的花香，连同清新的泥土味一起吞下，想把富含油脂的肠胃洗得像新生的嫩草般清香。他们欢笑着，大惊小怪地说着赞美的话，女人和孩子们摆着姿势与油菜花合影，男人们扛着“长枪短炮”，飞快地按着快门。平日里显得小肚鸡肠的农妇也格外大方，不去计较城里人摘下了几枝油菜花、踩坏了一块地，她们同情心大发，觉得这么稀罕油菜花的城里人多可怜，哪怕城里人再富有，在欣赏油菜花这件美好的事情上，乡下人的条件算是得天独厚了。

城里人走了，带着摄满美好春天的相机，恋恋不舍。他们欣赏了阳光下的油菜花，但无法看见风雨凄迷中的油菜花，更无法品味夜色下的油菜花。那轻柔的风、皎洁的月光、朦胧的油菜花海、各种植物和泥土混杂在一起的清香，便是乡间独有的夜景了，还是留给辛勤的农人吧。

油菜花开的季节，是乡间最美的季节。虽然那绚丽的油菜花我已看过多年，近乎熟视无睹，但不经意间还会遇见别样的油菜花开。有一天，我从白梅赶往浮山。走的是山路，七弯八拐的，车子慢腾腾地爬，得防备冷不丁冒出来的小动物，一只小狗或者一只鸭，它们世面见得不多，有时敢占据要道，与车辆这个怪物对峙。开车的人，都希望车轮干干净净，不沾血腥，只得礼让，但遭遇鸣笛不退时，还是要下车驱赶。

忽然，在一个拐弯处，一间不起眼的旧院子里亮起了一片金黄的光，那是一丛丛高大的油菜花。狭小古旧的院子，盛不住油菜花的灿烂，它的光芒，在院子破败的格局下，有着一种特殊的令人昏眩的美。从没想到，有人会在院子里种下一大丛油菜花。也许那是一位淘气又爱美的山村儿童，瞒着大人别出心裁地撒下油菜花种，他想给沧桑的院子添加新鲜的气息；也许那是一位体弱多病的农人，老得跑不动田畈了，又舍不得热爱的油菜，便在空荡荡的院子里洒下菜籽；也许那是一位留守农妇，亲人远行，寂寞难耐，她种下一丛油菜花，给空空的院子里增点生气。寂寞空庭晚，这热烈的油菜花多像远方亲人的笑容，让思亲之情，多少有些慰藉。

车子拐过了弯，那小院里的油菜花也深藏脑海。很长一段时间，遇见一些璀璨炫目的美，那油菜花便从小院里风姿绰约地浮现出来，让所谓的美黯然失色。那是我见过的最绮丽的油菜花，却不知那小院里的人，还会年年在寒风中殷勤地撒下菜籽吗？

再绚丽的油菜花也有凋零的时候，但对农人来说，那才是最美风景的开始。也只有他们，能够在一望无际的田野间，听见第一束油菜花开的声音，听见第一束油菜花落的声音，听见第一束油菜荚结籽的声音，那是劳动者才能听出的声音。随着那些孕育生命的美妙声音，一畦又一畦的菜花谢落，碧玉枝头结出一簇簇细小的尖角，渐渐挤满整个田塍。这时，农人跑得更勤了，比看油菜花时还勤，尤其是一些老人，他们满怀喜悦地看着满田的油菜角，估算着今年的收成。有一年，孩子外婆对我说："平林表爷讲他家油菜长得好，一棵能打三两油菜籽。真是笑话，他家油菜真那么好吗？那要鸡蛋都能滚过去！"

还真不是笑话，那年油菜大丰收，鸡蛋真能骨碌碌地滚过去。

乐　　夏

不得不承认，即便在如白梅这般偏僻的乡村，许多夏日的乐趣也悄悄地消失了。听不到蛙声一片了，轻罗小扇扑不到流萤了，冲凉的一池碧水换成了自来水，竹床纳凉夜语也被电视里的肥皂剧替代了……这或许是现代与传统交锋的结果吧，一个文明的逐渐普及，意味着另一个文明的逐渐退缩，甚至消亡。时间见证过，石器时代的产物已成稀世珍品，哪怕是残片。

然而乡村夏日是一部恢宏雄伟的乐章，主旋律沉闷了，曲调散乱了，一些音符依然灵动如昔，闪烁着原汁原味的趣味，一如沙漠中的绿洲。

多年来，夏天是随着浪漫“歌手”们的深情召唤而来的。青蛙是当之无愧的首席歌唱家，夜间是它们的专场。但其强大的繁殖能力也敌不过人类的口舌之欲，仅仅 10 年，白梅的蛙声便已凋零。那漫漫的长夜，只换来夏虫寂寥的歌声。常常，踏月而归的路上，茂密的水草丛中，夏虫们犹如寂寞的行吟诗人遇到了过客，或者它们竟抬举我为闻弦歌而知雅意的知音，奏起了如潮的交响曲；回到幽深的大院，又有一帮乐队一如既往地忘我演奏。自然界原来是歌者的天地。这个夏季，我和我的家人怡然自得地在夏虫的合唱中进入梦乡，甜美的睡眠后，依然是鸟语花香的清晨。这样诗意的乡村生活，掩藏在工业文明的华美又冰冷的机械舞步下，悄然地点缀着人心浮躁的尘世，散发着田园的静美。

夏天还是蝉的季节，它们从长长的睡眠中醒来，钻出泥土，展翅飞到茂密的树叶丛中，雄蝉们便准备生命中最后的吟唱了。很幸运，目前蝉们虽被已列入高蛋白食谱，但因长相不够清秀，所以蝉们还是可以稳稳当当地做个自由的夏日歌手，它那能干的绿衣伙伴——歌手青蛙就命运不济了。清晨，蝉声未起，“叽叽复叽叽”的是那一群渡尽劫波的鸟儿，诗意的生活也从鸟鸣开始。等阳光透过树梢时，布谷鸟儿便“禾割禾割”地长吟短诵，把季节催得如同稻穗般丰满。那一条草儿青青的大涧边，又传来了“梆梆”的棒槌声，“长安一片月，万户捣衣声”，李白的诗固然意境高妙，但夹着两岸青山回音的捣衣声更有农家田园的恬美韵味。清风响过，几片黄叶画着弧线飘下，原来枯荣并无定时；几夜风雨，路两旁积聚着一层树叶，盛夏凋零也是常事。而无雨的日子里，蚂蚁们还在落叶间疾走，追逐着不为人知的家族梦想。

然后便是喝足露水的蝉们开口咏诵了，“知了，知了”地永不疲倦。正午时，蝉鸣最盛，“居高声自远”，激越的唱腔，把天唱得更蓝更高，把人唱得昏昏欲睡。望着白花花的阳光，躲在家中的人们吹电扇、开空调，再也不敢出门。小南风忽地吹过枝头，旷野行人更加稀少，一切淹没在蝉鸣中，约略可闻涧水淙淙。宁静的夏天，把红尘调教得动静相容又相谐。

然而火辣辣的日头却阻不住孩子们的笑声，大人们的午睡常被孩子们搅乱。夏天是孩子们的。脱离了课堂约束的孩子们如一匹匹小马驹，尽情地奔跑，尽情地欢笑，寻找着一个又一个的乐园。幼小的心是灵敏的，路边摆放着的水泥杆，在孩子的眼中无疑是独木桥，一个个摇摇晃晃地走过，以此自诩勇气。一处沙堆，更让他们眼眸发亮，要么把沙堆“当小锅”，沙子是现成的米饭；要么跑上跑下，沙堆又成了高山。沙子和泥巴，对孩子们来说是自然的恩赐，其乐无穷。外出打工的邻居门前，砌了几级台阶，边沿又砌了镂空的走廊，那走廊也成了乐园。我时常看见大大小小的孩子，撅着屁股向上攀爬，然后又把它当成滑梯向下猛滑；或者踩着廊柱的空隙，手握廊沿，挨排游玩；甚至在上面练起了跳高，近一米的高度，只会让大人担心，却让孩子们开心无比。孩子们还会在草丛中狩猎，蹑手蹑脚地捉蜻蜓，猛然一合小手，红色的精灵从此失去自由；大呼小叫地扑蚱蜢，恣意地玩弄着那绿色的昆虫。在树下挖蝉也是一大乐趣，大院里桂花树下，一到夏天就会增添许多小洞，那是孩子们挖蝉留下的痕迹。对“我爱夏日长”体会最深的当数孩子们，洗澡时黑白鲜明的皮肤就是活脱脱的证书。

夏日的午后，从来都是一场全本的戏剧，酣畅的午睡、慵懒的人群、荫凉的树影、恼人的热浪，杂象繁生，冗长而不乏热烈。此时，一场暴雨便能带来一份惊喜，一刹那的风云变幻，胜过千万台讲究绿色、讲究环保、讲究时尚的空调。

间或遇上绵绵细雨，夏日又显露出妩媚动人的一面。今夏，台风“凤凰”惊艳掠过，风雨绵绵，天气别提多凉爽了，白梅的夜晚，居然可以收起凉席，拥着薄毯入睡。

而雨后的乡村，犹如清秀的素面女子被精心装扮，顿时流光溢彩，光洁照人了；那昔时灰蒙蒙的色调早已无踪无影，处处流淌着绿意，彰显着生机，一切如空气般清新，不沾风尘。漫步在乡村的田埂上，身边涧草青青，杨树染碧，近处田野半黄半翠，远方峰岭黛绿含烟，浑然一体，一如缓慢流动着的绿海。天空则被乌云大块大块地压低，云缝间还透着一团亮光，让远处的白云岩出奇的清晰；一会儿灰白色的云雾将山峰轻轻地一挡，“山抹微云”了，一会儿山谷里飘起乳白色的轻烟，一幅鬼斧神工的水墨画就展现眼前了。

这个季节的黄昏，又是一番景象，常有惊艳。夏云多奇谲瑰丽，或如绝大飞鸟去势猛捷，或如淡烟飘逸不群，或如羊群绵绵不绝，而黄昏时又摇身成了彩版，金黄紫红，墨黑浅蓝，万种风情，更显妖娆。有时我徜徉在涧边，身边那一排大树俯仰多姿，摇曳风生，便觉得暑气也为之一轻，而枝叶间犹见西边那一抹灿烂的云霞，比起别处青灰的夜色，更显靓丽。

居然意犹未尽，还有别样的黄昏。有天阴云低垂，仿佛风雨将至的样子。忽然异常发亮，空中有了层浅淡又艳丽的红光。路边堆放着的渐入暝色的暗淡红砖，此时却鲜艳起来，一些残留的碎屑，闪耀着浓郁的胭脂色。然而天空并没有下雨，一会儿便夜色如常，但那艳丽的一幕却深深地印入了我的脑海。

这神奇的黄昏，无从捉摸；这白梅的夏天，深情款款，凉而后乐。

秋游白云岩

正是白露为霜、秋雨酿寒的季节。

一辆中巴在黄庄停下，静默的白云岩迎来了一群慕名来访的枞阳人论坛网友。望着兴致颇高的网友们，我忐忑不安，生怕这小地方的景观难入法眼，让人家白跑一趟。幸好，早有自告奋勇的导游 YUNYA、寒香草和南柯文俊做起了旅行动员，有趣的是，寒香草和南柯文俊夫妻俩还是通过论坛结识的。说句实话，网友见面，两个人显得暧昧，一群网友呢，则是坦然。完成点名、互相认识、发小红帽、商讨线路、分配摄影和携带食物等任务，刚才还显得拘束的人们一下子又成了多年熟识的老友，几个孩子欢欣雀舞，如小马驹般奔跑起来，热闹的聚会气氛油然而生。

经过商讨，考虑到时间和体力的因素，导游们定了两条线路：一条是白云岩寺，算是人文景观，路程短且较为平坦；一条是一线天景区，路远且艰，带有探险的味道，也更能领略登高望远的意境。这两条线路兼顾人文和自然景观，得到了大家的赞同。导游 YUNYA 另有感慨："一些人游白云岩，跑到庙里看看一滴泉，烧两炷香就跑了，还说白云岩没啥子风景，我今天尽量带大家看一点风景，真正的白云岩风景。"确实，未曾开发的白云岩，走马观花的人、心浮气躁的人，肯定难以完整地体会到其间的山野趣味。

去白云岩寺的途中，路旁斜着两三棵野柿树，个儿不高，枝头却密密地缀着青黄的柿子，无人问津。从前，苦涩的野柿子是山里孩子的零食，如今，谁还稀罕？也许，它们会等来啄食的鸟儿，然后借着鸟儿的翅膀把种子撒向远方，一如我们打工远行的亲人，期待着梦想在他乡开花。我倒是对秋风中的野柿叶多望了几眼，那柿叶有着厚重的质感，虽已破败，却未萎缩，依然向上，有着一种自然的残缺美。

漫步在白云岩寺内，我却没有了网友们探幽的心情，不会一惊一乍，只是淡然，毕竟这地方来了不知多少回了。对于那永不干涸的一滴泉、活灵活现的龙纹虎斑、吉祥如意的青鸟和慈悲为怀的佛教传说，也算是了然于胸吧。这淡然之中也有独特的体味，我能感受到秋日岩洞中的清爽、干净和明朗，不像春夏，洞中自有一股阴凉，尤其是火热的夏天，那氤氲的湿气让人心神凉爽，有种跳出红尘的感觉。倒是寺内新发的一页小册子，让人意外，那是一位禅师的偈语，不是四言七字的那种，现代版的，如一位慈祥老人的谆谆告诫，入世出世都能受用。这小册子，住持释果良请我一一发给大家，作为上山来的留念。

在洞外，我发现香火缭绕的铜炉边的岩石上，居然有一株野趣盎然的南瓜，结着两三个清瘦的瓜儿，经霜了，发黄了，更有静气。也许，那是一株古刹梵音悠鸣中参禅礼佛的南瓜，有出世之心，有隐逸之姿，却没有山下南瓜的丰满和喜庆，少了一股红尘烟火气。我想，我算是一株山下的南瓜吧。

在寺内逗留了半个小时，我们踏上了一线天的探险之旅。脚下的山路只是多年前砍柴人留下的踪迹，多半已荒废，宽处不过一米，有的地方就是一块完整的石头，又陡又滑，难以立足；有的地方青苔丛生，一不小心就会摔倒；有的地方林木遮蔽，上不见天日，下不见泥土，走在枯枝落叶上，仿佛误入原始森林，有种回归大自然的感觉。网友们相互扶持，也不知爬了几处石坡，转了几个弯，每个人都累得像拉风箱似的，终于踩着一个茶园边缘来到一处大石头坡上。导游 YUNYA 兴奋地宣告：已经爬了一半！那茶园地处海拔300米左右的山坡上，野草杂生，茶树又矮又瘦，无人料理，只在早春采茶时才有人迹，算是名实相符的山乡野茶了。YUNYA告诉我们，此处的荒茶极香，十分抢手，开园时一斤300元也不一定买得到。石坡那儿竖着一块巨石，名曰“蛤蟆石”，附近还有一大片美丽的凤尾草，形如鸟羽，色如碧玉。我们一边歇息，一边回望来路，已掩没在苍松老树间，最近拐弯的地方，还有一片苍翠的竹林。风吹过竹林，呜呜地响。竹枝摇摆，其姿婀娜，其韵含秋。这时，有人忙着和蛤蟆石合影，孩子们却歪着头说是小狗，就差一根狗尾。这些零零后的孩子，思绪中没有框框。

从蛤蟆石向上，过一处茶园，一线天咫尺可见。那片茶园犹如一条河流从山上流淌下来，中间横着一块圆形大石头，却是必经之地。我们已渡过几重难关，信心和勇气未曾懈怠。自诩健壮的伙伴伸出双手呵护着妇幼，一行人歪歪倒倒地攀爬过去，闯入人迹罕至的一线天景区。一眼望去，整个景区仿佛在洪荒年代下了一场石头雨，奇形怪状的石头四处堆着叠着：有聚会般的，那是五女拜寿；有形如玉兔的，自是兔石；有如倚天长剑的，却名吕洞宾拔剑窦；有藤蔓缠绕的，人称青藤洞；有特立独行的，又名孤坐石……峰顶上还横着一条大沟，荆棘和茶树杂生，那些矮矮的茶树上孕育着小小的蓓蕾，还有白色的茶花绽放在秋风中。这些大自然恩赐的野茶，为白云岩茶叶赢得了不小的名声。可惜天公不作美，山雾缭绕，不然还可以看见烟波浩渺的白荡湖和白玉带般的长江。“石径斜穿绿，岩花半入云；望中孤鸟没，天末楚江分。醉倚层楼月，暗来万壑曛；辴然成一啸，谁许达人闻。”明朝学者方学渐肯定是登临一线天，远眺江湖后，才诗性喷涌欣然留笔的。

有名的一线天，又名天隐岩，从上面看去，只是一条长十来丈的狭窄缝隙，窄处似乎可以跳过去，然而要看天如一线的景观还得钻下去。通往一线天的小径一时也找不到了，几个人索性沿着危石，踩着野草，慢慢地溜下。溜到一道天然的圆形石门边，有人拿着一根树枝，指着石门门顶说："小心碰头!"低头躬腰地钻出石门，右手是一处小平台，约有三四平方米吧。我慢慢地踱在上面，脚下便是水库堤上所看到的那一壁危岩，心惊不已；山风拂面，"荡胸生层云"，又豪气满怀。俯瞰七家山水库，曲线毕露，如一泓秋水般灵动，那山下的村庄，秋光早入。遥望对面的双尖峰，有一层薄薄的雾纱，那奇峰怪石便朦胧不清了。双尖峰的脚下，墨绿中透出三间泥墙黑瓦的老屋，这是当年林场的屋子，曾有迷茫的知青挥锄洒下汗水，也曾有寂寞的看林人燃起炊烟，还曾是一处有些年头的炒茶作坊，每逢春夏，山谷里浮荡着清新的茶香。时光的巨轮碾轧后，知青回城了，看林人不见了，茶场倒闭了，只有老屋依然静卧，与山光水色相伴。再看左边的石壁，拔地而起，线条极尽硬朗、挺拔和险峻，望之炫目，却有那多年的藤蔓缠绕着石壁坚硬冰冷的肌肤，吐出柔嫩的绿，一如深情的女子，编织着不为人知的一帘幽梦。石壁那边有一处深洞，我们躬着腰，摸索着进入洞中。洞中一地潮湿，光线昏暗，抬头，天如一线，深邃高远，隐隐能见到白云。这就是一线天的由来了。

忽然上面传来一阵欢呼，有人通知我们要下山了，又有人对着山林彻底地大喊，用尽力气地大叫。远离都市，回归自然，人们再也不需要虚假可憎的面具，何不纵情呐喊呢？我们已经忘了长啸，难道还要忘了呐喊，捏着嗓子说话吗？

归程依旧艰难，然而在某个回首的刹那，我看见了一面松草丛中的石鼓，不由得惊叫一声，便指给身边的朋友观赏。果然惟妙惟肖，活脱脱的一面神话中山鬼的战鼓，再无肃杀之气，只是怡然自卧。这区区弹丸之地的一线天，还有哪些未被发现的景点呢？只好留待有缘人了。

下得山来，网友寒香草忽然喜爱上了那一泓秋水，拉着英俊的南柯文俊跑到荒废多年的抽水站小屋留影。那一刻，碧绿的秋水映着长长的水泥栏杆和简陋陈旧的小屋，映着奇险的青嶂峰和双尖峰，那山那水那人，宛如一幅韵味悠长的古画。我们分明看见，那人世间的爱情一如栏杆边的单车般质朴和温馨，也许不再浪漫，却永不流逝。

怀念一棵树

多年以后，白发苍苍的时候，我将会深深地怀念一棵树。

这一棵树，四季翠绿，树冠团团，无比清雅。其叶狭长，无风淑静，风来则婆娑起舞；其花细小，香暗而幽，味淡而雅；其干虬，阅尽风云而气节犹存；其枝劲，舞遍沧桑而情怀不老。

这一棵树，烈风苦雨之后，更见翠翠绿绿；炎阳炙日之后，常有清清凉凉。待到金风送爽之时，则静静地等待着最明亮、最温情的日子，等待着如水的月光把温馨铺满小院，才把久久孕育的花香悄悄吐出。那是怎样的漫漫花期啊，枝头繁密的小花，淡黄的一片，几乎掩映了苍绿的叶，一天天流淌着清淡的香。从此小院里花香沁人心脾，进出的人们不论多忙碌，总会在树边逗留一会。山风吹过，黄花缤纷，绕着树冠，柔柔地坠下，细碎的花瓣，在秋日的阳光下，团团的一地，使得安谧的小院更是透着清清净净的美。

这一棵树，曾在我的窗外。白天，我和同事坐于树荫之下，谈论社会时闻，交流身边琐事，而身边温暖的茶杯，透出一股若有若无的香气。也许是亲近自然的本性吧，院子里的孩子们则喜欢爬到树上，那光滑的树干，碧绿的叶子，与钢筋水泥是截然不同的风味。夜晚，我和妻子女儿归来，走进大院，望见这一棵清秀的树，嗅着她清新自然的气息，心中满是安宁和祥和的念头。花开的时候，我的女儿也会央求我为她攀折一枝，好让她插在瓶中，伴她入睡。如水的凉夜，花香总是潜入她的梦中，把梦渲染成玲珑七彩的颜色。

多年以后，我将不会离开这一棵树。它静静地沐浴在月光之下，枝叶闪耀着银色的光芒，树下的台阶清凉如水。我坐在树下，一滴露水轻轻地落入我的掌心，清凉，洁净，又化为丝丝缕缕的香气……

一帘山色

单位的小楼坐西朝东，依山傍路，屋檐下还有一条潺潺的水沟，被沉重的水泥预制板封闭，但留有一个出入口，可以下去洗洗拖把什么的。在这么个小空间里长年水流不断，水草生生灭灭，小鱼虾们荡来荡去，如果时光倒流二十年，夏夜里我一定会偷偷溜进去，借着萤火，寻幽探胜，顺便惬意地抓鱼摸虾。

可惜时光这个魔术师，只让人在应该的日子里有应该的兴趣。沈从文说："我行过许多地方的桥，看过许多次数的云，喝过许多种类的酒，却只爱过一个正当最好年龄的人。"这样温情的话，也只适合在人生中最美好的青春时光里诉说。等到坐困博物馆时，沈从文的锐气早已消磨殆尽，才情便只好消磨在旧年代的服饰上了。

当然，人过中年的我也没了触摸渔具的兴趣了，却总是看见有山民穿着齐腰的皮裤，背着电瓶，在那一条狭长的山涧里，上下搜寻，把寸把长的小鱼电得大跳肚皮舞，就连泥巴里的鱼子也得一遍一遍地接受电流洗礼。我时常抱怨山沟里生活清苦，相比之下，鱼儿们的生活更不轻松，都在红尘里煎熬。

我的卧室在二楼，咫尺之间，就是一座无牵无挂的陡峭孤山，当地人称"独山"。山上荆棘丛生，人迹罕至。只在秋日里，扒柴的老人背着箩筐，在山坡上蚂蚁般拾捡松毛。等箩筐满了，老人慢慢地走下山坡，从远处看，好像把沉重的山坡都背在了身上。

小楼无限逼近山坡。窗外，被挖掘机劈出的灰色裸岩，如同受伤的硬骨，触目惊心；但不会有人去可怜一座受伤的山岭，人们只会索取，就像闭着眼睛索取乳汁的婴儿。忽略这一点，山坡仍是一片风景。可以想象，在舒舒缓缓的早晨或黄昏，推窗而望，山光草色，若隐若无。可惜，现代的铝合金窗户多是滑动式推拉的，辅以窗帘，把隐私与可能窥视者分割开来。窗已不可向外推出，那么，推窗望月这个名词或意象，也就成了古典，成了臆想。

如果不是为了遮挡夏季的阳光和冬日的风寒，我的卧室无需窗帘。相传当年丘吉尔出浴时撞见罗斯福，颇有机智的首相笑言大英帝国没有什么不可以与美国总统坦诚相见的地方。当然，和一座小山相见，我更可以坦荡荡。难道一座山会上传私家照片吗？就尊重隐私而言，我相信一座山的素质甚于我无比智慧的同类。

不过，出于装修礼仪，窗帘必不可少。我的第一幕窗帘，不是布帘，而是百分百的塑料制品，工业气息浓厚，上面却绘满让人渴望的自然美景，其功能在于遮光，或遮挡黑暗，更多的时候是把人幽闭斗室，遮去了美好的光阴。

有一天，我拉起窗帘，忽然来了一只灰麻雀，娉娉婷婷地落在窗台上。它灵动的小眼盯着我，搞不懂我为何非得待在一个大笼子里自我囚禁不可。我也盯着它，搞不懂它是在好奇地观光还是以鸟性的视觉怜悯我。相看两无语，最终它飞走了，偶尔它的鸣声还会划过我的窗前。

幸好，这个令人心烦意乱的人工窗帘外，还有一帘山色，点缀着孤单的小楼，温暖着寂寞的人生。

这一帘山色，不会止水无声，不会千篇一律，它有声有色，变幻莫测，却都那么的令人赏心悦目。春日里，绿色渐染，枯索一点点消逝，生机一点点荡漾。等到阳光明媚时，居然还有一丛映山红娇艳地开放。

夏夜里，松风阵阵，山高月小，皎洁的月光趁着万物静谧时分，慢慢地踱进来，却找不到一个知音。或许，人类飞天梦圆，却让月宫彻底失去了神秘的光环，就连那些曾行走在诗歌海洋里的月光，因不能陪伴人们浏览网页，也已被忙碌的人群抛弃。金秋时节，黄花消瘦，一茎一茎的离群的野菊花，阳光下十分灿烂，淡香缕缕。终没有人来“采菊东篱下”，慢慢地，菊花抵不住秋风，渐渐枯萎。霜寒时节，荆棘由枯黄转为枯灰，草色如土，那山顶的松树却愈来愈青，苍劲挺拔，等待一场雪来慢慢滋润干燥的心田。至于声音，我虽迟钝，也能卧听四季风雷雨雪，静赏四时鸟鸣虫吟：既有恢宏的合奏，也有清越的独唱；既有高亢雄壮，也有浅唱低吟；既有大自然的乐章，也有生命的呼唤。诸如种种，常令人沉醉其间。

如斯流年，那面陡峭的山坡，渐渐成为一幕窗帘，永伴我心，悬挂在楼外，从不卷起。

即使在这寒冬时节，那一帘山色，尽管渐渐枯萎，却早已埋下春暖花开的种子。

听听那秋雨

北来秋风，让暑气渐远渐消。秋雨踏着节拍，从黑夜走向清晨，从暴虐走向缠绵。

我坐在屋檐下，沐浴在晨光里，想看看那秋雨，听听那秋雨。

门前是一块湿漉漉的水泥坪，凹凸不平，雨水、光线和青苔把它分割成或明或暗的不规则形状，一块块的，很斑驳的样子。那明亮的部分，便倒映着附近的树和房屋，或者路过的行人，朦朦胧胧的。有时，一阵哐哐响，倒影中一辆三轮车匆匆而过，犹如一场短暂的春梦。

雨来了，带着清凉意，带着忧愁心。水泥坪上，刹那间，无数纯洁的雨花，一朵朵地开放，又一朵朵地凋谢。那是说不出的美丽，短暂又永恒的时光。那些浅浅的积水上，细小的雨滴，点起一圈波纹，偶尔，还会冒出一个大水泡，快乐地游动着，霎时又归于寂静。很容易让人想起吹泡泡的孩子，有着最单纯的眼睛和最单纯的快乐。

忽然，一只麻雀出现在青黑色的沥青路上。雨水洗去了人类的气息，小麻雀抛弃了警戒心，在雨中灵巧地跳跃着。我的眼睛追随着它可爱的模样，直到它扑弄着翅膀，扇起一团灰影，隐入树荫处。那浓荫里，又飞出了一只灰色的鸟儿，形如鸽子，优雅地迈着步伐，从容，高傲，时而低头啄食，时而摆动着小巧的头颅，欣赏着秋雨中的世界。隔着雨幕，那湿漉漉的公路，竟成了鸟儿的舞台，人烟荒芜的雨水让鸟儿浑身轻松，而我却不能轻松。我不知道，多年前，人类的祖先是怎样注视着这自然的精灵的，是羡慕它们自由地翱翔在天，还是如后辈一样，只想着把它们做成一顿美餐。贪婪之心，总不会在这般温柔的雨天出现吧。我安慰着自己，也试图安慰着天空和鸟儿。

那一段沥青路的天空，入眼是繁茂的树。秋雨便如捉迷藏般，轻盈地舞进粗壮的枝条里与碧绿的细叶上。翩翩舞会，在秋风中拉开帷幕。涧边的树，婆娑而动，只是缓急轻重，略有不同。高大的老树，如峨冠宽服的老人，轻摇慢摆，舒缓着不再灵活的筋骨；那矮小的幼苗，如稚气未消的儿童，欢欣跳跃，随风劲舞。明净的雨，会舞蹈的雨，是这尘世的净化剂，也是尘世的快乐源泉。

我的眼里，便有了一团团的绿，发着光。浅绿，是叶之少年；浓绿，是叶之壮年；暗绿，是叶之老年。这些绿，相互交织，千姿百态。那些雨点，被绿吮吸着，来时绵绵不绝，去时无影无踪，空灵神秘。而绿光之外，则是密密的雨幕。那自由的雨点，肆意，奔放，引领着清清溪水，奔流远方。

远方，仍是雨的世界。那一曲琵琶行，还在兰舟里袅娜？那一柄油纸伞，还在巷子里徘徊？那一杯香茗，总该润入苦涩的唇齿？一眼万年，情怀如昔，眼前的秋雨，仍然平静，淡然。

忽然，青青涧草丛中，钻出几只乡村常见的麻鸭，摇摆着啤酒肚儿，笨拙地踩着溪石，滑入柔波，“嘎嘎”地叫着，流连于雨的世界，也给雨增添了乡野的欢乐。

我慢慢地闭上眼，想听听那纯粹的秋雨。这小小一方角落，溪声潺潺，风声呼呼，这是植物系的声音，温柔细腻，渐渐而来，清晰又模糊；而嘎嘎鸭鸣，唧唧鸟音，又是动物系的声音，悦耳动听，时起时落，活泼更可爱。只是檐前的滴水管，有点夸张，仿佛是瀑布飞流。这是一种倾听自然，并与天地融为一体的姿势，宁静恬淡，又夹杂着一种生的喜悦，甚至裸露的肌肤被雨气沾着，也如饮甘露，沁凉，透畅。

睁开眼时，那一队麻鸭已消失在视野中，不知在何处嬉戏了。不过，这初秋的雨还在，和我一起，天荒地老。

老宋的桂树

一个玲珑精致的秋天，可以从白梅这个小山乡点开。天自然是碧蓝的，是滤掉了一切杂质的蓝；云自然是高远的，和地里的棉朵一样白，悠游在白云岩上；涧水自然是澄净的，一泓秋水弯弯地滑向远方的白荡湖；空气自然是透鲜的，有山林的清冽，有果实的甜美，更有这个季节让人挂念、让人陶醉的桂花香。

或许是山乡，与丘壑为邻，与草木为伍，与烟霞相望，山林的自然气象，不知不觉地烙入白梅人的心中。白梅人在耕作之余，偏爱莳花弄草，屋前宅后，植几株桃李，庭前院中，摆几盆花草，很有园艺气息。爱好花草的农人聚在一起，扳扳手指头，就能点出谁家的茶花颜色最稀罕，谁家的树桩造型最独特，谁家的桂花树容最雅致。养花的人家，来了亲朋好友，在享用香茶美食之后，主人免不了会介绍一下平生最得意的一盆花草，有什么渊源，仿佛在谈论自家最有出息的子女。

众多花木之中，桂树深受白梅人偏爱。不论大庄小庄，都少不了有几株桂花树，甚至有成片的桂树林。一到秋天，闭上眼睛，路旁村边，桂花的香，忽浓忽淡，绵绵不绝，秋风一动，十里山乡，桂香浮动人欲醉。桂树，又称木樨、九里香，树形优雅，四季常青，花香怡人，还有经济价值。白梅有一个偏僻的山洼叫大洼里，虽是个只有十几户的小庄子，却有一株高大的桂树，高四五米，树形饱满，树冠雄伟，见者无不称赞。五年前曾有做苗木生意的外地人，开价三万元收购，却被主人家一口拒绝。因工作缘故，下乡路过大洼里，抽空都会去看一眼那伟岸君子，偶逢花开，更觉惊喜。

但是，白梅最有名气的桂树却是乡政府大院中的那株桂树。大洼里的那棵桂树，深山寂寞人难识，人来人往的乡政府大院，桂树一株独秀，人见人爱，名声自然远扬。那株桂树，围在大院中间的一个六角形花池里，只有三四米高，树龄却有 20 多年了，自乡政府建成时就移栽在那儿了。

大院里的桂树，毗邻办公楼，四周围绕着伟岸的樟树和水杉，相形之下，低矮点的桂树雍容优雅，十分养眼。它四季绿叶婆娑，上班的人疲惫了，望上一眼，仿佛眼珠子就被绿意轻柔地温润了一番，一会儿就神清气爽了。等到初秋时分，不经意间，淡淡的桂香就进入了大院里人的鼻尖和心底，原来桂树枝头开始吐出一朵朵淡黄色的小花了。这淡淡的桂香，与附近村庄的桂香连成一片，笼盖四野。

“桂子月中落，天香云外飘”，从某种角度而言，大洼里的桂树并不寂寞。桂树们一定有其独特的网络，桂香也许就是它们的密码语言，在秋风里无声地倾诉着各个地方的风情，或许还有一片相思之情。自然的神奇，谁能猜测?

这一株桂树，曾经是老宋的心肝宝贝。老宋是我上班后的第一个上级，多年的乡办公室主任，多年的灰色中山服，多年一板一眼的步伐，总是一副精神抖擞的样子。在大院人的眼中，老宋是生活在某个年代的人，原则至上，认真到古板的地步，还不怕得罪人，不大给人面子。20 世纪 90 年代，乡办公室代办婚姻登记，老宋把关极严，什么以大替小、隐瞒怀孕的事，老宋仿佛长了火眼金睛，几下就识破，该拒的拒，该罚的罚，什么人求情都不行。偶尔，老宋还会说出让人哭笑不得的“大实话”，有回县里干部询问有哪位乡领导在值班，老宋回答道：“在家不做主，做主不在家。”此话传诵一时。

老宋似乎没有什么别的爱好，也不大回家，能整天整天地值班，对琐屑事一丝不苟。对院子里的绿化，老宋更是情有独钟，认为绿化和卫生一样，关乎单位形象，不可小视，经常安排人修剪花木。据说，老宋从前在城市里上班，受到过正统机关作风的熏陶。我上班后，自然就成了老宋搞绿化的帮手。

大院里有几排矮矮的女贞树，长得疯快，尤其是一下雨，一夜能窜出两三寸，两三天后就高的高，低的低，乱蓬蓬一片。于是，隔上七八天，在处理完抄抄写写的事情后，我便拿起一把大剪刀，对女贞树进行挨排修剪。那个时候，大院里人少事闲，蓝天下的院子，繁阴匝地，宁静，空旷。我的耳中，只有“嚓嚓”的剪刀声，只有一片片枝叶坠地的声音。老宋常在一边指导，有时觉得不满意，就会亲自下场，精雕细琢一番。修剪后的女贞，平平整整，特别守规矩。那时的我，也守规矩，也学着老宋，欣赏院子里一排排的树。

至于那株桂树，老宋格外上心，晴怕旱，雨怕涝，精心伺候，甚至不顾桂树的整体形象，用铁丝缠在树枝分杈处，严防小孩上树。据说曾有某友好单位领导看中了大院的桂树，想要移栽，并许诺给予若干经济援助，乡领导不免意动，但在老宋极力反对之下此事居然不了了之。有一年，桂花树病了，老宋围着桂树直打转，仿佛自己的亲人病了。老宋多处求方，甚至向一位平时不大对眼的干部求教，直到桂树转危为安，老宋才开了笑脸。在老宋无微不至地看护下，那株桂树亭亭玉立，枝叶茂盛，绿意盎然，就连花香，据村干部称道，也比外边的多一些醇美，多一些香甜。这样的奉承话，据我观察，老宋也能甘之如饴，不过，不该开的后门依然紧闭。小小的糖衣，老宋也不拒绝，但绝不会被迷惑。

等到桂子飘香的季节，老宋的神经更绷紧了，他得对桂树进行全方位、全天候严防死守，不许人攀折一枝，以免伤害了桂树。他坐在办公室里，时不时盯着桂树，每一个路过桂树的人，都成了“嫌犯”。每一个路过桂树的人，都感到有一双无形的眼睛像雷达一样扫描着自己。即使这样，也有顶风作案者，偶有干部家属，趁老宋不在时，偷折一枝两枝，因为老宋作为大院“总管”，难免有公务繁忙之时，但一旦被老宋发现，不论大人小孩，必遭呵斥。其实，折花者也是忍受不住心中之爱，做了一个“雅贼”，而老宋才不管贼有雅俗之分，只管大声指责。以至于有人手拿桂花枝进大院，都要对老宋解释是在外边采摘的。为了几束桂花枝，老宋得罪了不少人，连带着他的古板，招来了一地的咒骂。不过，老宋全然不顾，陶醉在桂花香中，怡然自得，由此也为大院带来了一轮又一轮的桂花季，最完美的桂花季。

过了几年，老宋退休回家了。大院里少了一个穿灰色中山服的人，绿化也无人上心了，女贞树一块一块地毁损，有被虫吃的，也有被车辆撞坏的。再后来，办公楼两边建了房，女贞树全被挖了，一旁的水杉和樟树什么的也被挖了、卖了。有一天，我在一个村庄，居然看见了曾经栽种在宿舍东头的一株广玉兰，与它一起的还有宿舍西头的一株广玉兰，过去东西相望，如今可以牵手了。还好，桂树深得众人喜爱，又是白梅名树，闻名遐迩，终逃过一劫。于是，大院里的老树就剩这一株桂树了，孤零零的身影边，就是一些新建的花坛了。不过，小车多了起来，常常停不过来，院子似乎小了。

后来，我也转到别的单位上班了。前些时候到大院里办事，又看见了那株孤独的桂树，枝叶略显稀疏，但仔细一望，金黄色的小花开始点缀枝头，那一瞬间忽然就想起了老宋，想起了曾经青葱的岁月。

恍惚间，秋风一吹，又是熟悉的桂花香味，暗香浮浮沉沉，那一丝丝甜味在空气里绵延，沁入心底。

老宋的桂树，依然飘香。

秋　　思

（一）

秋风轻响，午后的阳光从院子里的树梢上洒过来，水泥地上东一块西一块的青苔泛着鲜绿色。搬一把破木椅，随便捧一本书，坐在阳光下闲闲地翻着，身后的走廊里一根根简陋的晾衣绳上，各色的衣服随风款款摆动，间或鸟鸣喳喳。不一会，全身便爬满了阳光的味儿，“暖洋洋”这个词虽说太普通，但却没有比它更好的词儿来形容这种舒适了。

放下书本，随便走两步，瞧瞧搭晒的棉花被，洁白的皮子上纵横着红白的线儿，被子贪婪地享受着阳光的温情，晚上躺在上面肯定会做个好梦了。再抬头看看宁静的大院上的秋日碧空，那大块大块的蓝，透着纯，透着净，心里残存着的几许尘世喧哗顿如海水退潮般逝去。

（二）

出大院门，马路两边的菜园历经霜露滋润，更显清爽，三三两两的老农趁着暖和的阳光在地里挖红薯，青壮年大多外出打工了。远望白云岩，碧空澄净，轻云暗移，视线特别的好，山石树木如在眼前，称得上是风烟俱净了。远眺山林，一层层的墨绿色，一层层的明黄色，间杂鲜艳的红色，多是经霜后的枫叶。这些色彩组合在一起，山林便如油彩画般迷人了。

我忽然有一股爬山的想法，背上我的老爷相机，攀攀久闻大名的双峰寨，那上面的风光不曾听人说过，只知道寨下有大片的竹林。不过一个人爬山太寂寞，我的念头只是一闪而过。

双峰寨是白云岩的最高峰，常有云雾飘忽，因山石小路漫漶不明，游人罕至，向来只有茶农的足迹。然而双峰寨的茶叶却因云蒸雾润而野香浓郁，久泡味存。初尝之时，嫌其味浓，喝得久了，再品尝别的香茶，就觉得茶味太淡，不过瘾。此茶因此向为人所称道，四五月间农家卖茶，一律打着双峰寨野茶的旗号。

双峰寨离我很近，但我不曾攀过。生活就是这样，随时都能实行的事，反而因为太平常了，人们往往失去动力，便从来没有做过。双峰寨于我便如此。但在物价飞涨的时代，谈谈非物质的理想都有点奢侈，能够这样悠然地望望南山，心无杂念地想想，也是件美事了。

（三）

秋日的涧水不像春水般轻盈欢快，也不像夏潮般激流勇进，它像是一位洞明世事的智者，细流涓涓，却又是如许的明净，不带一丝杂质，游鱼沙石历历在目。涧的两旁是一排排盖红瓦贴瓷砖的农家小楼，远远望去，红瓦在秋日下银光闪闪，宛如镀着一层水银。

漫步在涧边的水泥路上，鼻端飘来一股浓浓的酒香。寻香而去，路边农家的铝合金门内，靠墙躺着三个大酒瓮，女主人与几位老农正在品论。我走了进去，一看酒缸上贴着大红的厂家标签，这是城里酒店里常见的封缸酒，而不再是记忆中“三无”散打酒了。女主人殷勤地请我尝尝，可惜我酒量极浅，更不会品酒，只能笑着拒绝了。

那几位老农一边尝酒，一边笑呵呵地问着价钱。透过他们黑红的脸膛，我看见门前的柿树不再有黄澄澄的果实了，厚厚的柿叶已经大半转黄——山村已是霜冷深秋了。

白梅的雪

夜色已浓，四野除了那几许昏黄的农家灯火，只有那茫茫白雪隐隐地泛着寒光；柏油路已无踪无迹，铺上了厚厚的一层干雪，路上人声杳杳，只有我们归家的身影。听着沙沙的雪落声，我们犹如荒野里的旅人，只觉得伞外风雪漫漫，归程渺渺。终于顶着寒风踏进大院，已是庭院深深满白雪了。我们的皮靴陷入雪中，抬起来却不费劲，感觉脚下的雪柔柔的，如沙子，如面粉，随便地踢踢腿儿，便腾起了雪烟银雾。这样的嬉戏，让我回想起白天的雪趣了。

那是我们白梅小山林的雪趣，不同于枞川平原上的清浅雪味。“雪落高山，霜打平原”，民谚确实有些道理。沿孙畈大涧进了白梅，不论是雪还是冻，都来得猛些，扬花泻玉，鹅毛般绵绵不断。这十来天，皑皑白雪四处可见，地里的油菜小麦盖上了厚厚的棉被，那柏油路好不容易露出点真面容，一夜过后，又是雪满大涧两岸了。在这样有雪的日子里，交通渐渐困窘，日子也就单纯起来了，不必考虑出远门，可以赖一会儿床，可以缓缓地上班，迟些也没关系，都不准时呢。上班了，就算是下乡，天寒地冻的，也可以观赏田野雪景。那风雪欲来山云暗，那“松花”怒放的松枝，那如棉花朵朵的松雪，那溪水清冷、草卧肥雪的雪溪，那无垠的缀银点素的田野，那静卧山坡悠然自得的草屋，那在絮絮飞舞的繁密雪花下的农家村庄，一切都是如斯恬静。这样的田园风光，不是坐在空调办公室里的人们所能领略的。

白梅的雪也是调皮的，玲珑的雪姑娘娇笑着游荡在空中，抛洒下无数朵小白花，一会儿，山也染白了，千树万树梨花开了，我们的大院景色也是焕然一新了。屋顶严严实实地压着层层的雪，地上的雪可比台阶了，人行其上，如踏在银色的沙滩上，松松软软的，脚两边拨拨，翻起细细的雪盐，腾起一道道的雪浪。院子里的树，竞相争艳了。雪松可算是名副其实了，蓬松的树冠上躺着一小堆的银砂雪，树梢也顶着轻柔的小白帽；樟树干积着厚厚的一层雪，有如一条雪蛇蜿蜒其上；柏树挂满了茸茸的雪团，谁教枝叶如刺呢，把小小雪姑娘深情地挽住；而院中最引人注目的桂树，枝条儿被压得歪歪斜斜，不见平日里团团如伞、雍容优雅的姿态了；最妙的是那两株蜡梅，被粗壮的樟树干衬着，被雪花洗净的墨绿色的桂叶映着，疏枝铮铮却妙态尽呈，黄花欣欣而含蕊噙雪。我循着台阶登上二楼，那横逸的梅枝触手可及，不经意的，瞥见三两个花骨朵正躲在雪花里呢，鼻端有着一丝丝淡淡的清香，若有若无的。

望着栏外款款轻舞的雪，细细寻觅，有些雪花宛如精灵，微风中居然向上飘升，翩翩地滑行在空中，然后才恋恋不舍地降下，其运行轨迹好似乔丹的英姿，只是少了一分刚健，多了一分温柔。心中不由得涌来几句描摹雪景的古诗词："疏是枝条艳是花，春妆儿女竞奢华""冷艳清香受雪知，雨中谁把腊为衣""战罢玉龙三百万，败鳞残甲满天飞"。吟诵这些精美的诗句，村野之人如我也有了几分雅趣，信口胡诌："昆仑之雪天上来，舞罢低回寒凝光。楼头抱手风涛劲，数点寒梅雪眠香。"至于韵律，留给诗人们去咀嚼了，我是村野之人，何须管它?

借此兴头，我抱着相机跑到了楼顶。楼顶积雪更厚，寒意更深，有线电视的大锅也遍体银装。举目四方，人家尽白头，雪野中的村庄显得更小巧了；天寒苍山隐，岩峰雄奇的白云岩是灰蒙蒙一片，隐隐约约见些山坡上的雪光。哆哆嗦嗦地拍了几张，手指头有点不听指挥，实在受不了，急忙跑回家，用滚水泡了泡，双手又麻又痒，片刻之后方能舒适自如。

索性丢下相机，笼着手出去游玩。门前有着一排高大的水杉，羽叶落尽，光秃秃的，毫无玉树琼枝的风采；不像前天的那场水雪，水杉们冰肌玉骨，宛如一树树的玉珊瑚，妍容逸姿，就连石崇斗富的珊瑚树也要望尘莫及。可惜相机不在手边，未能拍下水杉们的靓影。

再次来到院中，因为自来水受冻，几位同事正从水井里扯水，一旁的主妇们忙着剖鱼洗菜，过年的气息便一点点地散到空中，随着漫漫雪花传递开来。出了院子，两边的油菜地成为条格状的雪地，看不到一丝绿色；路上的车辆极少，偶有车子，如行水上，划开的却是两条雪的波浪。再看看白云岩，依然是朦胧一片，那云雾如带缠绕山腰的景色大概要有机缘才能看到了。

在那些白雪绵绵的日子里，每天的雪趣是不同的，此时此刻我也无暇回味，陋室已经在望了。山村的雪夜终归是宁静的，院子里的人家早已关门，玻璃窗子却透出温馨的灯火。踏着雪的沙滩，我们在如花的飞雪中，“躲进小楼成一统”，待养足了精神，明天再领略雪中的白梅——犹如穿着白色嫁纱的山村小姑娘的娇俏风采了。

小　洼

小洼是一片旱地的名称，不在官方地名册之内。说起来，田地的模样差不多，尽管也居在村庄里，我们最多能因地猜测是哪个庄的；农人却如数家珍，可以叫出一块块田地的名称，如五斗、二塥、蛇尾、小塘冲什么的，偶有诗意的，弯弯的一块，叫作月亮田，能让点点大的小孩子胡乱想象：这块田是不是可以种月亮？或者是否曾经种过月亮？但名称再诗意，也是黄汗淌黑汗流的地方，投入高产出低，留不住一门心思在城里的年轻人。

小洼很普通，种的植物也很普通。即使是同一季节，生长的庄稼都杂七杂八的，上坡长着油菜，下坡种着小麦，地埂有点玉米的，也有栽南瓜的，甚至还有茶园。这些都是我在饭桌上听来的，好像小洼是名胜景点，家里的老人就是旅行社的导游大喇叭，不厌其烦地向我做夸大宣传。是宣讲功绩，还是诱导我参与耕种？恐怕老人自己都不清楚。

宣传很零零碎碎，我听有好多年了。春天里，小洼的茶叶发头了。可惜天旱，恐怕清明难采摘了，卷尾巴龙没做清明，哪有雨水？谷雨能摘头茶就不错了。果然到了谷雨，生茶才第一次摘回来。为表示关心农事，关心老人，我瞪大眼睛看袋里的茶，小心地拈几片，一芽一叶如旗枪，碧绿如玉，有一丝淡淡的草木香气，都是茶头啊，就是分量不够，老人一下午才摘了四两生茶。看出了我的不以为然，一旁的妻子说，现在都是茶头，难摘，摘茶要摘多少天的，等下个雨，一丛丛的，一天要摘两斤多。于是，茶事忽浓忽淡地走进初夏。有时，一天七八两生茶，老人也不失望；有时，一天两三斤生茶，老人情绪更高，笑谈白天采茶的见闻，这家采了多少，那家请了几个人。那些天，家里、村庄里，弥漫着炒茶的香味。

夏天时，小洼又成了瓜的世界，如果种了香瓜，那会密麻麻的，拳头大小，快黄了；种了冬瓜，靠地埂的大些，缠在地里的小些；丝瓜搭了架，嫩青的；最普通的是南瓜，满地埂乱长，大小都能摘。当然，也点了玉米，大半是普通的，煮熟了金黄色，小半是糯玉米，却是白色和赤红色的，须子都还没黑。为证明话无虚言，隔了天把，老人就摘回一个香瓜，或者几棒玉米，喊我们尝鲜，好像她第一回种，我们第一回尝。有时，老人回来很恼怒，说是獾子扒了玉米，那獾，吃就吃吧，总是拱，一拱倒一棵。可这矮墩墩的家伙，又没长手，也没法子。孩子反倒兴奋，问獾子长什么样，问是不是要到街上买弓。这弓，又叫套子，山里早就没有猎枪了，对付野兽，只有埋弓，或者下套。不过，下套要勤快，晚放早收，还要尽量打好招呼，山里人起早，免得有人不小心踩了。有时，自己下套自己踩。为什么呢？年纪大了，记性差了，事情一多，一个疏忽，闹出了笑话。终归没有上街买弓，孩子有点失望。

三伏天，热是主题，老人还要到地里锄草，我们阻止。老人说：今天地里热闹呢，陈老头打赤膊，唱小调，好听着呢。我们不解：大热天的，搞不好就是中暑，还唱歌，高兴啥呢？那当然，陈老头两只眼睛看不清大活人，去年政府免费做手术，摘了白内障，70 多岁的人，做事不晓得多精神。再说，人老了不怕热。老庄的老翟老婆，天麻麻亮就到地里，天黑才回家，一天到晚就到地里打转，那菜兴得，清清爽爽，地里的杂草一根都看不见，除草剂都没那么管用。哦，原来锄地还能听人唱古戏；哦，原来我家老人还是有分寸的，没有整天钻到小洼，抽空还在家呢。

漫长的夏天一过，秋天来了。秋天的小洼，先是收了一畦的花生，大蓬的绿叶，底下是长长的根须，系着许多花生娃娃。丰满硕大的摘下晒干，留着炒花生米，小的水煮，本地称作“水籽花生”，一大盘端上，磕磕嚼嚼，全是米粒儿，图个鲜味。偶尔，有花生早熟，发了芽，白胖的，老人拾掇拾掇，凑了一小碗，油炒了，青白相间，脆生生的，有别样的鲜味。小洼更多的是山芋，一筐一筐挑回来，红皮的，麻皮的，堆得像小山。留些过冬，剩下的洗山粉。也有芝麻，不多，几小捆。瓜蔓枯萎了，南瓜全摘回来了，大大小小，有青有黄，在地下室排了两溜，安闲地等着过冬。妻闲时，便做南瓜饼，有点清香。

秋天其实很短，眨眼就下霜，就到冬天了。老人摘了几回棉花，就连根拔回家。棉花秆堆在墙角，还有一些未成熟的小棉桃，晒晒太阳，居然还能绽开，是额外的收成。一年四季，小洼就冬天清闲些。有的地空了，来年春天会长出大蓬的野草；有的地被整成了垄，准备种小麦；有的地打了油菜，绿茵茵的，油菜要浇水，老人隔天把就去。有一天回来说看见野猪了，大的有三百斤呢，带着四个小猪仔，不怕人，到处拱油菜，看见人来了也慢慢走。野猪成灾了，政府管不管呢？老人问我。大有政府不管、她找路子的念头。我急忙制止：野猪那真是没法子，野猪连老虎都不怕，现在又没老虎了，它最狠了，要吃素就吃素，要吃荤就吃荤，毒蛇都能拱着吃。打它还要向林业局申请打猎队，要出钱的，也不好打，野猪跟枪上，打一只野猪，要两三把枪才行。过去金社有一个教师（本地称呼，实为武师），是又壮又狠的劳力，一个人打野猪，一枪没打死，野猪撵了他几十里路，他气喘吁吁地跑回家，伤了底子，隔年便生病死了。去年雨坛有个老头，看见野猪拱水稻，眼花没看清，以为是哪家养的土猪，气得拿粪瓢打，结果被野猪咬伤了。

油菜恐怕种不成了，老人很失望地说。说是这样说了，老人还是往小洼跑，可能怕小洼寂寞了。

桃花深处

人间四月，山寺桃花盛，城乡“宅民”出。挑了一个风和日丽的天气，踩着春的小尾巴，我们慕名踏上了大山桃花源的旅程。车过周氏祠堂，转过一座修葺齐整的茶山，猝不及防地，就与大山千万朵桃花相遇了，那一刻，就连即将远行的暮春也成了桃花的颜色和气味。

大山，不是普通的泛指，是指枞阳县周潭镇大山村的一座山丘，拔立于长江之畔。上有一座奇险而狭长的水库，水冷而清碧，库尾有几株沉落在水底的大树，枝枝丫丫，清晰可见，给水库增添了一种神秘感。库坝为全钢混结构，高约 10 多米，溢洪道口水流如瀑布般直挂而下，阳光照射时，可以看见一道彩虹挂在坝上。水库下有一道曲折的溪流，溪流两边，有千亩桃树林，间杂梨树。春时桃梨争艳，夏秋果实累累，果林的原生态景观，颇能吸引周边人士观光休闲。渐渐地，大山桃花成了当地一景。

看桃花的小路上，停了一列列各种品牌的小车。路有多远，车辆的队伍就有多长。在赏花或摘果的时令，4 米宽的水泥路有点狭窄，一有相遇，进退失据，还不如步行的人来得从容。

春日里的桃花林，也适合人们从容地观赏。大山的桃林，虽有人工修剪的痕迹，但多半是自由的，没有制式的僵硬，长得有点疯，有点恣意。竹外桃花三两枝，是疏；人面桃花相映红，是谐；千朵万朵压枝低，是闹。花海中，有一粒粒羞涩的蓓蕾，更多的是桃之夭夭，应是最怒放的状态，有着热恋中青春少女的艳丽。当然，人在花海中，如鱼戏莲叶间，时不时与一枝弧线优美的桃花合个影。人，也成了一朵美丽的桃花。

一不小心，就悠游到桃林深处，人烟渺渺，四周桃红梨白，恍若隔世，仙境不过如此。在一株树边静立，听春风微微拂过枝头，有远方山岭里的林木气息，有桃花清淡的细香；细细倾听，还有桃花的声音。那些或红或白的花瓣，随风起舞，落在草地，也落在游人的身上。忧郁的人，听见的是花瓣摔碎的声音；欢快的人，听见的是花飞花逐的声音；那历经沧桑的人，也许听见的是返璞归真的心灵呼唤。

在这样的桃林中，在大山绵绵的春风里，让人不由心生奇念，渴望成为一株桃树，一株大山里普通的桃树，扎根山石泥土中，呼吸山风，饱饮露水。在春天里，吐出一粒粒蓓蕾，在艳阳下绽放，开最美的花；在夏天里结桃，长丰满多汁的桃肉；在冬日里，褪去各种装扮，静下来雕刻一圈年轮，年轮有时厚，有时薄，全看雨水的丰盈与否了。也许，我对桃树的想象比较简单浅薄，“桃李不言，下自成蹊”，桃的自然和人文内涵，古今历历皆是。但在这大山的春风里，我只想纯粹一点，就做一株全植物意义上的桃树，顶天，做一株“总把新桃换旧符”中辟邪的桃符。

出了桃林，向水库前行，有一条小溪流，或许是水库留下了泥沙，溪水长年洁白美丽，且有微凉之感，很容易让人静心敛欲。干净的小溪流，倒映着竹林茅舍，随着坡度的高低而缓急不一，可以听见各样的溪声：有从一滩粗沙细沙上优雅缓行的溪声，有从一堆鹅卵石上轻快滑行的溪声，有从一块硕大的孤石边急冲而过的溪声，也有从一整块岩石上轰然跌落的溪声。听着跌宕起伏的溪声，看着清亮透明的溪水，不觉腋下生风，即便心有燥热，也霍然而去。在没有桃花的季节，溪流也可以让游客流连一二。在夏日乃至初秋，有不少的游人脱去沉重的鞋履，赤足踏进干净的溪流。古人云：“沧浪之水清兮，可以濯我缨；沧浪之水浊兮，可以濯我足。”在大山的溪流里，可以从足部开始，清洗灵魂，唤醒心底的一份明净。

桃花，溪流，水库，青山，相映成趣。游人至此，总有“我见青山多妩媚，料青山见我应如是”的感慨。其实这花团锦簇的大山后，却深藏着周潭人骨子里的硬气。在古桐城，“文不过西乡，武不过东乡”，“东乡俗尚意气，其民好斗敢死”，而周潭恰恰是东乡武术的源头，历史上拳师辈出，民风极其剽悍。名闻大江南北的“三十六名教”中第一好手即周潭章冠鳌，其人壮年时勇斗九华恶僧，年过古稀犹冲锋沙场，“出入重围中如无人”。其时，一群面朝黄土背朝天的周潭乡村汉子，拿着大刀长矛，更多是耙、锄之类的农具，却敢与十倍之敌激战，非好勇斗气，只为守卫美丽而安宁的家园。乡贤吴汝伦，桐城文派末期代表人物之一，听闻章冠鳌事迹，特为之作传，记其勇烈。

20 世纪初，曾经有一个外乡少年来到这座寂寞的大山里，就读于桐城儒生周大璋创办的学堂。数年时光，文静的少年读书习字之余，耳濡目染的却是周潭人不畏强暴的勇烈侠气。血性硬气的周潭人，让外乡少年完成了一种特殊的生命洗礼。国难之际，少年投笔从戎，挥师万里，远征缅甸，战功赫赫，却血染丛林，捐躯报国。这个少年，就是令人称颂的戴安澜将军，英勇的将军，面对敌寇，一如他少年时期耳闻目睹的周潭人，对千重磨难、万般邪恶，怒拔正义之剑，血溅轩辕，死而后已。将军去后，蒋中正痛献挽联：“虎头食肉负雄姿，看万里长征，与敌周旋欣不忝；马革裹尸酹壮志，惜大勋未集，虚予期望痛何如?”毛泽东也慨然赋诗：“外侮需人御，将军赋采薇。师称机械化，勇夺虎罴威。浴血东瓜守，驱倭棠吉归。沙场竟殒命，壮志也无违。”如今，大山巍巍，英魂永存，不远处的准提庵，尚存戴安澜将军读书时的遗迹，可供游人瞻仰。

离开大山，我们回到停车处的周氏祠堂。这是一个留存徽派建筑风格的祠堂，有点残破，沧桑的白墙黑瓦仍然肃穆，陈旧的木门窗红漆斑驳，雕刻繁复精致，院子里还有不少破旧的石鼓石刻，图案多半损坏了，留存的部分线条浑圆自然，人物形象活灵活现。更令人注目的是厅堂里摆放着一把近 2 米长的关公大刀，纯铁打制，据说是过去周潭男儿练武用的器具，虽然锈迹斑斑，刀锋已钝，但仍让人敬畏，也让周氏祠堂有了一种与众不同的意境。同行的章老师，一个周潭男儿，奋力舞起大刀，摆弄了几个威武的姿式，刀上的铁环哗哗作响，一股冷兵器时代特有的凌烈之气便扑面而来。

“满堂花醉三千客，一剑霜寒十四州”，看来，桃源胜境的大山里，男儿习武风俗至今未断，绵绵花香处，剑气纵横来。

项铺散记

枫林向晚，暮霭如烟，寨头渐渐隐入柳峰深山中，触目的是一排排崭新的楼屋，归程已至，然而百年老街石溪、虎岭头的农家乐、古朴的寨头都如同烟波浩渺的白荡湖水，一遍一遍地荡漾在心田，泛起深深的涟漪。

石溪老街

第一次跟随着枞阳在线的一帮版主和管理员们采风，我有点局促，只好三缄其口，以免稀释了文化气氛。走进石溪这条老街，踩着残存的麻石条，泥墙、青砖和紧闭的木门不断进入眼帘，尺把宽的厚门板，立在槽上，须一扇扇地上或下，20 多年前的店铺多是如此。时间侵蚀，屋角显见颓败，木板也是片片黑黝黝的。老街约有 200 米长，据说以前还存有几座牌坊。可以想象多年前此处的繁华，清晨店铺的门板相继打开，小贩的吆喝声此起彼伏，乡邻们从四乡涌来，交织出一片喧闹的市井景象。直到中午，人群陆续散去，而店铺夜黑方才关门，昏黄的灯光处，还传来算盘珠子的脆响；有些大铺子，门上也许会挂上两盏红灯笼呢。我的遐想忽然被“呜呜”的声音打断，街道上有户农家正用打稻机脱粒，将细尼龙网铺在路上接稻谷，金黄的稻谷散发着新鲜的田野味。打稻的是一位老人，想来也是，这样寂寞的老街是留不住年轻人的。

前面又热闹起来，版主长安客发现了一处老店，并看到了一盏造型特异的马灯。在店主的笑声中，摄友纷纷掏出相机拍照。店主姓疏，带着鸭舌绒帽，是位红脸膛的长者。在得知是枞阳在线组织文友采风活动后，疏老自告奋勇地当起了导游，诉说当地的风土人情。从老人的口中，我们知道了石溪街的历史远非我们所猜测的三四十年时间，而是上百年的光阴。老人一肚皮的地理经，他说，石溪形似乌龟，龟背在街道，龟颈长长伸出，龟头伸入白荡湖的末梢——石溪河。当年房秩五先生创建浮山学校，校门正对乌龟头。从此石溪得山泽灵气，人才辈出，现在更是考了不少的大学生，路旁紧闭的门中，多是这样的家庭。疏老的一番话，引起了大家对龟形风水的兴趣，在老人指点中走出村子，四处察看。其实也就几步路，却是一派水乡景色。村口的水塘，横卧着数棵柳树，疏影入水，柳枝更见轻盈，隔岸静立着一丛苍黄的芦苇丛。村外一条长蛇似的堤岸，左边一片荒芜的浅水，遍布着暗绿的水草，丛丛缠绕，水中间竖着几根细高的杆子，才女甜橙说那是打鱼的工具。右边一片湖水，雾气渺渺，漂着一条木船，有夫妻两人正在放网打鱼。那湖水边，确有一大块石头，也就是疏老所言的乌龟头了。

“对边就是浮山，摆个渡就到。可惜有雾，要是大晴天，浮山可是看得清清亮亮的。房秩五的祖房就在边山，在浮山的三边寨可以看到他的祖坟，当年是地仙瞄龙瞄来的。”疏老人略有遗憾地告诉我们。其实，真正值得遗憾的恰是这条寂寂的老街，牌坊已经毁坏了，石板残缺了，如果无人修整，这条还保留着几分古迹的为当地人所称道的老街会慢慢消失。

虎岭人家

车子驶到柳峰山下的一座水库时，雾气渐渐散开。我们的目标是到达半山的虎岭头，主人已经赶到山下迎接了。陪同的项铺镇章委员、白石村左书记介绍说，主人姓陶，是有名的林业大户，多年前就承包了龙虎山林场，如今渐成规模。

陶场长是个中年汉子，脸被晒得黑黝黝的，言语实诚，客气话说了两句，就领着我们上山了。山路约有 4 米的宽度，四处都留有挖机的痕迹。章委员说，在山区这是大工程，全部是陶场长一人投资的。此时已经近 12 点了，大家不再停留，跟着陶场长赶路。当然，长安客是不会放过山上的美景的，就连半路一处小庙都用相机留下了印记。

我们转了几处弯，从一处菜地里踏过，在几声狗儿的欢叫声中爬上了虎岭头。虎岭其实就陶场长一家人，几间土基房屋略有些破败，房前房后却都是一些城市难得一见的风景树，树丛中有山花开放，很随意。虎岭头一下子就让我们感受到了自然清新、简单干净的原始美。

这时，陶场长洗了杯子，泡上茶叶。未尝茶水，香气扑鼻，入口更是清香沁人。一问方知茶是自制的野茶叶，水是山上的甘泉水。闲坐了一会，农家饭正式开席，尽是些绿色的农家本土菜，如山粉圆子烧土鸡、肉烧项铺生腐。网友们品尝后赞不绝口，曾在县委办工作过的下派干部左书记却笑言："不是菜好，是我们安排得恰是时候，老师们又累又饿的时候，吃什么都香。"当然是谦虚。

在白石村部介绍时，才女浅紫居然说出了我的四个网名，镜子当时就说，小齐啊，无论如何得敬美女版主四杯。可惜我的酒量极浅，只能推辞："四杯下肚，我肯定五体投地。"然而在虎岭，倒是浅紫过来敬了我一杯，真是让人无地自容。

就这样我还是不胜酒力，逃了出来，同樟树下看风景的陶场长老爹闲谈。陶老爹今年 80 多岁了，牙齿满口，身子硬朗，经常步行下山到项铺街喝早茶。老爹也很健谈，山里山外的事知道不少。

"这条路是你们自家修的?"

"嗯，修掉了一座楼房。不过，也没法做楼房，材料难盘。不想修啊，要贷那么多的款，我儿子说大不了把那林子抵了。也是，只有路修通了，木材才能卖出去。"

“你家里可有茶场?”

“有啊，在那边，有 100 多亩，还有苗木。”

“还有苗圃?”

“胡乱种些桂花树、香樟树，听说城里作兴这些树。”

“还有什么可以赚钱的?”

“有，这山底下全是玄武岩。不开采吧，要资源，开采光了吧，又把子孙的饭吃完了。”

这确实矛盾，也是许多地方发展经济的矛盾。

我转移了一下话题：“这棵樟树多少年了?”

“20 多年，原先这座山上什么都没有，光秃秃的，后来才种上的。”

闲谈中才知道陶老汉祖上因避乱搬到虎岭，至今已有八代了。现在岭上还是一大家子住在一起，但也有人搬到山下了，毕竟交通不便，年轻人更向往山下的世界。当年还为林场起了点家庭争议，陶老汉坚决不分林场，把家交给了二儿子，自己不再过问家事了。

谈了一会儿，我起身四处转了转，居然发现一株花期正败的杜鹃。如今正是十月小阳春，气温比往年高。报载受气候影响，冰原霸主北极熊觅不到猎物，向人作揖求食，这山里的杜鹃花也摸不清节令乱开花了。

酒宴终罢，报社的王主编张罗着合影，我赶紧跑回。先是给陶老汉一家三代合影，然后大伙一起合影。在陶老汉一家合影时，我也在旁边按了一下快门，回家后在电脑上翻看相片，屏幕上虎岭人家围着陶老爹，笑呵呵地望着前方，那纯朴的笑容很容易让人想起幸福时光，想起中国传统大家庭的温馨和睦。

寨头风光

趁着酒兴，陶场长领着我们去欣赏本地有名的寨头风光。从陶老汉家边的斜坡插上，沿着林间小路，一路都是陡峭的上坡路，荫翳蔽人，抬头看天，仿佛很遥远的样子。我们穿过一大片高大的杉木林，这也是陶场长承包的山林，再经过一片松林，终于艰辛地爬到山顶，只觉豁然开朗，不再有那种压抑的感觉。

山顶上有一条荒草丛生的小路，弯弯曲曲，通向柳峰山的深处。触目的都是绵绵的山岭，秋天的草木将其最靓丽的色彩炫出来。这里的葛藤大片大片连在一起，枫叶形的叶子正呈现着明亮的黄色，这些黄色涌动在一起，十分爽目。这里的枫叶，虽然不再红艳似火的，但红颜未曾褪尽，风韵犹存。这里的野菊花，正值灿烂季节，毫不忌人，路边、石坡上、树林下到外都是，随手摘下，有一种药草的芳香。这里随时能发现一些不知名的树，长满了艳丽的果子。同行的才女浅紫，眼光独到，见风景这般宜人，立即摆好姿式，留下美丽的倩影。

小路时而逼仄陡峭，时而荆棘缠绕，有些地方要手脚并用，甚至要人拉扯。一路行来，众人身上沾了许多不知名的刺球儿。大家走走歇歇，说说笑笑，逗逗嘴儿，庄子还未看到。看来，寨头远非启程时所说的 20 分钟路程，山里人说远近的谱儿不准，也许是他们走惯了山路，漫漫路程，可以安步当车，不把时间的精确放在心上。

终于在犬吠声中走进了寨头，树木比房屋高，房屋是一色的瓦屋，甚至还有泥巴糊着的墙。屋角处杂草丛生，石头垒成的墙上垂下苍老的藤蔓，大青石整齐地码在屋外，晒着萝卜，还有几根树干制成的晒衣桩。我们行走在庄内，没有看到人，只有两个穿着干净、手捧菊花的孩子跑出来看热闹，孩子们纯真的笑脸感染了我，我迅速按下了快门。后来我在电脑上浏览，看过图片的人都觉得童趣盎然。在庄内，我还注意到几个老人悠闲地在门外站着，毫不在意我们这些陌生人的闯入。

出了庄子，登上前面的一个叫“天姥蹲”的山岭，寨头风光一览无余。在墨绿色的柏树和青青翠竹的掩映下，几棵枫树格外高大，满树的枫叶半黄半红；几排低矮的灰瓦屋，错落有致，舒缓自如，十分和谐，仿佛这山这屋亘古同生似的，有些屋顶已经倒塌，已被走出寨外的主人永远遗弃。这个古朴而又有点粗拙的村子，仔细品味，不仅有着世外桃源般的风景，更有一种纯净而隽永的韵味；这样静谧安逸的寨头，对于我们这些尘世劳累的心灵，仿佛甘露之水般清凉，能涤净厚厚的污垢，让心灵飘飞到空灵明净的净土。然而我们只是过客，挥挥手，无限眷念地离开这心灵的栖息地。

顾名思义，“天姥蹲”就是仙人留迹的地方。山岭上散生着一些石头，称作“仙人床”“仙人椅”等等，且确有其形，大伙纷纷坐上，体验一下过神仙日子之感。其时荒草离离，美女其淑，摄友长安客小眼笑成眯眯缝，举着大炮狂轰猛摄。可惜天阴有雾，南望白荡湖，灰蒙蒙一片，只隐约看到一座山，陶场长说是拔茅山。

从“天姥蹲”往南就是下山的路了，陶场长向大家挥手辞别，并一再相邀：“明年春暖，大家再到我家来，看看我家那片茶园，尝尝我制作的新茶。”

后　记

下山也是羊肠小路，我们拖着疲惫的身子，再也无心欣赏沿途的风景。约略记得山下村庄有株高大的板栗树，枝叶茂盛，已被村民们当作神树，树下修了个小庙，枝丫上挂着许多红绸。等到项铺街道时，网友旷野迎了上来，身后跟着一条威猛的狼犬。旷野是位医生，叫吴泽敏，狂热的根雕艺术爱好者。旷野把大家接到诊所，观赏他的宝藏，其中一幅根雕作品——“春”，形状及意味不可描述，却是天然生成，旷野妙手偶得之，在2007年11月的北京全国根雕艺术展上获得银质奖章。至于他家楼上的艺术宝库，虽然我没有上去，网友长安客、鱼丫子等参观后称道美不胜收，以他们这些文化人的刁钻眼光审视，想来定是实至名归了。

我坐在长椅上，注视着那幅“悬壶济天下，携镜照九州”的中堂，实在有点诧异，旷野是如何能右手执着手术刀，仁心济世，左手却摆弄着山野里老树粗根，将其幻化成一幅幅精美的雕刻呢，也许白荡湖畔、柳峰山下多的是这样的能人奇士吧！

荷 叶 渡

在渡口，总有一场未知或已知的约会等着你风尘仆仆地去赶赴，渡口的名字是那么的富有江南韵味，那么的富有故事性。

你的心情忐忑不安，有如这儿的江水半青半黄，不知道苦心等待的和殷殷期望的相差多少，不知道千万里的奔波是否值得那一张往返票。

一千多年前，一位新罗的留学生，也曾在这里面对茫茫的大江，不知他的约会该在何方。他的面前敞开着一扇门，儒、佛、道三教思想的火花在闪耀，在争辉，让大唐的星空一片璀璨迷人。年轻的新罗人，他深深地沉迷其中，不可自拔。家乡的财富、名声、权力，已是瓦砾，此心已属大唐。

一百多年前，风雨如晦，神州陆沉。一位不安于闺房的女子，默默地来到了渡口，赶赴一场秘密的约会。她有一颗胜于男子的雄心，抛弃了原有的安逸生活，持绣花针的纤纤玉手舞起了寒光闪闪的铁剑。她来了，直面山河破碎、金瓯残缺的冰冷现实，直面血火舐舔的危险。

一千多年后的今天，也有一群人，在风雨中焦急地等候渡轮。这是一群菜农，半生操劳，多数已衰老，但瘦弱的肩膀还要去分担生存的压力。他们日复一日和渡轮一般，总去赶赴一场固定的约会。

在渡口，所有一切都显得张皇、失神、焦虑，只有渡轮是从容的。

它从不急迫，只按时钟慢条斯理地前行，也没有好奇，它的约会一成不变，从此岸到彼岸，再从彼岸到此岸。直到有一天，它老了，锈蚀了，才会安静地待在码头一个不起眼的角落，听涛声起起伏伏。偶尔，会有几个孩子，带着一条小黑狗，来这儿嬉戏半天。

多年前的新罗留学生，最终皈依了佛门，也等来了与一座名山的约会。那座山名叫九华，那个年轻的新罗人名叫金乔觉。许多年来，他们相互扶持，相得益彰。那座山的一草一木都有年轻人的影子，而关于年轻人的故事也几乎都有那座山的烙印，他们是彼此熟悉的生活，他们在佛的国度一同走向远方。

那位慷慨悲歌、舞剑吟诗的女子，赶赴的是怎样的约会，已无人知晓。也许某场轰动一时的光复行动，就是这场神秘约会催生的后果；也许它只是一场徒劳无功的奔波。这位传奇的鉴湖女侠，“拼将十万头颅血，须把乾坤力挽回”，最终殒落在革命大潮中。但是有一群怀有同样志向的人，随后也来到了渡口，奔向那场注定名留千古的约会。这让荷叶渡不仅有着江南的诗情画意，更有着铁与血的荣光。

菜农也等来了渡轮靠岸的时候，他们相互吵嚷，相互推搡，又相互扶持，匆匆忙忙地赶赴菜市场的约会。在那儿，他们还得为摊位与菜价和客商去重复渡轮上的吵嚷、推搡和扶持，这是他们熟悉的生活。

而你，远途来的陌生人，撑着雨伞，沿着沧桑的老街，在风雨中踯躅。

你，等到属于你的约会了吗？

凤凰山游记

已近谷雨，桃李已谢，春归未归，雨水忽地多了起来。再次踏进采风的中巴，窗外雨雾朦胧。帅哥老谢也不再像以往那样抑扬顿挫地抒情：在这春光明媚的季节，我们将踏上江南的寻梦之旅。老谢只是提醒粗心的我别忘带雨具，于是在一车人善意的笑声中，我急忙下车，挟着那把被遗忘的雨伞回到车上。哎，人到中年，也不一定事事淡定。

车过铜陵大桥，我们便抵达春深似海的江南。四月的江南，春梦也渐醒渐消。“开到荼蘼花事了”，凤凰山下的牡丹花也过了极盛的韶华，又逢阴雨，我们一行来自江北的游人，只能遗憾地品尝那繁华花事的余味了。

撑着雨伞，随着众多的游客，徜徉在曲折的相思河边，听着导游解说那美丽又凄凉的相思树传说，慢慢地踱进了牡丹观赏基地。不愧为南方最大的牡丹花观赏基地，入眼是一垄一垄的牡丹，一直蔓延到远方的山坡上。虽已是绿肥红瘦，但枝头仍有绽放的牡丹花，多是桃红、海黄和雪白的，偶有一两株紫黑和墨绿色的，既华贵又神秘，足以让游人惊叹。或许阴雨天适合观赏黄牡丹，不同于别的品种被风雨摧残妆容，黄牡丹们依然雍容大方，花色亮丽鲜艳，花瓣上晶莹的水珠，又为其增添了一丝丝羞涩，无愧于“若占上春先秀发，千花百卉不成妍”的美誉。

沿着相思河向上，半山坡上有一座庙宇，立了一座引人注目的大财神像。顺着财神的目光，对面是一片翠绿的小山峰，峰前有一处小山谷。凤凰山曾为铜陵市最著名的产铜地之一，现在已停产，在我的想象中，凤凰山应该是山岩裸露、创痕处处、寸草难生的状态。然而视野里，凤凰山已是一片生机勃勃的绿海，奇特的是，绿海中极少有江北常见的松树，多是阔叶树，哪怕是裸露的岩石上，生长的也是高大笔直的阔叶树，绿叶婆娑，将凤凰山装点得如同《绿野仙踪》里的场景。绿海中醒目的还是一垄一垄的牡丹，和蔼的向导老头告诉我，过去，凤凰山药用牡丹比铜矿更为有名，那些远处山坡上还能看得出梯田状的地方，曾经都是药用牡丹的种植地，但后来丹皮行情走低，不少药农放弃了种植，转而从事观赏牡丹的养殖。此地的庙宇名叫万松禅寺，眼前无松，心有万顷松涛，起名的人该是一位光风霁月的雅人，深得禅味三分。

这时，恰好雨止，山上一片静谧，远处的山峰上飘荡起一条雪白的云带，对面的小山谷多了一股清秀空灵的意境。漫步在万松禅寺外，俯视村庄罗列，白墙黑瓦，牡丹点点，游人如织；仰视天青如水，云雾袅娜，山风拂面，格外醉人。

这凤凰山的云雾，没有泰山云海的波澜壮阔，没有黄山云海的奇幻诡谲，也没有峨眉云海的深邃宁静，更没有青藏云海的明艳动人。它甚至称不上是“云海”，只是一层洁白的云雾，在绿色的海洋上连绵不绝，盘旋起伏，轻缓曼妙，温柔得如同江南的小家碧玉。忽然，山谷里飘来一朵轻云，它随风摇曳，然后化成一片纤云，让人不由得想起秦少游的佳句：“纤云弄巧，飞星传恨，银汉迢迢暗度。金风玉露一相逢，便胜却人间无数。”这一片纤云，渐渐变淡变薄，成了一缕缕几近透明的云丝，云丝轻摇曼舞，忽然散开，成了一片虚无，又重新化为水汽，继续去温润凤凰山上的绿色精魂。这一朵云，从虚无中来，往虚无中去，去留无意，从容飘逸。烟云过眼，我觉得身上有一层黑硬的壳悄然裂开，慢慢脱落，随着那朵岫云而去，换来的是身心俱净。我闭上眼睛，沉醉在凤凰山上的春风里。

出了寺庙，循着相思河，便是凤凰山铜矿的尾砂坝了。远远看见一座气势磅礴的大坝，仿佛正拦截咆哮的山洪。其实上面没有什么水库，就连残留的尾砂也搬空了，有的只是一块儿自由的平地。据介绍此处已撒满了菊花种子，也许在今年的秋季，人们就可以来此赏菊了。不得不说，铜陵市的尾砂坝治理，确实是化腐朽为神奇。

到大坝有两条路，一条是平缓的水泥台阶，一条是过去运送铜矿石的旧轨道，原汁原味的陡峭和沧桑。一时好奇，我独自一人走上了旧轨道。轨道两边是锈迹斑斑的粗铁轨，中间枕着距离忽长忽短的石块和木头。这些石块和木头已经破烂不堪，却被风雨磨砺得纹路清晰可见。人行其上，又陡又滑，如负千斤重担，得佝偻着身子，紧贴着枕石枕木，努力地向上攀跃。不一会儿，我就精疲力竭，小腿发软，胸膛猛烈地起伏着，传来怦怦乱响，就像一车又一车的矿石沿着铁轨呼啸着滑落，在青铜的长河里溅起巨响。我停了下来，我不敢保证下一步会准确地踩上枕木枕石，不敢想象踩空的后果。我一时胆怯起来，目光不由得四处搜索，期望找到解除窘境的道路。坝下是一片半青半黄的芦苇，如果是秋天，花絮满天飘飞，也是一景，但现在只觉得一片萧瑟荒凉；坝上是拥挤的游客，倚着栏杆，扛着“长枪短炮”，寻找最佳拍摄角度，热闹是他们的，于我无济于事，我仍是一个人在这里，上下两难。左右一看，全是护坡的块石，层层叠叠，蔚为壮观。仔细一瞧，这些石块没有水泥勾缝，甚至连泥巴也没用，全由石匠精心琢磨，利用石头一点一点垒起来的，又牢固又平整，而且视觉上也很有艺术感，有一种粗糙的、雄浑的原始美感。这种传统的技艺，已很少见了，就连乡下随便垒砌的石头墙，也得用上水泥勾缝。这算不算是凤凰山上暗藏的风景呢？我想应该算吧，这也是对我旅途艰辛的一种弥补吧。美总会给人增添力量，我鼓足勇气，沿着轨道一步一步稳稳地攀上了大坝。

大坝算是景区目前最高的观赏平台了，举目四望，风景一览无余。

沿着大坝，右侧是另一条下山的小径。凤凰山多石，道边不时有些奇树怪石。有一种树，下半部长着密密麻麻的角质疙瘩，上半部却十分光洁，后来问了导游，才知道当地人称其“金钱树”；路下的低地又长着一丛丛又高又直的树，有 20 多米高，比水杉还高；更奇特的是，那些怪石上偏偏生长着许多大树，扎在石缝里虬曲的老根足让人心生敬意。

这会儿，我与同伴已走散多时。我一个人在后面紧赶慢走，也不觉得闷热，只觉得空气说不出来的清新，视野纤尘无染，一切清清爽爽。看来，雨后游览凤凰山，也是一段妙不可言的旅途。或许有人与我同感，前方忽然传来动听的歌声：“山歌好比春江水，这边歌来那边和……”我从来没有像此刻这般痛恨自己五音不全的嗓子，不能引吭相和。听着山歌，我加快了步伐，转了几道弯，就看见了歌者。原来是一位矍铄的老太太，头顶蓝色旅行帽，腰扎红色运动衫，拎着一部小相机。遇见独特的景点，老太太便请我帮忙照相。交谈后得知老太太是外地人，在铜陵工作多年，退休了每年都会来几次凤凰山，是一位老游客了。老太太指着山下的一泓碧水，说那就是有名的滴水岩，冬天时，四周有一圈美丽的冰凌，而中间热气蒸腾，很神奇。

旅途中常错过一些风景最佳的观赏时机，也常遇见一些出人意料的惊喜。有一年我去看香山红叶，错过了观赏季节，满山只有一鳞半爪的红叶，颜色惨淡，让人兴味索然。然而在山顶上，却遇见一位正当青春的女孩，踏着欢快的舞步，手持一片红叶，对着她那群伙伴喊道：“请给我一片爱情的红叶吧!”顿时空山生色，那趟香山之旅，居然完美收官。老太太不老的歌声，和那青春少女单纯的呐喊，一样给人风景之外的收获。

不知不觉我们来到了滴水岩。光听名字，感觉滴水岩就像我家乡白云岩的“一滴泉”般小巧玲珑。可到了滴水岩，却很震撼，那是一段长 300 米、高 30 多米的危岩，宛如国画大师笔下的巨幅山水。岩上是我们走过的平地，生长着大片的牡丹，还有一条小溪，溪水淙淙，清澈见底。或许是水量不大，我们没见着银河倒泻，只见到一条轻柔的绸带飘拂，被风一吹，又成了丝带。

在滴水岩，我遇见了伙伴，老谢倡议大家一起合影，为凤凰山之游打上一个集体烙印。或许是地势原因，滴水岩边的牡丹花还在盛开，大家抓紧时机，与牡丹合影留念。美妙的时光总是一闪而过，我们参观完金牛洞铜矿遗址，便依依惜别凤凰山。别了，那坚硬岩石上顽强生长的奇树；别了，那雍容华贵、富丽堂皇的牡丹；别了，那朵去留无意、飘逸出尘的凤凰山云！还有那些美好的民间传说，请允许我带走一份虔诚的祝愿与亲朋共享。

莲居渡头

在白梅人口中，乌金渡是到县城途中的标志性地点，常拿它比画路程："过乌金渡大桥了"，意为"虽不中，亦不远矣"。当然，乌金渡还有神奇的"牛粪化乌金"的传说，还有茫茫大雾和长龙似的堵车，那也是乡间一大谈资，尤其是在秋冬季。

我也对乌金渡念念不忘，却缘于渡头的几处素净的莲。

那几处莲，在湖堤内的浅水区，零零落落，应是农人随意手植，多半是为饱口腹之欲。莲是少有的集实用与观赏作用于一身的植物，入得百姓厨房，出得高雅厅堂，且从其新生，至其枯萎，各具妙相，赋得佳篇无数。

常常隔着车窗，朦朦胧胧地看渡头公路两边的莲，随着季节变换：春日新荷初展，一点新绿，春风里说不出的喜悦；入夏碧叶迎风，红莲似火，白莲素洁，意趣高雅；秋日莲子低垂，心事谁知，想谁家女子纤手采莲，软语温柔；冬季枯荷零落，思"留得枯荷听雨声"，万物同悲。

与莲结缘，总在车行匆匆中。长堤远卧，堤外是白荡湖波，浩浩荡荡，堤内莲语脉脉，无限温柔。那惊鸿一瞥之间，总有新观感。莲又绿了点，角儿尖尖；莲又高了点，莲含苞欲放了，居然有"吾家有女初长成"的欣喜；莲盛开了，娇艳，圣洁，妩媚，淡雅，好像有点矛盾，却又十分妥帖。偶然雨后，纤尘不染，莲叶田田，含珠吐翠，荷花灼灼，玲珑剔透，尤增惊艳之感。莲枯了，莲萎了，渡头空空荡荡，又寂寞更凄清。

终归是渡头过客，不曾驻足与莲慢慢交流，也错过莲的“香远益清”，却因此心有千千结，总念着渡头的莲。就像路过老朋友的居处，虽然没有叩门拜访，心中也想着今天又路过某人的门了，无疑会多了几分熟悉感，也多了份牵挂。

在牵挂中，也在不经意中，与渡头的莲相遇了一年又一年。得意时相遇，莲是清醒剂，直抵浮华背后，让人减少浮躁；失意时相遇，莲是解语花，透着红尘温馨，让人忘却烦恼；更多时候，莲是人生旅程中的一抹绿光，惹人喜爱。莲，出淤泥而不染，何止超越“质本洁来还洁去”的境界？故君子爱莲，故劝人向善的佛祖偏爱莲台，何况是恒河沙粒般的众生，自须和莲多多亲近。

然而无数次的邂逅，却总觉不够，莲有美味，当大快朵颐，童叟皆爱；莲化歌声，宜眉目传情，头尾相和；莲藏诗意，而妙不可言，超然物外。莲在风中，在水上，在岁月里，让人困惑，让人沉醉。似乎读懂了她的一茎幽绿，又似乎错过了她的妖娆；似乎读懂了她的淡雅素净，又似乎错过了暗香浮动；似乎读懂了她的孤洁伟岸，又似乎错过了她的小儿女姿态。

莲居渡头，为乡野君子，性情高洁，有谦谦之风，更具亲和之感；莲居渡头，又为细腰美女，亭亭玉立，行走在乌金渡的和风细雨中，风情万种。

彼岸桃花

彼岸，或近，或远。

彼岸，有荒凉，也有茂盛。

彼岸，有最初的诱惑，也有最后的诱惑。

只是一株桃花，年年独舞在春风里，顾盼生辉，最是艳容。那一路的山乡，多的是桃树，有两三株，也有一丛丛，春日里，其华灼灼。却只能是彼岸桃花的舞伴，或姿色平淡，或备受委屈，而它却是那样的娇艳，那样的从容，那样的恣意。它奔放，把桃红大肆渲染；它妖娆，把春风翩然舞遍；它婉约，把英华凝成生趣。只是，时光匆匆，韶华逝去，只能在寂寞里等待着又一度的花开。

这样的彼岸桃花，我与它隔水相望，在车窗里匆匆地与它眉目传情，我观桃花多妩媚，料桃花观我应如是，如醉如痴而已。此情脉脉，胜却无数言语。也在猜想：那如水的月下，溪水轻流，那一抹艳红，风姿该是何等的绰约。那样的时空里，可留有我目光灼热的痕迹？

一直想亲近。多年来，我有一个愿望，想在最明媚的春光里，在最诱人的风情中，留下一帧小照，以期留住桃之夭夭的绝世容颜。可是，自惭形秽，更怕人间的俗气惊扰了自然的精灵。

于是，我总与它隔水相望，羡慕着那一岸的风景。一壁山石，一片油菜花，有时还有挥锄的农人。

彼岸，那是桃花的国度，自由而寂寞，恬然而舒适。

采莲晓春秋

（一）

它始终是一株淡雅素净的花，尽管有许多诗一样美好的名字，一个个可以含英咀华。

它叫莲，“江南可采莲，莲叶何田田。”

它叫荷，“荷花娇欲语，愁杀荡舟人。”

它叫芙蓉，“仙人掌上芙蓉，涓涓犹滴金盘露。轻装照水，纤裳玉立，飘飘似舞。”

它又叫菡萏，“菡萏香连十顷陂，小姑贪戏采莲迟。”

大多数时，荷与莲可通用，都是很美的名词，一听就让人想起素净、清香、高洁等自然气息，就让人想亲近它们。“江南可采莲，莲叶何田田”，很美；“荷叶罗裙一色裁，芙蓉向脸两边开”，也很美。“接天莲叶无穷碧，映日荷花别样红”，诗人的笔下，莲与荷是一体的了，都是江南的回忆。

荷与莲的区别，有习俗上的，譬如人们习惯说莲子、莲花台，没人叫荷子、荷花台的；有音节的美感上的，秋荷比秋莲听起来自然些，诗意些；有范畴的大小上的，百度上说，所有的荷都可以称为莲，但莲不能都称为荷，尤其是睡莲。这其实是美女与女人的区别。美女肯定是女人，但女人不一定是美女。

假如荷是亭亭玉立的荷美人，会有逊色一点的莲美人吗？睡莲，绝对是文静的睡美人。何必遵从百度的说法呢？怎么有美感就怎么叫吧，怎么有诗意就怎么叫吧！我相信荷与莲都没有意见，她们从古老的诗经中一路走过来，相扶相持，是乐于成全对方的。

在荷与莲这种出淤泥而不染的洁净之美面前，大多数时我们自惭形秽。

（二）

堤外是一湾白荡湖的湖水，泛着绚丽多姿的涟漪，近处水草萋萋。堤内莲花过人头，采风的文友三三两两，或低头弄莲子，或与莲花自拍，或误入莲花深处，惊起诗意一片。

一台黑色的无人机在半空盘旋，小小的机翼舞成几团黑色的花朵。这是小城摄影界近年来的潮流，流风所向，让人感觉若没有无人机参与的拍摄，就不是大手笔。这是令人喜爱又敬畏的变化。科技让人视野猛地扩大，从生物本能的以米为单位的视距延伸到以千米为单位，甚至是光年。习以为常的风景，换成空中视野，360 度变幻，那种阔大的场面，那种俯视一切的角度，那种粗犷的线条，让人耳目一新，重新认识到自然的美好。

这只是科技改变生活的一处小细节。有时，一点细节的调整会引发一个变局，会给人新与旧、革新与传统这两种截然不同的感觉。

这里曾经是晓春村的一片荒滩，夏时茫茫一片大水，冬时泥污遍野，芦苇萧索。偶尔，有人种点藕，用丝网打鱼，人来时，会有白色的长腿水鸟飞起。

前年的时候，农民张甫喜相中这块地方。他想种荷花，选的是一种太空莲，不长藕，只开花结莲子。两年的时间里，种了约 300 亩，把这里打造成了一块荷花基地，可以观荷花，采莲子，捞鱼虾。一条可以通车的砂石路把荷田分成南北两块，品种有早有迟，景色也有不同。我们来的时候，阴云四合，秋风微凉，恰是观赏秋荷的好时光。

南边的荷田无比茂密，“莲花复莲花，花叶何稠叠。叶翠本羞眉，花红强如颊。”一株株荷叶高过人头，莲蓬低垂，有的莲房青如水，镶嵌着一粒粒莲子，青玉一般颜色；有的已干枯成灰褐色，黑色的老莲子正等待人们去采摘。而北边的莲田有点稀疏，一朵朵的红莲和白莲正当花期，一下子就吸引了采风的人群。那些高高低低的莲花，不是细小柔弱、楚楚可怜的花，层叠的花瓣，有着大而厚重的质地，更有瓷器一样的光泽，宁静圣洁，有出世的安详和慈悲。一朵花瓣落在水上，就像小舟任意东西，从容飘荡，不会有“花自飘零水自流”的伤感。就连那些含苞的莲朵，也像少女梳得齐整的可爱丸子头。这些荷，叶与花都眉清目秀，素素净净，略微清冷。秋风吹来，有清新的芬芳，不会甜得发腻，也不会香得妖冶，如空谷幽兰。

在水边，我久久地注视着一朵怒放的莲花，粉红色的花瓣半开半卷，在金色流苏一样的花蕊中间，是嫩黄的莲房，四周则是虔诚的碧叶。莲的国度，隐现世间，完美的构造，让人喜爱得忘了时间。终没有摘下这一朵莲花，甚至没有去嗅它的芬芳。不是怜香惜玉，莲不需别人怜悯，而是缘于一种圣洁的感觉。周敦颐说：“莲，花之君子者也”，以为“可远观而不可亵玩焉”；陈洪绶游走风尘，却自认为是一株老莲，笔下荷花，孤芳高洁；八大山人的笔下，则是枯荷溅泪，那是大明王朝的残山剩水，更是他一生挥之不去的故国情怀；只有白石老人，画莲别出心裁，弄一大盆墨汁，让小儿童染一屁股墨，然后在宣纸上坐留两瓣黑印，白石老人再随意一勾描，趣味独具的墨荷便跃然纸上。前人风范，高山仰止。在我，只觉得莲花是有灵性的，虽不语，也宛如一个智慧生灵。生灵，都应该有被尊重的资格和隐秘。不告而访已是唐突，肆意摧残岂非罪过？

摘下一朵碧玉色的莲蓬，剥出一粒莲子，放入口中。嫩脆，甜美，齿间还有一缕淡淡的清香，这也是令人心醉的植物气息。

（三）

于晓春的荷花基地地偏，进去时弯弯绕的乡间小路，虽是曲径通幽，但更多的是令人生畏；到了荷田，又缺乏足够的停车位，也许种荷时偏重了莲子和鱼虾的经济效益，忽略了大群游客观赏的可能；荷田又没有曲曲折折的观赏走廊，游客不能抵达荷花深处，自然得不到深层次的感官享受，只能走马观花；也没有可以休憩的地方，游客来去匆匆，自然很难产生最细致的体验；就连应景的特色小礼品也是空白，白白丢失附加值。

其实，乡村旅行是一个慢时光的体验过程。小桥流水人家，松涛荷风飞鸟，小处可以让人发呆，让时光慢慢流逝。看得见的地方，要有原始的自然风情，也要有以人为本、舒服轻松的观光设施。看不见的地方，就是文化的底蕴和内涵了。可能这就是乡村旅游的虚与实的大课题了。

晓春的荷花，“小荷才露尖尖角”，虚与实都有很大的空间去发展。近处，风送清香，荷田碧绿无边，荷叶、荷花、莲蓬、莲子，都是原生态的水乡景观，也是有浓厚田园风情的佳品；远处，云层很低，低到和白荡湖黄绿色的湖水相接相连，那湖天一线处，生出无数的波涛，和秋风一起，向我们涌来。

潮来天地阔，风去孤舟远。晓春的荷，还可以发扬踔厉，让秋荷香远益清。毕竟，晓春只是白荡湖边的一个小村子，而烟波浩渺的白荡湖边，有许多这样的小村子。

第二辑 舌尖知味

夹一块最地道的孙畈生腐，一口咬下，汁水四溢，所有食材的精美滋味像一支强劲的混合军团狠狠地撞向味蕾，然后在口腔里卷起超级风暴，顺食道而下，化作一股暖流入胃，充实，温暖，舒畅，人生足以幸福圆满。

杀猪过年

“鸡屁股后开银行”，这是当年人们常说的话。小小一只鸡尚且受到农人如此的重视，何况那一头大肥猪。这大肥猪，除了捉时要掏钱外，平日的喂养简直只是顺带的事。庄里头家家都有一口猪食缸，盛着平时的刷锅洗碗水、小伢田沟地头寻的猪草和大人湖里汊中打的猪菜，屋檐下或猪圈里卧着一个狭长的石头猪槽。刷完锅，主妇忙拎桶喂猪，一声“啰啰凉”，那饿得直叫唤甚至拱槽的大小猪立马撒着欢，埋头大吃。猪食有时太单薄，不然叫什么“猪食水”呢？可爱的猪们吃了几口，就抬头乱哼：全是水，喝不下啦！早候在一边的主妇端着一只瓢，抓起一把糠，狠狠地撒一层，意思是吃吧加菜了。这样的小插曲三番五回，一场伤脑筋的喂猪行动方告结束。在农人眼里，可爱的猪吃了睡，睡了吃，长膘慢点迟点也无所谓，就怕它生病。这病不是拉肚子，就是通食，所谓“通食”，就是没胃口，玩绝食。好多年后我上班时，食堂大厨胡师傅一看我们小年轻的盛了一点饭，马上笑着叫嚷：“小柴货子啊，通食了？”通食可不是玩笑，可怜的老农，一见猪生病，比自己生病还要急，慌忙地找兽医，一家人脸上乌云密布，哪有一丝欢快的心情？可以说，到年底，猪圈里有一头大肥猪，是投资得到回报的象征，也是主妇会持家过日子而功成名就的象征。

这成就，还要靠杀猪佬来帮忙。庄子里宰猪，大多在下半年，此时山芋上市，不愁猪食，农人杀大猪，捉小猪，忙得不亦乐乎。那时，杀猪就是年前的最佳享受，孩子们兴奋得小脸通红，紧紧追着庄里异常的声音；连平时好像长着苦瓜脸的大人也都笑呵呵的，凑在一起议论猪有多肥，重要的是还可以开荤，尝上一口鲜汤。乡下有喝猪晃汤的风俗，谁家杀猪，谁家就把猪血、豆腐、猪肝、猪肉等混合在一起，用铁锅狠狠地熬上一锅汤，那锅，一般要用家里最大的一口锅，煮熟后热腾腾的肉汤，由主妇挨家挨户地送。这么香喷喷的猪晃汤，岂能不让人想念？

印象里，太阳西斜的时候，我们村的杀猪佬何大师傅挂着一身油花，系着油光闪亮的黑围腰出现在庄头，而主人家则在后面帮着挑担子，那担子一头是泡桶，一头是装着刀、刨子、通条等大小工具的篮子。何大师傅在庄子里笑呵呵地跟人打着招呼，而骨子里的腾腾杀气，还是吓得一庄子的猪乱叫唤。干杀猪佬这一行，似乎要力大，要吃得住疯狂的猪，其实首要的是胆大心狠，那白光光的刀，一刀捅下去，血如泉涌，假如是心软胆怯的人，不知要闹多少笑话。我们村广为流传的一个笑话，说的是某杀猪佬在张庄杀猪，血糊糊的猪都已经被扔进泡桶了，结果还冲了出来，跑了半个村庄才被人抓住。

随后，主人家卸下厚实的门板，搭在大板凳上，做成一个简易的台子。何大师傅则拿出磨刀石，叼着主人敬的东海牌香烟，就水“嚓嚓”地磨砺大小刀具。我们一帮小孩看着那雪亮的刀子，既兴奋又害怕。一两支烟的工夫，何大师傅就磨好刀，瞟了瞟刀锋，向着四周吩咐喝道：“把几个人捉猪，把人拿脸盆。”那一帮如狼似虎的汉子立即抓住仿佛有预感似的嗷嗷乱叫又乱蹦的肥猪，把它死命地按在门板上。不同于主妇们杀鸡，要叨唠着：“小鸡小鸡你别怪，你是人间一碗菜。”何大师傅不须念咒，拿着明晃晃的放血条，认准猪喉咙狠命一捅，猪血起始顺着刀飙成一线，随着杀猪佬手腕一旋转，便汹涌而出，落在装着盐水的铁瓷盆里，而可怜的猪更是竭尽全力地惨叫，引得猪圈里小猪跟着乱嘶乱叫。

等可怜的猪不再动弹，主人家把早就准备好的沸水大桶大桶的倒入泡桶。何大师傅和帮手把猪随意地秤了秤，然后移入水中，用一根粗索拉着猪滚来滚去；水汽腾腾，杀猪佬时不时还用手抓一把猪毛，看看能不能刮毛了。就在小孩子担心绳子会不会泡烂的时候，杀猪佬拿出两个刨子，和帮手使劲地刮毛，尘泥俱下，黑猪成了花猪，白猪更显白了。天也渐渐黑了，主人家拿出两盏马灯，擦得雪亮，就近挂起，成了庄子最亮丽的风景。有些孩子抽空回家，急急地扒两口饭，甚至再拿着一根山芋，又赶来看热闹，反正老师又没布置多少作业，幸福得令现在的孩子想象不出。

那头脏猪很快就变成一具白净的胴体，只能从猪蹄上残留的毛推测是黑猪和白猪了。主人靠起一张蛮实的木梯子，何大师傅将两只猪后脚拉出一道口子，用钩子把猪高高挂在梯子档上。接下来就是很血腥的场面，开膛剖肚，割猪头，取下水，满满一筛子，还有孩子们感兴趣的猪尿泡，就像皮球一样，怎么用力都跺不破。杀猪佬又将猪翻个边，用放血条子沿着猪背划一条深印子，然后拿出板斧和大砍刀，又砍又剁，将猪分成对称的两个壳子。此时，主人家就会请何大师傅割几两精肉，准备晚餐。那会庄子里八九点钟吃晚饭是很常见的事，杀猪佬饿肚子干活，也是很正常的事。

事情已做得七七八八的了，剩下就是剥花油、翻肠子等落尾的小事了。大事就是秤重了，一直在灶上忙着的主妇也系着围裙跑了出来，既紧张又兴奋，因为一年的成就，就要出来了。那年看猪好不好，不是看瘦肉率，而是一看壳子，二看板油，越重越好。虽然主人家在杀猪过程中已听了不少赞叹的话，但没称，心里没底。此时，平日好热闹的精明人为猪壳子有多重而争论，甚至赌起香烟。何大师傅叼起一支烟，在众人热切的眼光里，麻利地扶着秤，大声地报出一个又一个数字。听着数字，周围人一阵惊叹，并飞速地同某人家的猪比较着。主人家一颗心落了地，这一年的工夫总算没白费，年底一家大小的衣裳，还有自己看中的收音机都有了着落，赶紧在众人的哄笑中掏出香烟，四处散着。

受到赞扬的主妇回去加了几把火，肉丝面的香气越发撩人，在鼻端下拱来拱去，勾引大伙的馋虫。等主妇把香喷喷的面条端上桌子，除了帮忙的人，看热闹的人纷纷起身，和主人家客气地让着，耳朵上夹着一根烟回家了。孩子们一边为何大师傅不会念咒而小有失望，一边拼命想着明天那碗香热的猪晃汤，一直想到床上，把瞌睡虫赶得无影无踪。

那年宴席

“会无好会，宴无好宴”，这句充满暴力美学的话，而今在电视屏幕上很少听到了。想当年收音机当道的岁月，这是单田芳的口头禅。说书人绘声绘色，把关云之长单刀会、杨家儿郎赶赴金沙滩酒宴说得风云诡谲，其间男儿拔刀慷慨报国的英雄气概更是让听众热血沸腾，恨不能立马找个鸿门宴闯闯。生活中的鸿门宴自然不多，但宴席上机锋依旧演绎。这样的宴席，内容丰富而寓意深刻，气氛热烈而充满睿智，确实令人赏心悦目，但更令草根一族的我难以忘怀的，却是乡村平实喧闹的宴席。

生为“70后”人，除了过年，儿时更多盼望的便是各种宴席。其实也就两三种，红白喜事和上梁酒。

结婚当然是红喜事，窗子贴满了红喜字，迎亲的箩筐也贴着红喜字，陪嫁的红棉被更是绣着一对对红鸳鸯。当时年幼，但风俗还记得一些。上午男方的媒人带领迎亲的队伍于鞭炮声中起程，中午在女方家聚会，进行最后一场“外交斡旋”。宴席之上，双方媒人推杯换盏之间，终于把两亲家就聘礼和嫁妆的意见达成一致，然后送亲队伍与迎亲队伍合二为一，在喜炮声和新娘母女哭别声中浩浩荡荡地出门。这一支前呼后拥的送亲队伍便成了那时乡村最美最喜气的景色了，红头盖的新娘更是一路上的焦点人物。

临近婆家庄子，接亲的鞭炮“噼里啪啦”地响起，热烈的戏谑活动——砸新娘、抢红蛋也正式上演了！贪嘴的小孩子、好动的青年人一拥而上，送亲队伍立刻溃不成军，尽管喜糖、喜烟从天撒下，尽管有媒人、伴娘等人的护送，但喜悦的沙子、泥巴、锅烟灰还是给新娘增添了难忘而幸福的印象，就连媒人也跟着“沾光”，脸染黑烟，口袋里的喜烟零落得能剩下支把两支就算人精了。但不这么热闹，主人家的喜气和人缘就显不出来。

此时已近黄昏，我们小伢子早就盼着馋人的喜宴开席了。那个时节，每户大人的身后都跟着一个小孩，有的三亲六故还带着两个。当然，小孩子大都跟着妈妈，男人们喝酒是不受干扰的。我记得，那时最重要的事是在开席前找到碗筷，没找着那可是急吼吼地哭呢，直到大人帮着拿到碗筷，晶莹的泪水在开席后还有留存，昭示着美食的来之不易。喜宴上的菜，记忆最深的是大圆子、大块的糖烧肉，再蹩脚的厨师，这两道菜的手艺都说得过去。那糖烧肉，一寸见方，油腻腻而红亮亮，是大人们下酒的好菜，常有为一块肉而大动酒杯的。碗里就剩下两块了，想吃吧，你得先找上理由喝上几杯，然后以解酒的名义慨然下肚。

至于白喜事，也就是丧事，气氛自然沉重，主人家披麻戴孝，哭声震屋，香火弥漫，小孩子们胆怯，虽有酒席，却不敢随便乱跑，那样的宴席，从头到尾，都有一种压抑的感觉。

还是上梁酒热闹，前奏更热闹。佳日良辰，大梁披红挂绿，砖匠师傅们站在屋顶，口中念念有词，手捧糖果香烟，往下乱撒；下面人潮汹汹，孩子们捡糖，大人抢烟。在那贫穷的年代，对孩子们而言，一块小糖都是极其珍贵的点心，吃完后，还把糖纸舔干净，再小心地抚平，夹在书本里。闲时拿出来，孩子们相互交流，看看谁的糖纸又多又漂亮。

这些乡村往事越来越遥远，而记忆这东西仿佛具有选择性，苦难之中透着快乐，辛酸之中满含热闹，那些简陋的宴席也许已成为亲历者的人生财富而被深埋心底了。当然乡村的宴席依旧延续，那已是名副其食的酒席了，酒桌堆盘叠碗，菜肴丰盛且花样翻新，非过去所能比拟的了。那糖烧肉还是一道必备菜肴，肉块玲珑剔透，问津的人也不多，偶尔有人能吃上一两块，众人一起称赞，并惋惜自己的胃口不好，吃不下大肥肉了。

也说山芋

吾乡有段广为流传的笑话，说有位妇女洗衣时与人聊天："我就不喜欢吃山芋，就喜欢吃鸡。"这其实是老实话，在农村，与我同龄的人，大都不喜欢山芋，缘由是吃怕了，年龄更大的人自不消说，真有说喜欢吃的人，未免矫情。

作为物种，山芋由来已久，古时又称甘薯，晋人稽含著书有载："甘薯，薯之类，根叶大如拳，皮紫肉白，蒸煮食之。"后汉《异物志》志云："甘薯大者如鹅卵，小者如鸡鸭卵，剥去紫皮，肉晶白如肌，南人用当米谷果实，蒸炙皆香美。"山芋的种类较多，我说不上是专家，只约略记得本地几种。有"团不老"山芋，淡红色，皮极薄，汁多，脆甜，生吃口感不错，煮熟了反而差些；当年挖山芋，肚子饿，常找出它来充饥，洗都不用洗，在草皮上擦几下就行。有"麻皮"山芋，一般较长，粉多，蒸熟后，又甜又软，但筋也多。有"红心"山芋，煮熟后名副其实，有一种彩虹般的颜色，口感也好。有"粉"山芋，是洗山芋粉的好原料，吃起来哽死人，但窖藏后到冬天熬粥又甜死人。至于街头烤的山芋，本地未有，称为"洋山芋"。洋山芋烤熟后，颜色黄，肉烂而甜，香味重。秋冬时清晨的小巷，烤山芋的香味极其诱人，当年我在安庆师范学院上学，经常将它当早饭，手捧烤芋，又吹又拍，充饥兼暖手。

在那粮食匮乏的年代，山芋是下半年的主粮，我们那一代的农村人就是靠吃山芋长大的。我的心中深藏着一幅久远的画面：寒冷的清晨，父亲赶着老牛犁地，少年拿着小箩筐，哆哆嗦嗦地跟在后面，看到山芋，赶紧捡起，身后深翻的地里，雾气腾腾……那是初冬种麦的时候，地里还有漏网之“芋”，庄稼人仍然当作宝物，要颗粒归仓。照理，我们应该感谢山芋，但日复一日地啃着芋头，喝着芋汤，就算是山珍海味也会腻烦，何况是并非美味可口的山芋呢？于我而言，只能是又爱又憎。

翻开山芋的食谱，常见的有蒸山芋、山芋糊、山芋面和山芋干粥。那年月从挖山芋起，三顿主食都离不了山芋，吃得人喉咙发痛，颈子伸多长，难咽啊！稍为可口点的，就是山芋粉制品。山芋收罢，村里人就将山芋洗净，挑到米坊里碾碎，然后在大缸里洗浆，秋冬之季，家家户户洗到半夜，庄子里到处流淌着灰黑的洗浆水。晒干后的山芋粉，可做山粉圆子、山粉皮、粉丝等，山粉圆子拌黄豆、糖拌山粉皮可给贫乏的食谱变变花样，最重要的是山芋粉可以换钱。我八九岁时，父亲常挑着雪白的山粉，起早到官桥街上换钱，回来时就有了学费。曾经，浆洗后的山芋渣，也是充饥的食物，那是父辈们的苦难记忆。过年了，农村里还离不开山芋，必备的年货中就有炒山芋角，正月里哪家没有一大罐？

能够稍稍带给人美好记忆的要算是煨山芋了。小时候秋冬时分，大人在地里堆火粪，随手拿一个放进去，等香味四溢时掏出，小孩子捧着烫山芋，吹吹拍拍，吃得一嘴脸的黑灰，还将焦壳舔舔。家中的灶膛里更是时常埋上“地雷”，放学或上学时分，掏出来，可以当点心，还可炫耀于邻居小孩。清代诗人袁景澜诗云：“山家足清供，煨芋度残科。风寒天欲雪，地炉火正红。熟时香满室，暖与榾柮同。”可算是标准的煨山芋广告了。

对泛滥于食谱的山芋，庄稼人或多或少都有些厌烦之情。证之于农村的红白喜席，从来都没有山芋的分，人们嫌它没品位。不像如今，山芋有时还是酒店里的特色菜，枞阳菜中的山芋鲊肉颇受欢迎，鲊肉人们可能吃不完，山芋肯定一扫而光。还有一味菜，过去和现在一样让人喜爱，那就是枞阳有名的土菜“山粉圆子烧肉”，其着眼点不在肉，而在山粉圆子，能将圆子烧得味儿十足，不见白点，确实需要点烹调手艺。枞阳有家二条饭店，在工薪阶层中很火爆，其主打菜即为山粉圆子红烧系列。

转眼秋风劲，又是芋香飘。涉过那段艰难的记忆河流，对于这小小的泥土产物，我是百感交集，套用一句流行歌词：想说爱你不容易！

一段春味藏竹笋

“宁可食无肉，不可居无竹。无肉令人瘦，无竹令人俗……若对此君仍大嚼，世间哪有扬州鹤?”苏东坡如是说。无疑，这个吃货界里最会写诗的妙人，又或是文艺界里最会吃的猛人，对竹心怀敬意，用他的绝妙诗文赋予竹一种风雅的品格。而竹之虚怀若谷，竹之高风亮节，竹之潇洒脱俗，也是苏东坡一生人格的真实写照。

“以墨深为面，淡为背”的墨竹画形成于宋代，首创者恰为苏东坡的表兄文与可。文同，字与可，四川人，其人“襟韵洒落，如晴云秋月，尘埃不到”。东坡极为欣赏文与可的墨竹画，与之诗画相和，将竹演化为文人画中的四君子之一。

但吃货的世界是那么的不可思议，吃货苏东坡并不因为对竹怀有敬意而放过竹笋这道美味。一转身，苏东坡就吃上了竹笋烧肉，“不俗又不瘦，竹笋焖猪肉”，他的嬉笑皆成文章。也许，四川天生有嗜竹的地理基因，四川人苏东坡爱竹，四川大熊猫更是一刻也离不开竹，没有了竹，大熊猫都能把自己饿死。

苏门四学士之一的黄山谷，也是嗜竹笋如命。黄山谷爱的是一种苦笋，当时人认为“食之动痼疾，使人萎而瘠”，劝他改掉恶习。黄山谷于是写了一篇《苦笋赋》，声情并茂，称赞竹笋“钟江山之秀气，故能深雨露而避风烟，食肴以之开道，酒客为之流涎”，文章与书法俱臻妙境，堪称文艺界的典范。从此，吃货们更是心安理得地将竹笋列入了食谱。

竹笋确实味苦，因它含有嘌呤和生物碱。鲜美的食材总有些自我防护手段，像河豚，人要拼死去吃，还好，竹笋没那么惊悚。资深竹笋控黄山谷没说怎么处理，但古今吃货心有灵犀一点通：焯水处理，用枞阳话说就是“挡个水”。春天有几样野菜要“挡水”，像椿树苗和竹鸡，再娇嫩，也不能直接下锅烹调，需要用开水焯两三分钟。当然，春笋一个个肥头肥脑的，怎么也得煮上十来分钟，直至笋香满室。

刚剥出的春笋，颜色有点淡黄，焯好捞出来，则色泽如玉。浇上凉水，切成合适的片或段，可以凉拌，清凉爽口，有淡淡的草木香味，最适合洗涤舌尖上的油腻，恢复味蕾的敏感；可以做汤，拌一个鸡蛋，配几条肉丝都行，入口清淡，回味甘美；最好焖红烧肉，脆嫩的笋片饱吸肉汁，鲜美无比，足以让味蕾沉醉，最后往往笋片一丝不留，红烧肉块还剩下不少。鲜笋吃不完，也可以晾晒制作笋干，吃时浸泡，适宜配腌肉，但远不如新鲜竹笋能勾引人味蕾复苏，进而食欲大动。在冬日，大棚菜的肥料味、腌鱼腌肉的重咸味与火锅的香辣味轮番扑来，厚重浓腻的味道麻木了我们的味蕾，都快冬眠了。而春笋，是洗涤味蕾、唤醒味蕾的秘方之一。

新鲜的竹笋看起来有一层黑色的厚皮，却不耐放，越放越老，苦味也大增，焯水后，吃起来筋多口感差。最好是早上从竹林掰下，中午煮食，鲜味一丝不漏。

在白梅，山洼和山上多有茂密的竹林，不少人家的屋后也种有一小丛竹林。春天雨后的夜里，可以听见竹林里密集的清脆响声，那是竹笋出土的声音。过一两天，“雨后深林竹笋肥”，就可以挖春笋了。

不过，在自家竹林里，看着一竿竿修长的青竹，会让人有种踌躇不前的感觉，舍不得。一棵春笋，蓄积了一冬的精气，还要春日甘露地滋养，春雷激情地呐喊，才千难万难地拱出地面，但因为人们口腹之欲，就再也无法长成一棵有凌云俊逸之姿的青竹。爱竹之人，心有不舍，往往空手而归。最好去山上挖笋，感情牵连少些，原生态又多些。也有光吃不挖的人，眼不见为净。苏东坡大概不会这么别扭，他一心一意爱竹，也一心一意吃竹笋焖肉，进退自如，“归去，也无风雨也无晴”。

白梅的竹笋有两种，一种是常见的大毛竹笋，又肥又嫩，憨憨的模样；一种是野竹笋，纤细瘦弱，比较少见。我有一回下乡时看见人家挖小竹笋，好奇地问了问，人家给了我一袋。回来后，放大铁锅里用柴火煮熟，再用小火温，不一会，厨房里水汽袅袅，笋香绵绵。将煮好的小竹笋取出凉透，剥成一个个的细条，好像莴瓜一样；锅里放油葱等佐料，炒新鲜肉丁，再拌小竹笋，出锅前放一点青色和红色辣椒丝，犹如春天的颜色。这样的小竹笋我也就尝过一回，那年，女儿还在读小学，把小竹笋栽在饭碗里，想让它长得肥美些。这么多年后，远方求学的女儿肯定不记得那么一碗野竹笋炒肉了。

街上卖的多是毛竹笋，焯水后切开，不论成片，还是成段，都可以看见竹节的雏形，一格一格的，像少女乌黑发丝中缓缓滑下的白玉梳子，又像幽长曲折的白梅大涧上一道又一道的塥坝。如果它们还留在竹园，夜里可以听见竹子拔节的声音，笋有多高，竹子就有多高，等笋衣脱落干净，竹子便再也不会长高了。

把切好的笋片码放在碟子里，其洁净如玉，和明前头茶一样，汲取了白梅山山水水的精华，浑身流淌着草木的原生态气味，那是多年来熟悉的春天味道，自有一种纯净自然的舒适，不由得让人想起和春天有关的美好，忘却了世间的一切油腻。

锅巴团

“灶”字，是个会意字，垒起土，架上火，就可以煮饭了。对于灶，我们乡下就叫锅台，更形象更直接。我们江冲组的锅台像约好了似的，一般的格局，泥土台子，三口铁锅。里边是大锅，平时猪享受，烀猪菜，过年时人享受，烧大菜，符合那时大肥猪是家里最大经济来源的现状，资源得优化使用，大头由它沾。人就谦虚点，用中间的二锅，熬糊煮饭。外边是一口小锅，又叫小耳锅，因为有两个耳子，好像随时准备被带走的样子。确实，这小耳锅很方便在大冷天烀一锅萝卜，架到炉子上，一家人可以暖暖肚子；日常里，小耳锅省柴火，专门炒菜，不过菜里多半缺油少盐，弄得小耳锅很不得人喜欢。

三口锅，三个锅洞。大锅洞、二锅洞膛子大，下面是实实的泥巴台子，两顿一烧，就得用铁锹铲出草灰。小锅洞呢，还没资格用锹摆弄，锅膛特小，一锹还不得倒灶了？为防备草灰堆积，小锅洞里面放了个火镰儿，下边空心，火钳捣捣，或者直接扯掉火镰，草灰会漏下去。这稻草灰，很有肥力，是农民喜爱的农家肥。茅厕里砌了一个空场子，专门放草灰。播种季节，大筐装着，满地一撒，特别爱用在菜地里。这个东西，用来肥韭菜、蒜子，特别管用。

在那荒芜年代，我们庄户人家的三口锅，每日里点火冒烟，把惨淡的世间也糊弄成了一块人烟。小脚奶奶说，光有人，没有烟火可不行啊，那叫野人，人啊，离不了烟火。这人饿得哪怕只剩一口气，只要闻见烟火味，就死不掉啰。小脚奶奶视吃饭为天下大事，在我们的成长史中，小脚奶奶一直念叨着荒年经。可能，小脚奶奶把我们的荒年都挪用了。

春天，大锅烀野菜，野菜都是家里“讨债鬼”们打来的。这些生于20世纪70年代初的讨债鬼，家家有三四个，一年四季不知饱，看见吃的两眼会放光，上树偷桃，下地摘瓜，上山挖野菜，下水摸鱼虾，个个拿手，正经农活一个个干得毛毛糙糙，也就春日里打打猪菜能帮点小忙。割小麦、收稻子的时节，就烀麦麸、糠食，一大锅，黄灿灿的，也香，可惜人吃后难吞难拉，只得供那些老不见长的吃货（猪——大锅特供对象），还哄着吃。据小脚奶奶说，吃糠这一遭罪，“讨债鬼”们的父母都受过了，哎呀，吃得嘈死人，还拉不下来，得抠，你们这些伢子们，享福啰。小脚奶奶说的尽是些玄乎事，近乎传奇，好在没改变大铁锅的功用，童年的我们，没有去卧薪尝“糠”。

大铁锅烀得最多的是烂山芋，或者山芋皮。下半年山芋一上市，江冲组的农人就会相约去捉小猪，趁地里山芋多，大猪要催肥，小猪要打个好底子。山芋这个东西，产量大，可惜人没法子连顿吃，任你再会蒸、煮、炒、烤，山芋还是山芋，吃得你脖子直梗，再困难的人家，也会搞点糊搞点稀饭搭配搭配。当然，可以洗成山粉，可惜粗入细出，小山似的一堆出芋，全家一齐上，连洗带晒，山粉只有半麻袋。也不舍得吃，山粉是冬季唯一可以卖钱的粮食了，山粉还有一桩好处，它不像早晚稻和小麦，不是公粮催缴的对象，四季的庄稼，农人专靠它搞点零用钱了。到腊底年关了，人才和猪平等一回，可以轮到大锅伺候了；正月的炒货都是大锅炒的，也没啥玩意，就是山芋角、山芋丝和豌豆，殷实点人家会搞点花生，打点炒米糖。

不同于大锅一天烀一顿，中锅基本顿顿生火，其内容物基本是糊，上半年麦糊，下半年山芋糊，糊得了嘴巴，却糊不了肚子，直喝得人望“糊”兴叹。反过来，糊不经饿，人更得大口猛喝。大人还得稳定“军心”，装着喝得有滋有味，家里那一大群“讨债鬼”们，早就嚷嚷要吃饭，无非换来一顿拐栗。青黄不接时，“讨债鬼”们最看不得人吃米饭，聊天打屁，转来转去，就会数哪家吃了一顿米饭，更盼望着青黄的稻忽然一夜成熟，第二天好吃上一顿喷香喷香的干饭。

等开镰后，真的一天一顿米饭时，许是经历了田间双抢的劳累，“讨债鬼”们忽然很自觉，装上一碗饭，不再嚷着添第二碗，只有干事的大人才有资格吃第二碗饭。一餐新米饭，风卷残云般吞掉，人人觉得心满意足，终于又吃上米饭了，人人又觉得大有遗憾，咸菜有余，米饭难寻。这时，锅中的残米剩粒，忽然意义重大，这点铲下毫末，大人不好计较，更让“讨债鬼”们心痒难抓。偶有锅巴，主妇添把柴，更黄更香，“讨债鬼”们人人有份。这点锅巴，主妇会告诉讨债鬼们一句老古话：“一碗锅巴三碗饭”，最经饿。舔着锅巴末的“讨债鬼”们，似懂非懂，仍然瞄着锅里，希望能再找到一小块，然而锅里已是空空荡荡。主妇打起十二分的小心，仔细打扫战场，颇有杂物，连皮带骨，攒聚一起，沾点井罐水，揉揉捏捏，居然有一团，美其名曰“锅巴团”，学名“饭团”。

这个锅巴团，小脚奶奶说，不要小看了，大头的妈妈，就是三个锅巴团换来的。小脚奶奶说得“讨债鬼”们大气不敢出，那么一个大人，只要三个锅巴团，小小的“讨债鬼”，说不定一个就可以换给人家了。

那个锅巴团的最终归属，要看看哪个“讨债鬼”那天最顺眼，最不淘气，或者干活最出力。那个幸运儿，一般不会立即吃下，而是炫耀般留着，慢慢嚼，很有一股香甜味。少不得有某个“讨债鬼”上前讨要，数说某日偷隔壁大毛伢家黄瓜，全靠他及时报信，才没被抓；更有直接的，便说某天还分给幸运儿半块糖。做人有恩必报，幸运儿脑袋瓜一阵计算，确实有所亏欠，立马扳下等同恩惠的些许饭团。当然隔天把，今日的幸运儿可能就得搜肠刮肚，回想自己所施的恩惠可有得到回报的机会。这种锅巴团的纷争，据“讨债鬼”们长大后思索，其艺术可比拟国际外交，其佼佼者闯社会时成绩必不俗。

当然，用锅巴团作外交训练的年代不大长久，年成就像芝麻秆，花开节节高。等年成渐渐好转时，“讨债鬼”们多半背上了书包，吃完饭，还记着锅巴团，捏两个，路上啃两口，却少了那份香甜味，就扔给了一路跑前跑后的大黑狗，惹得大黑狗精神焕发，狠狠地追了一回从野地蹿出的黄毛兔子。

糍粑香白梅

又是一个中秋佳节，人月共圆时。而我因事在外，一个人待在冷清的旅馆里，远离故乡，远离一切熟悉的细节。

细节看起来很淡薄，很琐碎，在记忆里随时会模糊不清。但记忆里最难以忘怀的偏是细节，尤其是那种独特的细节，特写镜头似的，深深地定格在脑海里。对远离故乡的人来说，也是靠熟悉的细节来定位故乡的。回首千万重，故乡在云端。故乡的轮廓，在心头愈来愈模糊，唯有那熟悉的细节，让故乡恒久存在，让我们在冷漠的异乡，总有一份远方的温情和呼唤。而乡愁更是一串由细节组成的项链，那珠圆玉润的，是熟悉的味觉、嗅觉、视觉和听觉，或许是一份家乡的腌菜，或许是一株桂花的芬芳，或许是一片碧绿的荷叶，或许是一曲柔情的小调，更或许是那位亲爱的人儿。

今夜，在这异乡，旅馆是寂寞的温床，那一匹匹银白色的月光宛然是归乡的向导。悲伤逆流成河，我在河边，把乡愁一遍遍地反刍，满眼是家乡白梅的月下村景，回味的是白梅中秋独有的糍粑美味，那些节日的细节，一次又一次地在脑海里荡漾。

在乡村，或许是纪念，或许是调剂，多年的农耕社会积累了各色的节日文化，还有各色的美食。白梅人的节日美食不多，三月三的米粑，五月五的粽子，腊月的晃面，这中秋佳节，不仅有香甜的月饼，还有土生土长的糍粑。家乡的节令美食，随着季节，一轮又一轮，不紧不慢地出场，瓜熟蒂落一样的理所当然。

往年这个时节，秋阳还挂在独山顶上，白梅人已开始制作中秋的美食了。细细听去，此起彼伏的是一阵阵捣米声，这是白梅糍粑出炉前的美妙声乐，流淌着农家自给自足的悠闲，似乎还能品味出糯米的香甜。对白梅人来说，中秋除了品尝月饼，更重要的是捣腾出一锅土色土香的糍粑。

那时，薄薄的阳光斜斜地洒在室内地坪上，稻谷一般的颜色，毫无一点热力，反而微凉。秋风一起，阳光像门前的河流，看上去经年平静无波，但却真真切切地在滑动。我的女儿也拿着一根小擀面杖，兴致勃勃地捣着糯米饭和芝麻，随着擀面杖的一起一落，芝麻碎了，粉了，糯米饭黏了，看不出原来的清秀面目了，但芝麻的浓香和着米的清香，在室内屋层荡漾。真是难得啊，一放假就离不了手机、无线网络的孩子，居然能丢下电子娱乐设备，一心参与到这传统美食的制作上，那热乎劲儿让人食欲倍增。

白梅糍粑的原料仅有两种普通的食材，糯米和黑芝麻，极简单的混合。制作也极其简单，把煮熟的糯米手工捣烂，摊平，均匀地撒上一层黑芝麻粉，然后切块，或长或方，可清蒸可油煎。农家的糍粑，朴素无华，远离精致，远离包装，没有发腻的味道，口感韧实，清淡之余，还有一分土生土长的农产品的清香。它的风俗意义，应该高于美食意义。

其实，多年前糍粑制作还有一道工序，是用地宕来捣烂糯米。地宕是本地的语言，学名叫石碓。捣糯米的，是那种两尺见方的手碓。白梅人把煮熟的糯米用纱布严密地包裹着，放进麻石制成的地宕里，再用石头制成的锤子，一点一点地捣烂。用本地话来说，那叫“碫地”，这是个沉甸甸的活计，饱含着劳累，也饱含着庄稼人对粮食的一份虔诚。那笨拙原始的地宕，沉浸着岩石的味道，沧桑，厚重，还有与生俱来的地球生命的母土味道。这样制作出的糍粑，口感软滑，似乎还有一份说不清的独特的乡土风味。或许，地宕边那一株桂花的细小花瓣落了进去，改变了味道。那时候，不用地宕制作的糍粑，那还叫白梅糍粑吗？中秋那天，白梅的村庄，都有一列在地宕前等候“碫地”的队伍，就像秋天高空上排成一字的大雁。天空蔚蓝清澈，大雁飞得不慌不忙，风度翩翩；捣糯米的人，一年忙到头，这时也难得不急，谈收成，扯闲话。

时光飞逝，乡村已告别贫困。物质的丰盛，让我们对传统已然轻慢。对于手工制作类的精雕细琢，我们敬而远之，我们已习惯机械文明的流水线。在乡村，最典型的现象是手工榨油坊的消失。曾经那一座当时有点宏伟的榨油坊，已然倒塌。那石碾磨，那稻草包的菜籽饼，那些长长短短的木质器具，还有那抬着巨大撞木，喊着口号、汗流浃背的赤膊汉子们，也看不见了。

地宕还在，散落在某个农户屋后的角落里，积满了水和尘土，石锤也还在，伤痕累累，木柄早没了。偶尔，还有人想起了过去的口味，清除积灰，让地宕重见天日。只是，再也没有排队等候的队伍了。

幸好，制作方式虽然有所改变，但白梅糍粑那份田园牧歌式的淡香犹存。捧着一块热气腾腾的黑糍粑，品出的还是那份地道的味道，一家人拢在一起的味道，清淡可口，温情脉脉。

今夜，我在清冷的旅馆，遥望家乡。

今夜，白梅一片月，万户糍粑香。

枞阳米粑

作为一个正宗的枞阳人，而且是偏爱高档位人士所不屑一顾的小吃摊的枞阳人，我从多年的观察中得出一个结论：枞阳人偏爱米粑，尤其是横埠一带，那地方的早点皆是小粑，流风所向，就连枞阳街也有许多早点摊主打小粑。黄灿灿的油煎糯米小粑令不少在外的左岗人念叨不已，单位有一老家在左岗的哥们，早些年大伙要是早晨到左岗候长途客车，他就说："明天我在家，我请你们吃小粑。"无非几元钱的餐资，他都能说得无比自豪，好像我们不曾吃过粑。而乡间传言，横埠街喜欢坐茶馆的老人们如果早上不点两个小粑，必定找不到聊天的感觉。那些老人们，对多年深爱的老口味有着一种依赖性的感情，以我嗜好武侠小说的经历来印证，我能相信，尽管私下里我很是怀疑：那些老人的牙齿是否能利落地对付那略带黏性的糯米粑呢？

其实老家雨坛，也有吃粑的风俗。年幼时候，到了节日，庄上家家都淘净米，晒干，然后用石磨磨米。那时没有电机磨米，而是用放在木架子上的小石磨磨米。一般人家都有，低矮的屋梁下垂着绳索，两头系在"丁"字形磨担的横边上，磨担前面垂着细小的头，正好插进磨柄上的圆孔，人就两手握着磨担，远远地一推一送，吱吱呀呀地磨粉。石磨边还坐着一个人，不时地添米，石磨转得飞快，雪白的米粉纷纷扬扬地洒在簸箕上。读初中时，才知道一人多长的磨担，暗含杠杆原理。

我还记得母亲做粑的情形，锅里烧上开水，把米粉倒进，先和后揉，粉既不能烂了，也不能硬了。小时，我家老奶奶常说笑话给我听，说是有户人家的婆婆怪媳妇馋嘴好吃，做粑一做就是一大锅，不顾米缸里还有多少米。媳妇很委屈：怎么能怪我呢？粉硬了就要加水，一加就烂了，烂了就加粉，能不做一大锅吗？再说又不是我一个人吃，全家都吃，怎么能就说我好吃呢？

揉好了粉，端上切得细细的煮熟了的粑心，旁边盛上一碗水，洗净手就可以做粑了。那时的粑心大都是豆角、韭菜、白菜等蔬菜，那年间粮食都有点紧张，肉更是稀罕的食品，不是过大节，厨房里是闻不到肉香的。做粑很简单，小孩子都可以做，就是形状做得奇形怪样的，蒸熟后一眼就认出了，还乐滋滋地笑。我们那儿的粑不像横埠的油煎小粑又薄又脆，有圆形的，实在，一个有拳头大小；也有做成饺子的，那也有一拃长；还有不装菜心的小粑，两手一拍就成，上面还印有掌纹。

做好的粑下到铁锅里干蒸，滴点香油，盖上木锅盖，用毛巾围住缝隙，灶下就可以烧火了。不一会厨房里气雾缭绕，母亲还不时用瓢沿锅盖少少地加水，以防锅烧焦。等火候差不多时，大人就喊围在身边的小孩子：“闻闻，看香没香？”早就等不及的小孩子耸耸鼻子，又趴在锅盖边吸了几口气，高兴地喊着：“香了！香了！”听着孩子的喊叫，母亲在灶里加一把柴火，起身拍拍围腰，着手准备祭鬼神了。

除了三月三、七月半的隆重吃粑，平日里家境稍好的人家还做水粑，不用装粑心，直接下到水里或者粥里。到了黄豆成熟季节，就用嫩黄豆下水粑，水粑边缘软绵绵的，入口即化，中间却瓷实，就连那汤也酽厚，喝起来也别有一番鲜嫩的味儿。

往事如烟早已散，1993 年考上安庆师范学院后我就很少吃到母亲做的米粑了。但粑却时常能吃到，因为咱们枞阳人爱做粑吃粑，粑已经顺理成章进入了早点摊，和馒头、包子并驾齐驱了。官桥镇三岔路口的早点摊，把粑做成了大米饺儿，很受欢迎，经常有旅客停车购买。更有甚者，米粑作为农家特色菜走进了大雅之堂，成为酒店里的招牌菜。前两天大雪和一帮朋友到左岗洗澡，晚饭安排在安逸酒店，酒店老板姓查，是白梅人。那儿的米粑就是特色菜，不同于左岗的油煎小粑，是大锅蒸的，也是扁平形的，一面有黄亮亮的油壳，萝卜菜心，点缀着几丝红辣椒。粉磨得也细，蒸的火候也好，不硬不烂，吃起来糯软香甜，是宴席上的抢手货。那晚我们喝红酒，吃了两大盘米粑，十分尽兴。

也许这些算不上是枞阳人爱吃粑的证据，但乡下有两件事却很有说服力。离左岗不远的白梅有这样的老风俗，过生日要吃粑，因为可以“粑灾星”，就是能赶走灾星的意思；另外，走遍枞阳都能听到这样的话，老人疼孩子，大冷天的，一摸孩子的小手，老人就啧啧有声：“这小手冷得像粑似的，赶快装滚水焐焐！”

水籽花生

学生时代，半袋花生米无疑是朋友聚会的上佳佐料，幽默兼机敏的人往往能借用孔乙己老先生的台词把握住最后几粒美味的归宿。时间再往前，童年时，尽管一篇《落花生》让我们对花生无比熟悉和崇敬，但或许花生只是零食，难作充饥之物，庄子里只有一两户人家种花生，这让我们对花生是可望而不可即的。到正月拜年时，能馋上一把带壳的炒花生，那是足以兴奋半天的事，少不得要留几颗放在口袋里以作镇袋之物。

在乡下婚礼上，花生还有特殊的用场，老人们在崭新的床铺上撒上红枣、花生、桂圆之类的物品，合起来寓意就是“早生贵子”，而花生还有“多子多福”的兆头。闹洞房时，有的媒婆还非得请新娘吃未炒过的花生，还一脸慈祥地问：“熟的生的?”被戏谑的新娘脸飞红云地小声答道：“生的。”围观的人群哄然大笑，新娘的公婆更是乐开了花。当时年幼，看在眼里却不明于心：这新娘真是饿昏了头，连生花生都吃。

后来南下东莞打工，在长安镇的一个工厂边，平生第一次尝到了水煮花生。广东的花生不像家乡花生圆头圆脑，而是壳狭长，多有三四个米儿，粒儿也大，却没有咱们枞阳的红衣花生香。“麻屋子，红帐子，里面住个白胖子”，说的不大像是广东的花生，但这是客中的消闲美食，常常和工友们一起坐在小桌子边，摆一盘水煮花生，拿两瓶六角钱的豆奶或汽水，谈论着乡思和梦想。

毕业后我被分到偏僻的山乡白梅，却惊喜地发现此地遍种花生。和妻子谈恋爱时，有一天到她家，她说请我吃水籽花生。端上一个盘子，我一看，不就是水煮花生吗？就是大小悬殊，而且多是未成形的小花生。说白了，所谓“水籽花生”，就是小花生，晒干了就没有看头了，扔了又可惜，只好水煮，尝个鲜味。乡间惜物，大概如此。

吃水籽花生，要有一份耐心，要心平气和，更要有闲心。有时吃上半天，也没尝到几个饱满的花生米儿，多是小黄豆米似的嫩米，触口即化，有点甜味；也有不少连壳儿都粉嫩的，米儿尚未成形，只得丢弃一边。在白梅，到了收获花生的季节，常看到人们就着秋日的阳光，围着一大盘水籽花生，泡上茶，边吃边聊，笑语盈盈，大可以把家长里短说个痛快，然后分手回家，花生壳儿满地都是，腹中却不鼓胀。

与水籽花生相反，还有一些等不及农人收获的老花生米，入土发芽，白嫩嫩地卧在壳里，顶着两片碧绿的芽儿，尚未出土，我家小孩称之为“花生芽”。每年秋季，孩子的外婆都能捡拾到一些发芽的花生，拾掇拾掇，可炒成一碗花生芽，青白相间，看着就让人喜爱，味儿脆生生的，别样的鲜嫩，远非黄豆芽的味儿所能相比。

我的老家那些年不大种花生，无形中水籽花生在我眼里就成了稀罕的事物，尽管别处可能很常见。这一年一度的水籽花生，见证着农事的繁忙，诉说着收获的滋味，我年年不曾错过，也有点瘾了。有时在饭店里看见宴席上的水煮花生，就想着秋天快到了，白梅的水籽花生该摆出来了。

孙畈生腐

“嗞”的一声，一块豆腐条被一只纤细或粗壮的手拈入锅中，油花炫然。那块豆腐沉沉浮浮，恣意地吸收着菜籽油，由雪白染成浅黄，再由内至外，慢慢发胀发泡，棱角渐消，曲线渐露。一会儿，仿佛青涩的水果吸饱了阳光，这一只丰满的、圆鼓鼓的、色泽金黄的孙畈生腐就跃然眼前了，令人馋涎欲滴。这是我想象中的生腐制作过程，烟火之余，略有诗意。

在枞阳，生腐是一道美食，不止于口味鲜美，兼有文化内涵。其名“生腐”，寓意有“升”有“富”，进而有“福”，十分讨喜，平日居家及各类宴席，生腐必不可少。稍一留意，本地民间祭祖宗拜菩萨，不论大祭小祭，不论三、六、九碗，生腐“做碗”，总在其中。摆上了生腐，是请列祖列宗和各路神仙菩萨，保佑家族福报长有，富贵再升。《左传》云：“国之大事，在祀与戎”，同理推之，生腐厕身于“祀”，当为礼仪食品，已非寻常“祭口”之物。不过，提起生腐，枞阳县城里认可的是邻近的项铺生腐，但在白梅人眼里，最好的生腐还得数孙畈生腐。外出的白梅人，到了年底，就会想起孙畈生腐，怎么也得托亲问友地弄个三两斤，以慰相思。

长居白梅，自是少不了品尝美味的孙畈生腐。免不了想追根寻源，于是便有了探寻孙畈街生腐作坊的念头，我想，也只有在那种热气腾腾的现场，才能发现孙畈生腐美味的真谛。年底的时候，清晨上街时碰见孙畈村孙书记，和他一说，他满口答应。孙书记名彪，身材魁梧，常年剃平头，爱穿大衣，声音洪亮，人特别精神，附近的老百姓称他为“彪书记”。彪书记也是孙畈生腐的拥趸，他说：“生腐还是孙畈的好，宊在炉子里，绝不散糟糟的，特别入味。每年腊月找我代买生腐的朋友不晓得有多少，村里事年底又多，还要帮着买，累死着。但这都是人情啊，推不掉的，人家说你在边上，晓得哪家好啊。这回我带你去看的这家，味道不说最好也差不多，最重要的是卫生条件好。”

彪书记领着我穿过孙畈菜市场，拐入一条老街，两边有不少老旧的店铺，斑驳的土墙很沧桑，黑色的木铺门紧闭着，无言地诉说着老街的忧伤。在枞阳，每个乡镇总有一条或几条破旧的老街，也曾繁华，后来随着区划调整，随着交通变化，新街道新店铺异军突起，旧的街道囿于传统的狭窄格局，逐渐枯萎。这枯萎的老街，有的抱残守缺，有的只剩下断墙残垣了。忧伤的老街，见证着乡村经济的日新月异。

快到新街时，远远就闻到一股油炸食品的香味，彪书记熟门熟路地带我走进一间作坊，前面是店，中间是仓库，一层层码放着黄豆包，后面就是豆腐作坊了。一眼望去，作坊里尽是各色稀奇的工具，三个师傅各自忙碌着：一位老奶奶在煮豆浆，大铁锅里乳白色的豆浆烟雾缭绕；一位壮实的中年汉子，一边戴着耳机听音乐，一边切生腐坯子，刀功显得十分娴熟，眨眼间一板豆腐就被切成了一堆长方块坯子；一位戴红帽子的女人坐在一口大铁锅前，手持一柄长勺，悠闲地搅动着一只只金黄的生腐。三位师傅是一家人，听音乐的汉子是作坊主吴时平，煮豆浆的是吴妈妈，炸生腐的是他爱人。吴师傅最忙，点卤，沥水，压实，切坯，晾晒，下锅，在各种工具前来回折腾，还要给来取货的客人称重，基本停不下来。那些工具，有的很特别，譬如压实的机械，都是吴师傅自己设计后请人制作的，其匠心由此可见一斑。彪书记说，吴师傅家的生腐很吃香，一般要提前预订，一些饭店隔几天就是十几斤的量，腊月边每天出货二百多斤，但现买不一定有货。

像陀螺一样转圈子的吴师傅不是作坊里最炫的，最炫的是他的老婆。一个瘦弱的女人，坐在铁锅前，舞弄着一柄两米多长的网勺，看着又威武又悠闲，其实十分劳累。吴师傅家的铁锅直径约一米，一锅能炸20斤生腐，从入锅到出锅，约40分钟，一天十几锅，就是十多个小时。一个女人，能坚持得住吗？对于我们的疑惑，吴时平的爱人笑着说："习惯了，这个大勺子搅拌起来也有技巧，能省力的。"出于好奇，我和彪书记拿起长勺试了试，又沉又费劲，憋屈得很。彪书记感慨说："这玩意太原始，费劲，得制作一种电动机械，自动搅拌。"吴师傅接口说："别的都行，但这个豆腐坯子刚下锅时，力度要轻要柔，机械不好控制。所以啊，这个生腐制作不能讲不是个技术活，但更是苦力活。像我们一家人，每天三四点就得起床磨豆浆做豆腐，切坯油炸，冬天生意好，还要提前，晚上一做就是大半夜，太累人，也烦人。这个活，我们这代人守着店，干了20多年，习惯了，但我家的孩子就不愿干，也不愿学，一心只想着到外边去。"

听到这里，我们沉默了。在乡村，地里的农活，传统的手工技艺，大都是老一辈的人在操持，年轻人根本不沾边，他们的眼里是外面精彩的世界，乡村古老的行业，只会成为他们在外地的乡愁，还只是乡愁的边缘，很淡很模糊。即使是吴师傅这个作坊，名声响亮，生意红火，也存在着传承的问题。难怪邻近的项铺生腐近年来申请了非物质文化遗产，不仅能树品牌做宣传，也能提升行业档次，促进传承。孙畈生腐的传承，恐怕也得走这条路。还好，吴妈妈虽然年老体弱，但吴师傅夫妻两人正值壮年，和他们家的作坊一样结实，一样生机勃勃。

这时，一锅生腐出锅了，金黄色的生腐圆鼓鼓的，躺在大竹筛上，色泽诱人，香气扑鼻。随手拈起一个撕开，外面一层软壳，里面状如蜂窝，入口细软绵实，还有豆制品特有的清香。这是正宗的孙畈生腐，色泽金黄，又鼓又软，煮而不碎，食之香醇，且吃法多样。可以单烧，放糖则为甜生腐，不放糖则为咸生腐，本乡白云岩寺庙里的素生腐，切丝清炒，滋味极美；可以拌烧，孙畈生腐最适合红烧肉类和突火锅，切成几瓣的生腐比什么都吸味，可以聚一锅营养精华，集荤素美味于一体，看起来是配菜，但往往喧宾夺主。君不见，宴席之上的生腐烧肉和生腐火锅，最受欢迎的是生腐，既有豆制品的天然清香，更有汁水醇厚以至于灌醉味蕾的饱满感。正宗的孙畈生腐，即使和素菜搭配，哪怕是搭配白菜杆，也能充分吸其精华，成就一盘简单而别致的美食。

现场参观了吴氏作坊的生腐制作流程，虽然意犹未尽，但为了不耽误孙畈美味的生产，我和彪书记赶紧向吴时平一家作别。我本想向吴师傅求教孙畈生腐美味的真谛，但参观吴氏作坊的劳作后，我已无须求教。精选材，纯天然，多年来始终如一地坚守，一家人的辛勤劳作，再加上吴师傅们的匠心，孙畈生腐的美味自然流传四方。对老饕来说，品尝孙畈生腐，就是寻找那种混合多汁而饱满的奇妙味道。但对白梅在外的游子而言，品尝孙畈生腐，不仅是寻找美味，更是寻找那种熟悉的家乡情怀，而浸润着师傅们汗水的孙畈生腐，足以抚慰一腔乡愁。

走出作坊，街上人潮滚滚，五音杂陈，却有一股年味迎面而来。这正是品尝孙畈生腐的最好时光，外面天寒地冻，室内温暖如春，一家人或几个朋友，围着热气腾腾的火锅，夹一块最地道的孙畈生腐，一口咬下，汁水四溢，所有食材的精美滋味像一支强劲的混合军团狠狠地撞向味蕾，然后在口腔里卷起超级风暴，顺食道而下，化作一股暖流入胃，充实，温暖，舒畅，人生足以幸福圆满。

孙畈糕点

过年走亲戚，糕是枞阳人必备的礼物之一。乡间风俗讲究“回篓”，即不让来访的客人空手而归，总要回一点礼物，这“回篓”的礼物多半是糕，尤其是亲戚带小孩的时候，更要拿上糕。碰到不懂事的年轻人好意拦阻时，长辈会笑着说：“小伢嘛，要糕来糕去的!”于是，小时候常看见年轻的母亲抱着襁褓中婴儿，一脸幸福地回娘家，等下午归来时，襁褓中必定插着一条糕。而今，拜年的礼物又丰富又有花样，但小小的糕依然是枞阳人必备礼品。平日里哪家建房、开业、购小车，亲朋好友送红包时定不忘携两条糕，美其名曰“步步糕（高)”。糕，对枞阳人而言，不仅是可口的点心，还是寓意吉祥的风俗礼物。

吾生也晚，对糕的记忆也可上溯到饥饿的童年，那时拜年的礼物总是糖、糕和饼干这老三件。这些可怜而干巴巴的礼物还要东家来西家去的周游大半个正月，然后又转了回来，多半还是自家购买的东西。此时，纸包着的糖开始化了，盒子里的饼干颠碎了，糕呢，不是弄成三四截，就是发异味了。那发异味的糕，大人们拿到铁锅里焙一焙，硬石般的糕便又变得又香又松软，成为孩子们稀罕的点心，得一片一片撕着吃。

在那样的岁月里，糖和饼干没什么区别，而糕的花样就多了点。从品种上看，有方片糕、桂花糕和芝麻糕；从产地上看，有枞阳糕和官桥糕，枞阳糕小，官桥糕大且口味好。走亲戚时还要用心记着，人家来的是什么糕，回的也要是什么糕。当然，这只是一个乡村孩子眼里的糕点世界，充满着渴望，但不乏甜蜜。有一年，我和弟弟去小姑家看节，快到时摔了一跤，箩里的糕也摔破了。这却启发了我的灵感，我顾不得膝盖发痛和身上的泥土，双手用力把糕掰成两半，伪装成摔坏的样子。到了小姑家，看着我和糕的狼狈模样，小姑笑了："这真是拜年啊！"果然，这条糕成了我们的点心。多年后我方醒悟，对于孩子们的一点狡黠，大人们哪里会不知道？当年我享用糕点时，也偷偷地观察，发现小姑眼里只有疼爱，丝毫没有察觉的眼神。世间的爱，原来是这般深掩在心，不为人知。

人生常有戏剧般经历。毕业后我就被分配到以糕点出名的白梅乡，应该说是孙畈街道的糕点出名。当年的孙畈，是枞阳至铜陵的必经要道，车水马龙，人来人往。短暂停留的旅人品尝了甜美的孙畈糕点，并把它的美名传扬开来。然而，孤陋寡闻兼极少上街的我居然身在糕点之乡而不知其名。那时官桥糕点已然没落，稍具见识的我对它已是难以正眼相看，因曾在安庆求学，品过雪片似的怀宁贡糕，我的眼里便认定了它。结婚时我曾特意到安庆购买怀宁贡糕以作礼品，此举为人不解，直到妻子后来告诉我，说怀宁糕还不如孙畈的糕好吃，我才恍然大悟。原来，我身便在糕点之乡，以糕、生腐、晃面出名的美食之乡。

有一段时间，我的充饥点心便是孙畈糕点，有陶六一的，有董政的，有三虎、四虎的，后来还有孙传才的。这也让人瞠目，至少妻便不解：这人怎么这么爱吃糕？爱吃糕的枞阳人居然没听说过孙畈糕点？她是白梅的土著，对孙畈糕点自然耳熟能详。我却是迷途的崇拜者，当然会迷惑在薄如纸、松如牌、白如雪、燃如烛、香如桂、甜如蜜的糕点世界里。居乡日久，发现爱好孙畈糕点者众，有隔壁乡镇的百姓，也有百里之遥的县城人，甚至不乏千里之外的达官贵人。逢年过节，味蕾便敏感起来，赶忙要托人捎带孙畈糕点，多半还要指定某某糕点。我的一位住在县城的朋友，在春节来临时都会到相熟者那里定制一批好糕。那糕，包装纸都油一层，未曾拆装，就有一股酥香，闻着就胃口愉快。

但很久以来，那形、色、香、味俱全的孙畈糕点，却在老巷子里或山洼里独守一方，没有包装，没有宣传，朴素简陋如山野佳物，让识者更加向往，也让未谋真面目者对面不知。当概念经济甚嚣尘上时，这很让人可惜和遗憾，也有人如是说："就是这种手工作坊，落后，效率低下，就是这种所谓的祖传秘方，配料全凭感觉走，一人一种味道，才保持了孙畈糕点的美味。如果搞扩大，或许就失去了那独特的滋味。"

是落后的抱残守缺，还是传承的独自坚守？不管怎样，古老的孙畈糕点都有着神秘朦胧的色彩，让人迷惑，也让人感慨。一个偶然的机遇，让我走进了孙畈糕点淡薄而绵长的历史，有血缘维系的故事，也有义气滑稽的传奇。项旭初，一个故去的老糕点师，也是多数糕点作坊源头的指向。按陶六一、孙传才等人的回忆，项旭初在中华人民共和国成立前就在汤沟打短工，学会了糕点制作，传回孙畈，并去芜存菁。老师傅大半生淫浸糕点行业，熟稔制作，方摸索出一套秘方。譬如选料要精选汤沟的优质糯米，清水浸泡至适当程度，然后炒、磨，炒时忌半生不熟，磨粉要细，譬如熬糖要用小磨麻油，蒸好的糕要捂三天方能切片包装，其工艺流程繁杂，多是水磨功夫。这套手艺，在包产单干时，项旭初通过师徒这层关系传开了，各人有各人的体悟，但项东升、陶六一、孙三虎和孙传才们理起来都有一层亲戚关系，实实在在的。

众多传人的糕点中，向来以陶六一糕点最为有名，外地人慕名的多为他所制作的糕点。但能够既恪守传统，又能面向现代市场的，无疑要数孙传才了。孙家糕点厂的创办极其偶然，1979 年孙传才的父亲收获累累，但稻谷丰收的喜悦很快被冲散，足有 3000 多斤的糯米，人家只肯每斤出价三毛一。孙家觉得太不划算，索性请了师傅，开办了糕点作坊。20 多年来，传到孙传才时，孙家已拥有一些固定的外地销售渠道，于是大胆求新，改作坊为工厂，添置了现代化生产线，而且通过了正规的 QS 质量认证，注册了桂凤商标，孙畈糕点终于走出了寂寞的小巷。走进市场的孙家糕点并不为销量发愁，却为年产 30 万条糕的产能发愁，并不得不推掉一些订单。清瘦而精干的孙传才，并不满足于四五个车间的天地，尽管其规模和档次已是枞阳同业之中的翘楚。

而在项老师傅曾经学艺的汤沟，店面摊位上的糕多来自孙畈。茶干已成为汤沟有名的小吃，那精美的糕点制作手艺已然失落，却在孙畈深深扎根，盛开如花。

晃　　面

晃面，顾名思义，摇晃的面，其实是米面的另一种生产方式，不是机械压制而来，也不是手工拉扯的，而是手工晃荡出来的，一种小众式的美食制作模式。

晃面向来为白梅人所爱，许多外出打工的白梅人，行李鼓鼓囊囊的，不外乎是家里晒干的米面。久居外乡的游子们，若是尝着亲朋带来的米面，无异于回了趟老家，但梦里曾经的纯正家乡米面味儿又得勾起多少浓浓的乡情啊！

其实白梅和我老家一般，也有挂面，就是“洋面”，大伙儿常说是黑面，没有去芜存菁，有着粗加工的原始烙印，能看到麦麸的痕迹；也有扯面，又叫“挂面”，也称“咸面”，长长细细的盘在一起，据说咱们枞阳义津的扯面最好，细而不断，咸味适中，最受县城客人欢迎。但白梅人对晃面情有独钟，家家晃面，人人爱吃，远走京城，漂洋过海，尝过山珍海味，还对家里的糙米面念念不忘。在某种意义上，对一种家乡食物的共同执念，是酿制乡愁的最佳原料。

晃面的制作，是有时间限制的。最适宜的时间，是长江之畔的冬季，气温下降至10℃左右，还要有一段晴朗的日子。那时，阳光温暖，乡村宁静。在枞阳县的正北方——白梅乡，一个温馨的小山乡，晃面陆续登场，农家的门前大篾箕小篾箕摊晒着新制的米面，那半圆状的米面，卷曲着，洁白如玉，散发着诱人的乡村温情。

刚来白梅的时候，看人家晃面，厨房内热气弥漫，淡淡的米香吸入鼻端，觉得很新鲜。其实晃面是件繁杂的活儿，没有机械流水线，工序得有六七道，基本上是纯手工作业，至少要有四五个人，费人费工夫，还要快工出细活。

首先挑选上佳的早稻米，淘洗干净，用井水浸上一天一夜，再挑到豆腐坊里磨成细米粉。磨粉机一边磨米，一边添水，出来的就是米粉水了，觉得稠了，再添水搅匀。这是唯一的一道机械作业，多少年前，白梅人是用石磨这种古老且笨拙的工具来加工的。

从作坊挑回米粉水，就用一口大铁锅烧水，最好用干马柴，保持火力旺盛。家中没有柴火灶台，是没法晃面的，小巧的液化气灶台，方便生活的同时也让一些传统的乡村美食淡出视野。等到沸水翻腾时，厨房里就开始忙碌了，巧手的女人用勺子把米粉水舀到面盘里，薄薄地铺一层，再晃一晃，让米粉水深浅一致，或许“晃面”的名字就缘由于此吧。面盘，也就是用白铁皮制成的、长方形的、浅口盘子，一般得用两三个，轮番上阵，不浪费柴火，又兼顾速度。女人把面盘放到沸水里，稍等一会就拿起，再快速放一个面盘到锅里，然后敏捷地拿起一个铁汤匙，倒握着，在出锅的面盘四边一划，再一撕，一张薄薄的米粉皮儿就出来了。这一系列动作得讲究个快、巧、准，否则耽误晃面的进度不要紧，烫伤了手就得不偿失了。

刚出盘的热米粉皮又嫩又滑，撒上糖，卷起来就是一道可口的美食。早等在锅边的小孩便拿个碗盛着，像雪地里的小狗般乱跑，引得别人家的小孩子也缠着家中大人快晃面。左右的邻居免不了顺道尝尝，商量着什么时安排晃面。边上乡政府有一位王干部，爱吃不顾嘴，遇上人家晃面，能一气吃上八盘十盘，吃得主人家都有点心疼，尽管嘴上还依旧让着。后来聊天时有了那么一句话：王干部吃晃面——也不晓得让让。

出盘的米粉皮要及时处理，先稍稍晾一下，时间短了会黏在一起，长了发硬切不动。好在乡下竹篙子不少，平时用来晒衣，这时擦洗干净，晾粉皮。等粉皮凉些，不会黏一起时，负责取送的人把粉皮送到桌上，一个巧手的女人手握磨快的菜刀，麻利地切成细条儿，又薄又匀；没有个样子，人家会笑话粗的粗，细的细。切好的米粉皮就摊开在大竹簸箕里，满了，就搭出去就着阳光晾晒。经过五六个日头的翻翻晒晒，一捏晃面干蹦蹦的，就可以收起来了。就是这简单的晾晒，也有学问，得用小小日头晒，即乡邻们常说的花花日头，阳光强了，晃面会晒得开裂，下到锅里就会糊。

晒好的晃面，想吃了，就捧出来用水浸泡至发软，最好前一晚就浸。浸软了的晃面，最好就老鸭汤或者肉汤熬煮，鲜嫩滑腻。当然，清汤面儿，漂几片菜叶，也是酒宴后的解颐主食，这样的绿色晃面，一些精明的酒店会当作招牌主食。腊月的乡村，城里的亲戚，饭店里的伙计，这些忙着买晃面的身影就多了。

晃面，看着似乎不费力气，但时间长，其间节奏又极快，手工流水线基本上没时间休息，人手不够时烧火的人也得帮忙取送，常把一班人累得够呛。有一年，孩子的外婆家晃面，取了一斗半的米，外婆掌握灶火兼打杂，妻子晃面，邻家的主妇主刀，我也跟着帮忙，负责取送。从傍晚一直晃到晚上八九点，三个经验丰富的家用厨师，再包括我这个帮忙的人，累得饭都懒得吃一口。然而一般白梅人家，至少要晃三斗米，那要从上午忙到晚上，恐怕还得找人换班。

但是对白梅人来说，冬季不晃面，家里没有几蛇皮袋米面，就连过年都会觉得走了样，何况在外打工的亲人早就打电话过来询问晃没晃面了。家里人手再不够，三亲四邻也得请过来帮忙晃面。

这几日恰好天晴，一整天包围着人的山雾不见了，天青如水，出乡政府大院，走一趟黄咀大桥，乡邻们的晃面正在木架子上晒着花花日头。微风荡过，新鲜的晃面味儿沿着孙畈大涧四面蔓延，令人陶醉其中。

枞阳煨罐

那不是繁华街头的瓦罐煨汤，没有精美的透着美食文化的招牌，没有印着图案夸张得吓人的大瓦缸，没有沾染工业文明气息的黑煤球，没有一堆堆精致玲珑的小罐，也没有穿着白制服、优雅地拿着长柄铲的服务人员。正宗的瓦罐煨汤，没有包装，土里土气，没有花样，原色原味。记忆里，一个粗糙的瓦罐，烟熏火燎，黑不溜秋。三代同堂的人用了十来年，把儿锃亮，盖早就摔没了，聪明的农家人，拿一个小搪瓷缸盖顶着，恰好。这不起眼的黑瓦罐，家家户户都有那么一两个，平日角落里待着，用的时候拿出擦洗一下，擦得小瓷缸盖黑一道白一道，也没谁瞧着觉得不卫生。

记忆里，大铁锅烧得香油吱吱叫，那是榨坊里壮汉抬着巨木榨出的菜籽油，除了汗水，没有任何添加剂。主妇拿着菜刀，在水缸上荡两荡，刀口更锋利，然后将洗净的鸡呀鸭呀“砰砰”地劈开，推进油锅，铲上几铲，加水加盐煮开，留下一点鸡杂给孩子们解馋，剩下的一股脑儿装进黑瓦罐，放进灶洞里煨熟。

记忆里，瓦罐煨汤，多半是晚餐的美食，那是乡间苦劳一日的闲余时间，不焦不躁。瓦罐半下午就焖在灶洞里，晚间再经柴火一烧，三四年的老母鸡都能炖烂炖香。烧的是稻草，火钳在锅洞里捣来捣去，盖免不了被碰开一点缝隙，汤中少不了有几小根黑色的稻草灰，油浸汤染，黑亮黑亮的。没有人觉得脏，也懒得捡出，吸溜溜地喝下肚。干净的稻草，烧成灰都有股田野的清鲜味。

不过，黑瓦罐有用武之时不多，甚至极少。没有大事，没来贵客，谁舍得杀鸡杀鸭？就算要杀，那只可怜的鸡，多半也是精挑细选的。可能是长时间不下蛋了，可能是不爱吃要遭瘟了，可能是撒野不回家了，那能吃能喝能顾家又勤下蛋的老母鸡，就是一个流动银行，没人舍得吃的。

瓦罐煨汤是一道殷勤的礼节。“三个鸡蛋一碗面”，是乡下的待客之道，但来了珍贵的客人，能表达主家心意的莫过于瓦罐煨老母鸡了。客人来了，主家端茶倒水，请客吃茶，茶少不了刚从鸡窝里拿出的鸡蛋。这样还不够客气，主人家张罗着杀鸡，也不管那鸡蛋是不是那只鸡生的。那只可怜的鸡，被主妇一把稻谷哄进门，瞅空逮下。客人免不了要拦，说正下蛋的鸡杀不得。主妇立即抱怨，那只鸡要么光吃不下蛋，要么老跑到地里打野，早晚被黄鼠狼叼走。可能觉得鸡被冤枉了，杀鸡时，主妇一边拿着菜刀，一边念叨：小鸡小鸡你别怪，你是阳间一碗菜。这一碗菜，进了黑瓦罐，煨得喷香烂熟，透着朴实又深厚的情谊，让主客皆大欢喜。

瓦罐煨汤是犒劳。一年忙四季的农活，就数种植与收获时最忙，尤其是酷暑下的双抢。不过，农家人虽然忙得够呛，心情却不赖。种植时有的是希望，收获时有的是幸福，杀只鸡呀鸭呀的慰劳一下全家，这个念头是应该的。荷月而归后，一家人围在一起，喝着瓦罐汤，全身的疲惫都没了，第二天精神更抖擞，下地干活更有奔头。

瓦罐煨汤又是浓浓的亲情。家里不幸有了病人，看过乡村医生，煎了几服药，起色不大。再去，医生认真检查，先谈一番“病来如山倒、病去如抽丝”，又指名点姓地说某某同样的病，差不多一个月才好。家里人一颗心定了下来，问忌不忌口，医生又答不忌口，说病人身体虚了，该杀只老母鸡补补，不要一次吃，要分几次煨，不要舍不得。病人家属忙点头：舍得舍得。果然瓦罐汤一上阵，病人渐有起色，不到半个月就好了。

其实，黑瓦罐不仅能煨美味的肉食，平常煨粥煨黄豆，滋味和营养俱佳。那年月，小娃们瘦得像皮猴，只剩三条筋，没办法的母亲们，又拿出了黑瓦罐，早晨煮粥时，舀点头开的粥，加点油盐，放进黑瓦罐。半上午时掏出来，小娃吃得又香又营养。

晒　　酱

秋阳正暖，正午的阳光铺在黝黑的瓦面上，就像一片金色的渔网。那屋檐边的酱钵，成了渔网里的一尾青白色的大鱼。忽然，一张梯子斜斜地靠上土屋，一会儿，沿着那被千万次攀爬、粗糙的木质表面已磨得光泽圆润的梯子档，冒出了一个小小的黑面孔，黑面孔上还骨碌碌地转动着一双黑眼睛。那是一个在乡村最常见的毛孩子，在阳光下晒，在风雨里跑，在草窠里钻，野性十足，肚子里的馋虫永远得不到满足。毛孩子一手端着蓝边碗，一手拿起酱钵里的木片，划开表层的壳，使劲地搅拌了几下，空气里那淡淡的酱香一下子变得浓醇馥郁了，也更馋人了。毛孩子极快地盛满了蓝边碗，也许是不够细心，碗沿还沾了点酱，毛孩子放下竹片，伸出手指刮了一下，放进嘴里用劲地舔了舔，然后才意犹未尽地爬下梯子。

这是多年前乡村晒酱时常见的一幅画面。晒酱是毛毛虫变蝴蝶的过程，从平凡到丑陋，再从丑陋中演绎美丽。梅雨季节，处处出霉，正是做酱的时节。母亲从去年留下的黄豆中选出八九斤，筛出杂质，洗去灰尘，下锅水煮。等豆子煮化时，掺上雪白的小麦粉，和成一团，做成一个个黄豆粑，放在簸箕中，上面覆盖着从山上砍来的黄荆条，晾在家中的阴凉处，多半是暗黑的柴房，最好放在麦根草上。然后，在绵绵不绝的雨丝中，在母亲为孩子们衣潮裤湿而发愁时，也在孩子们打闹欢笑声中，黄豆粑长满了毛茸茸的长毫。那黄色的或白色的长毫，让无意中看见的孩子们觉得丑陋，觉得害怕，更觉得不可思议。

然后某个雨后的晴天，母亲用铲子把长毫的黄豆粑铲到洗得发亮的酱钵里，兑上盐水，用一只长筷子搅匀，放到柴房的屋顶上，开始了晒酱的漫长日程。那时，庄子里每户人家都会高高兴兴地端出酱钵，或放在屋顶上，或放在高台上。大大小小的酱钵也是庄子里的一道风景，也成了孩子们谈论的话题，譬如谁家也晒酱了，譬如争论谁家的酱会最好吃。晒酱，是一个村庄的群体活动，也是一个让孩子们又期待又倍感煎熬的活动。

酱钵需要细心呵护，不能让雨淋着，夏日暴雨，抢收稻谷之外的大事，便是盖酱钵；酱钵也不能掉进树叶等杂物，需小心捡出；还需要不时搅拌，让酱们轮流晒太阳，让它们气息相同，如窝在一个庄子里的人。

酱钵孤零零地待在屋顶，白天敞怀晒太阳，上面会结成薄薄的黑壳，母亲得闲时会搅拌几下，当然，我们更乐意抢着干，以便向未来的酱示以友好。晚上，酱钵则盖上厚盖，以免雨水侵蚀。不过，星光和月光，雾气和露水一定会溜进钵中，它们会不会让酱更加美味，这是我至今没弄明白的事情。酱钵其实也不孤单，众多屋顶上的酱钵相互守望，还有被风吹过来的叶子陪伴它们。偶尔，一只鸟，一只猫，也会从它身边掠过。

渐渐地，酱钵里出现了淡淡的香味，酱的颜色也由黄变黑。酱开始走上餐桌，新鲜的味道让孩子们欢欣雀跃，但此时的酱像苦涩的青杏般，缺少成熟的风情。等到夏阳变成秋阳时，等到酱黑得一塌糊涂、香得勾人馋虫时，酱这种美味才算水到渠成，才算成熟，让人尽情沉醉，尽情享受。

不同于现在的瓶装酱油，那种黑糊糊的农家酱，浸染着农人的汗水，饱吸着阳光的热情，寄托着人们美好的愿望，终发酵成一种可改变平淡味觉的调味品，一种农人般朴素亲切的美味。打汤，炒菜，蒸鸡蛋，尤其是酱爆辣椒，是农家孩子的至爱，作为早早帮忙干家务的孩子，我最喜欢亲手打瓠子汤，只在汤沸时加一匙酱，品尝时就会感到鸡汤般的鲜美。可怜我们那些小小味蕾，已深深地迷失在酱香里。甚至在蔬菜缺乏的时节，酱摇身一变，从调味品变成美味，就像放下身段客串演员的导演一般，是获得满堂彩的那种。一碗黑糊糊的酱，在柴火饭锅里蒸熟，如果再加点红辣椒，那还不得又香又辣，还不得多扒下一碗饭。当然，在那时，一碗饭和酱一般难得。

然而，晒酱是一种慢节奏的生活，和母亲一般，和老房子一般，不合时尚，慢慢变老，变迟钝，并渐渐消融于时间的河流之中。

记忆中，屋顶上的酱钵像夕阳下的老人，孤独地守望着寂静的村庄。

喝茶的样子

喝茶，似乎该有个样子。乡村六月间，大壶灌满，茶叶泡成海带，随手倒一杯，几口吞下，解渴消暑，似乎有点急；潮汕那里的功夫茶，摆一组杯盘壶碗，再慢条斯理地温壶，洗茶，注水，浸泡，然后关公先巡城，最后韩信来点兵，又有点慢，性急的人可等不得；大半的人还是花上几分钟，泡一杯茶，趁热时欣赏，待温时品茗，不急不慢，悠闲自如的样子。

最好是今年的新茶，清明后谷雨前便可。明前茶量少价高，象征意义过于丰富，其实太嫩太细，姿容无可挑剔，茶味难免寡淡；雨后茶量多、价低，但太肥太老，形厚而臃肿，味苦而少香，勉为其难可为茶，除自家喝，很少有茶场去制作。采茶，需要适合的节气，适合的天气，阴雨后隔天的茶不如隔两三天的茶，隔天的茶头发得太快，茶味难免清淡；甚至有老茶农认为，同样的天气，上午采的茶，其味略淡，下午采的茶，其味略厚，这需要类似音乐界金耳朵般的舌头去品味。所以，喝明后雨前的茶，符合中庸之道的精髓，可形味兼得。当然，普洱一类的茶例外，据说愈陈愈好。

最好是玻璃杯，不带盖的那种，干净透明，清清爽爽，茶叶沉沉浮浮，舒展腾挪，水汽袅袅娜娜，让人想起采茶少女的灵动姿势。几缕淡淡的茶香沿杯口氤氲，嗅一嗅，尝一尝，人在陋室，宛在草木间，山水之韵，如影随形。也有人推崇紫砂壶，老辈人玩壶，壶身润泽如玉，壶内茶锈黝黑，注一壶白开水，茶香依旧。至于不锈钢、塑料等材质的杯子，喝白开水就好，泡茶就不必了。

一杯净水，几片绿茶，相遇了，水养草木，茶之精华也溶于水，水茶交融，欣欣然而已。相遇了，最终还是喝茶。文雅人谓品，望闻诊切一番，还得动口，还是祭“五脏庙”。我辈俗人，就是泡茶，就是喝茶。渴了，咕咚几口，所有的茶色茶香茶味，统统化为一团混沌，在胸腹间酿成一股快意。闲了，冲冲洗洗泡泡，轻轻摇一摇，茶色明暗几分，茶头大小如何，慢慢闻一闻，茶香浓淡几成，细细啜一啜，茶味厚薄怎样。这样去喝茶，仿佛与一杯茶倾心相交，唇间舌底，淡淡的涩，淡淡的香，顺喉而下，尘世烦恼，一冲而过。其间滋味，如人饮水，冷暖自知。

喝茶，与忙闲休戚相关。身心有闲时，自然有细品慢咽的清雅；身忙心闲时，自有偷得浮生一时闲的趣味；身闲心忙时，自有世间沧桑如云烟；身心俱忙时，人生煎熬如烟熏火燎。所谓“万丈红尘三杯酒，千秋大业一壶茶”，其实世间万态，也非一壶茶水可注解，但某种意义上又相差不远。

喝茶，大多时是一个人的独语。独处静室，窗明几净，烧一壶水，沏一杯茶，心无旁骛，既不囫囵吞枣，也不拖拖拉拉，把一杯茶好好喝完，喝透，是对一杯茶最好的尊重。如果觉得不够有仪式感、不够雅致，也可弄上一组茶具，走上八道或十八道程序，表情先严肃后陶醉，也无不可。一如歌手登台演唱，全场静默，开唱时忽然振臂高歌，忽然闭目低吟。

当然，来了客人，也可借一杯茶交谈甚欢，就怕相对无言，茶味也寡淡，更怕相对无趣，一场闷茶，如不知所云、毫无可取之处的烂片。

喝茶，似乎该有个样子，又似乎不该有个样子。

这人间茶事，其味无穷。

汤洼茶园

在暮春的白梅，小雨空蒙的时候，这个满是丘陵的山乡，其实适合搬一把竹椅，坐听春雨低吟的声音。

那细雨，滴落在屋瓦上，檐下，有声；滴落在涧间，水上，卵石上，有声；滴落在山中，树上，草上，岩石上，有声。其实，这湿漉漉的雨，软绵绵的雨，从来处来，往去处去。它们悠闲地滴落在时光之中，滴落在心间，更有一种恬静的音韵。

然而在白梅众多采茶人的耳中，这清明前的细雨并不悦耳。

“今年春上有 20 多天的雨，气温有点低，这才晴了几天，茶芽冒点头。上午十几个人上山，采了 20 来斤湿茶，就下雨了，下午也歇火了。我这清明前采茶是按天算工钱，不然大茶叶、茶梗和茶头就混一起了。”汤洼茶园的主人杨礼信，一位 50 多岁的茶农，一边娴熟地冲泡着自制的新茶，一边略带忧郁地告诉我们。

在白梅连绵不断的丘陵中，隐藏了许多大大小小的山洼。一亿多年前，七家山火山口频繁喷发，无数的火山灰挟带着磷、钾等矿物质落满了周边的丘陵和山洼。沧海桑田之后，山洼里的火山灰已成了肥沃的土壤，也造就了白梅众多的优质绿茶园。

汤洼茶园，是杨礼信 6 年前承包的茶园，也是白梅优质绿茶园之一。

汤洼是黄石村牡丹尖边的一个山洼，20 世纪 70 年代就开辟了茶园。很长一段时间是集体茶园，口碑不错，后来改私人承包，经营不善，茶叶质量年年下降，自然也入不敷出。

6 年前，杨礼信在村部竞标时，出价是以前 15 倍的承包金。杨礼信却认为值，“高山生漆低山麻，阳坡桐子阴坡茶”，汤洼就是一块阴坡。

说起来，长江之畔的白梅，不论阴坡阳坡，阳光都足够了，但阴坡比阳坡雾气多、湿度高，鲜叶更能保持鲜嫩而不粗老，同时氮含量和氨基酸含量会提高，营养和口味更上层楼。汤洼的土质也不赖，杨礼信曾请教过农技人员，说是乌沙土和黄沙土，通透性好，还带点硒，能培育出香郁味醇的好茶。

这些让刚回乡的杨礼信信心倍增，中标后，他改变了以前茶场的施肥、除草和除虫方式，决心打造一个全新的绿色生态茶园。

6 年来，汤洼茶园用的是收集来的猪、鸡等动物肥，还有植物肥，譬如飘零的野花、枯萎的枝叶，还有腐烂的淤泥。没打过除草剂，雇了十多户贫困户上山拔草。“也算是帮扶吧，加上采茶，一年十几万的人工。”杨礼信有点忸怩地说，“我也是党员，也没多大本事，尽点小心意。”至于除虫，杨礼信得意地告诉我们：“白梅是块洞天福地，很少生虫，真生虫，也不敢打农药，少采些茶就是了。”同行的孙畈村彪书记咧嘴一笑：“这些年，白梅的生态环境不是一般的好，山上杂树多，枫香树、杉木、榆树、竹林，打眼就是，虫生不起来，还有鸟雀多，啄木鸟也多，吃虫。”

但生态绿茶不是一日之功，头两年采摘的茶叶，不尽如人意。那个时候，杨礼信对请来的岳西制茶师傅也有点意见，村里有人说人家留了一手，他却觉得制茶师傅有点不理解白梅的茶。一方水土养一方人，地里的东西还是需要本地人去慢慢地琢磨。

杨礼信客客气气地送走了制茶师傅，一边走访本地的制茶人，小心翼翼地请教可能的秘诀，一边埋头练习炒茶。

杨礼信采购的一套制茶机器，虽然是电动力的，但靠烧木头提供热量，骨子里还是炭火焙制，炭火炒青、理条、烘干，没有仪表，全靠感觉。

有一段时间，杨礼信和老房檐下堆放的码柴较上劲了，他不停地劈那些木头，劈成各样的块头，试验焙制时间，希望找到掌握火候的窍门。

“感觉累极了，烟一包包地抽，都想再出去打工了，想想下到茶园的功夫，又舍不得。”杨礼信回忆起当初，依然心有余悸。

终于，他炒的茶得到了周边制茶人的认可，也得到了买茶人的青睐，今年清明边订茶的电话络绎不绝。“都要明前茶，催得什么似的，哪有那么多？”杨礼信有点发愁，他说：“其实谷雨喝味还好些，就是茶头肥些。”

娓娓诉说这些年制茶的辛酸和喜悦，杨礼信给我们端上了香气袅袅的新茶，有点虔诚，也有点自豪的意思。

玻璃杯里，茶汤黄而明亮，毫无悬浮物，茶头形如雀舌，又如一群沉在清澈涧底的小麦鱼。我深深地一闻，香气醇正，再轻轻尝了一尝，入口是新茶的苦涩，再尝一口，仔细回味，滋味浓厚回甘，有点让人沉迷，如东坡居士般“枯肠未易禁三碗，坐听荒城长短更”。

“雾锁千树茶，云开万壑葱”，阴雨中的汤洼茶园，没有一位采茶人。我随手采下一片鲜嫩的茶芽，轻轻一嗅，山水之神韵，草木之淡香，一一沁入心脾。

烧烤的烟火

在枞阳，街头烧烤店是寻常的，北站、县医院、银塘路，随处可见，不比安静的咖啡室，是一种热闹至极的市井风情。

烧烤店在上午多半是门窗紧闭，下午懒洋洋地打开，不多的客人也没精打采的，可只要挨到傍晚，随着夜色越来越浓，人流开始大增，烧烤店便脱胎换骨，成了街头最神采奕奕的门面。那种油脂香味和胡椒、孜然等佐料混合一起的烧烤味氤氲在街头巷尾，让路人食欲馋动，忍不住会推开一扇门，迈进那个让人其乐融融的烧烤世界。

店面一般不大，餐桌也不大，二至四人位的餐桌，也不多，七八张桌子；不过，只要气候许可，夜市的时候，也是人流最旺的时候，店外一般会露天摆放几桌。进门，显眼处便是一副烟熏火燎的铁架子，暗红的炭火、忽浓忽淡的雾烟、酽厚的肉香与孜然的鲜香，会让你一瞬间回到熟悉的烤串场景里，像一条刚从咸水海洄游到淡水河的鱼，忽然摆脱了牵扯，随心随意，无拘无束。

灯光也不太亮，有点朦胧。餐桌多半爆满，声音嘈杂，像涌向海滩的潮声。于是，客人点菜声便五分豪爽、五分高亢，老板们照例是记忆力惊人，对回头客的喜好一清二楚。其实烧烤店的品种大差不差，各种肉串、烤鱼烤翅、臭干香干和韭菜白菜什么的，也有花甲和小龙虾。不过，拿手菜大有差别，各有各的特色。

当然，这样的烧烤不适于一个人孤独地品尝，最好有两三个朋友相伴，笑容坦荡，私语闲常，杯酒春风桃花，把盏桂子秋月，偶尔，也有江湖夜雨十年灯的感伤。不过，咬一口肉串，灌一杯生啤，就没有什么大不了的事了。

烟火小屋，一个有点小资情调的名字，其实也是烧烤店的一员，藏在银塘花苑对面，颇有特色。第一次踏进烟火小屋时，恰恰孤单一人，在初春的夜晚，带着一身疲惫。几分钟前，我还在球馆里又蹦又跳的，直至大汗淋漓，全身的能量都耗尽了；那只饥饿的胃亟待安抚，随意找了个烧烤店，于是偶遇了烟火小屋。一个人吃烧烤，只能是寂寞，连点菜的声音也淡而无味。环顾四周，我是不一样的烟火，花开也是寂寞。

一盘烤鱼停留在我的视野里，两个年轻人惬意地交谈，碰着啤酒杯，夹着鱼块，他们说什么，我听不清，但我知道，青春在那儿，明媚也在那儿。那餐桌，那两个人，那烤鱼，那嘈嘈杂杂的声频，就是烧烤的境界，就是兄弟把酒话人生的境界。青春总让人羡慕，也总让人怀念。

饥饿感又一波袭来，幸好，一铁锹花甲，就像海风一样粗犷、豪放，也像海风一样急速，油汪汪地摆在面前，香气四荡。酱色的汤汁，鼓着一个个酽稠的小泡，鲜艳的红椒、绿色的菜叶和紫红的洋葱点缀在花甲间，让花甲们平添一段美学内涵。

我迫不及待地夹起一只放入口中，没有一点砂感，鲜辣，微甜。没有砂感，一是养花甲的清水换得勤，让花甲吐出了污泥，比较干净，一是厨师爆炒花甲的手艺，有一点秘方。鲜，取决于花甲的新鲜，烟火小屋的老板说，新鲜的花甲煮熟了，它是开口的。确实，那一锹花甲多半是开口的，仅有几只倔强的花甲，闭口不语。其实，细细品尝，新鲜花甲的肉是富有弹性的，而不新鲜的，则有一种干瘪枯瘦的口感。

至于辣，则是生活的调味品。辣椒不是温文尔雅的植物，在荒野，因一股辛辣之味，而走入人类的视野，人类也不辞辛苦地驯化辣椒，让辣椒成为风靡全球的美食兼佐料之一。辣会刺激我们的味蕾，让我们更加热爱肉食，热爱花甲。

那一盘花甲吃得人汗流满面，就像在球馆里棋逢对手般酣畅，连带着几串茶干、一捧牛肉串，也一样鲜美，我也自然而然地记住了店名，记住了店里别致又干净的装修，记住了街头不一样的味道。

第二次去时，是冲着羊肉串去的。初夏时分，和风怡人，店外的桌子坐满了人，而室内还有几张空桌，也许，店外更无拘无束，也许，美食与夜景适合共赏。我进来时，有一个女子在点菜，身材颀长，穿一身靓丽的淡黄色汉服，看一眼，有点让人梦回汉唐的感觉。宽袍长袖的汉服，约束了野蛮和暴躁，是中华文明的一种优雅之所在，也是礼仪的一部分。当然，精美的女式汉服，一样能勾勒出现代女子优美的曲线。

吃羊肉串，无疑是对美食礼仪的挑战。美好的串与儒雅的礼仪，二者不可兼得，当然要舍礼仪而取好吃到流口水的串。吃羊肉串很难吃出优雅的姿态，它不需要淑女，要的是对食物的野蛮和诚实的态度。想想一个小美女，文静地坐在喧闹的烧烤店，举着一支长长的串，微露玉齿，小心翼翼地含着一块，一点一点地移动，那得有多憋屈!

吃羊肉串，就得两三人一起，点上五六十甚至上百串，吃出那种豪爽、惬意和一往无前的气势；一嘴油辣的鲜味，再来一杯啤酒，所有忧愁随风而散。吃羊肉串，就得有股狠劲，一口咬住肥嫩的肉块，再用劲一扯，肉块稳稳地落入口中。略一咀嚼，饱满的肉汁，融合了孜然粉的香和辣椒的辣，倏然绽放，让敏感的味蕾、饥饿的胃和疲惫的心一起沉醉。

烟火小屋的羊肉串有两种，一种是常见的竹签串，还有一种红柳枝串的，分量略多，五六块羊肉，肥瘦得当。烤好的红柳枝羊肉串，散发肉香之余，还有一股红柳清香味。无疑，它是烟火小屋的一个特色。等待的空隙，和年轻的老板聊了几句，询问一些食材方面的事情。老板姓程，一个精明又和气的小伙子，不嫌人烦。小程说，烟火小屋的羊肉串选用新鲜的绵羊肉，有可靠的供应渠道，有正规的质检报告，墙上贴了放大版，朋友们可以随时查看。小程还说，红柳枝来自新疆，当地人喜欢用春天的红柳嫩枝和绿叶治疗风湿，很有效果；在西北，红柳枝羊肉串是烤串的上品。

红柳枝固然有助于增加美食的鲜美程度，但娴熟的厨艺、热诚的服务与温馨的气息，则是小屋烧烤的精髓所在。小程和他的烟火小屋，依赖这些细节，与县城众多的烧烤店和而不同，别有一种风情，在静夜里，摇曳如花。

自此，我的美食地图上又收藏了一个坐标，纵是柳支肉串，横是爆炒花甲，原点是此间独好的小城风情。在小城，当你在街头巷尾一个人咀嚼寂寞的时候，当你和朋友一起远离枯燥工作的时候，当你厌倦正规酒宴的繁文缛节的时候，不妨推开一扇温暖的门，放下伪装和面具，在鱼羊鲜味里，去品尝人间烟火，慢读小城枞阳一直存在的岁月静好的温情。

白荡湖的毛蟹子

老实说，对于白荡湖毛蟹子（学名大闸蟹），我一直有觊觎之心，尤其是在秋风吹过白荡湖，拂过水草迷离的大涧，带来清凉而又萧索的秋意时。

因为白云岩边没有毛蟹子，石蟹子也基本没了。过去有些小石蟹子，秋天里水浅，涧沟里带点湿意的石头，一扳过来，就有一两匹小黑蟹子慌乱地爬。女儿五六岁时，常跟大院里小孩一道扳石头，抓石蟹子。她穿一身红，在涧沟里蹿来蹿去，大呼小叫。傍晚时，一身污泥的女儿带回一方便袋石蟹子。这是她在秋天里的收获，有一份大自然恩赐的喜悦。我们用柴火大铁锅油煎，或者用小麦粉滚石蟹子。麦粉粑和石蟹子都黄亮亮的，直冒香气，女儿嚼得也香。

没了石蟹子，就只有毛蟹子可解馋了。白荡湖的沿路，早秋就有毛蟹子叫卖了，和湖水一样浩浩荡荡的摊位，据说都是正宗白荡湖的。偶尔买过，不能科学对比，吃得又少，又不精于此道，只会乱咬，从口感上分辨不清是否正宗。但从逻辑上推断，水箱里的水可以说是白荡湖的，蟹子就难了。白荡湖爬不出许多蟹子啊！本地的酒席也尝过，说是正宗的白荡湖毛蟹子，也没法对比，也怀疑过。同桌的资深吃货老周深得其中三昧，他是可以吃完一匹后，原形原状还原一匹空壳蟹子的高手。那只失去血肉的蟹子，就像一枚保存完好的化石。老周说滋味只可意会，有人鲜蟹子吃不完，只好把蟹黄腌制，冬天下酒，这种人搭嘴就识味；至于外形，倒可言传，无非青壳白肚黄金毛。白肚要活水，水流常更新，水速相对快，白肚特征越明显，白荡闸那边的实相最好；有些没砂石的水域，也是黑肚子。

对老周的说法，我将信将疑。酸醋一蘸，小酒一咪，蟹子的滋味大差不差；至于蟹子本身的质量，水质是关键。咱们枞阳生态环境顶呱呱，菜子湖、白荡湖什么的，纳周边山脉清流，又通江达海，吐故纳新，水质能不好？绝对胜过工业发达地区的阳澄湖。但谁能保证，你吃的蟹子，不是田养的、用白荡湖水洗澡的蟹子？反正阳澄湖洗澡的蟹子遍地是。

老周说，从外形可以辨而识之，譬如一只耀武扬威的白荡湖公蟹子有什么讲究，它染了一团时尚的金毛，表示常在青草丛里厮混，那是水底氧吧，空气清新，环境优美，食物自是丰盈，营养不缺，小日子不赖；肚皮雪白，意味着不在污水里瞎搅，拥有一方澄净的水域，和一片洁净的湖底沙滩，“财力”雄厚；大脚又粗又长又锋锐，一望就知道体格健壮，能咬善撕，武力值超高，是繁衍下一代的首选。

确实，这样的公蟹子，在母蟹子天线一样的小突眼里，简直是玉树临风，可以为之倾倒一大片，更倾倒了一众吃货，本地商贩，手里货色，一律号称是白荡湖原味毛蟹子。个别儒商，如吾友章宝贵，老实承认，货有几种：白荡湖、菜子湖、江苏高淳湖，个别还有田养蟹子。上回见面，章宝贵穿一白色对襟盘扣衬衫，儒雅得很，不过更显瘦，个子要高七八厘米，就是竹竿。儒商章宝贵在群里，在朋友圈里，俨然是一民俗专家，能考证土话的真正写法，如嚣皮靓壳（非常漂亮的意思），可以和孔乙己做个忘年交。偶尔也发小广告，槐花开时卖土蜂蜜，秋风起时贩毛蟹子。所以群里的宝贵很和善，商家秘诀也肯示人一二。蟹子上市时，我们也起哄，宝贵挤牙膏似的吐露秘诀：壳上有梯形纹形，有对称小圆泡，脐大且白，厚重感强，为正宗白荡湖。白荡湖的蟹子脚，咬起来微甜；田养的蟹子，有泥巴味；北方蟹子脚，味道很“柴”。宝贵这么说的时候，又成了认真的民俗专家，忘了谈生意经。

今年九月初采风时，无意遇见白荡湖边的渔民。于是又证之于渔民，渔民说他现在也不是渔民了，白荡湖被承包了，水里装了高清摄像头，想偷偷搞点，人家看得一清二楚，在哪撒网了，从哪块上岸了，都晓得。有个桐城小老板，不晓好歹，跑来钓鱼，抓到就被罚了千把块。渔民又说，白荡湖水好，周边没工厂，水质有保证，又通长江，一年到头，水是活的。一年中只有放蟹子苗时是人工的，平时没见过投食，真正的野生蟹子。听渔民一介绍，我们再望茫茫白荡湖，水天一色，烟波浩渺；想想毛蟹子在湖底自由生长，横行霸道，心里升腾起尝鲜的念头。渔民又解说，野蟹子长得慢，要到十月才有蟹黄蟹膏。这时吃就图个名声，图个面子，搞不好还是外地的田养蟹子。这么一说，我们从内心到表面，恢复了文雅本色，对白荡湖和它的蟹子，有了更多的传统美学意义上的欣赏。

求证之后，对于是否吃过白荡湖蟹子的事情只能说是或有事件了。但持螯剔肉，浮一大白，仍是人生一大快事。而我，已初窥白荡湖的真相，便虔心盼望宝贵所说的金秋十月那壳满膏肥的白荡湖毛蟹子：青壳白肚黄金毛，此物最相思；持螯对酒可当歌，此物最解忧！

第三辑 旧时风物

雨天的时候，似乎有点寂寞。放牛人坐在小板凳上，撑着一柄笨重的木柄黄伞，随牛移动。人默默无言，牛默默啃草，只有细细的雨声。有时牛停止啃草，“哞哞”几声，十分温柔；有时人牛相望，似有言又无语。

牧牛往事

“你这人，怎么就跟放牛的一号的?”此乃枞阳人口舌争论时的熟语。“放牛的”，多半为贬义，或指性子野，因为放牛人逐草而行，无疆无界，无拘无束；或指没文化，没家教，因为旧时放牛活多由失学儿童承担，吵嘴打架为寻常事。然而，忆起儿时放牛岁月，却颇有趣味。

那时生产队约有五六条水牛，三四家共有一条，轮流精心饲养。牛瘦牛肥各家心中有一本账，尤其农忙季节，养牛者必定要割些肥嫩的青草犒劳犁田耙地的牛。冬日最闲，所谓“冬者岁之余”，只需抱干稻草和牵牛喝水，人牛俱闲。清闲活也不轻松，那时，各家的干稻草都堆在离牛栏约 200 米远的稻床上，霜天雪地时，人们拎着篮子，躬腰缩背地跑到稻床，从压得实板板的草堆里用力拉扯干稻草，冷冰冰的身子都会发热，然后背回去喂牛。有时寒风凛冽，一不小心，稻草就从篮筐里飞出了，一地都是。而牵牛喝水，附带着要接牛屎牛尿，那是农家肥，地里庄稼还指望着它呢，金贵啊。冬日的池塘边，常常有人一手牵牛，一手拎着粪桶粪瓢，盯着牛尾巴。牛尾一翘，赶紧接着，要是掉到水里，可是一大损失。

等到阳春三月，草长莺飞，放牛岁月随即开始。孩子们清早被大人喊醒，揉着惺忪睡眼，跑到牛栏，牵着自家的牛到地埂吃草，到吃饭时急急回家，喝完一碗稀糊，就跑步到校读书。早晨时间短，但却费心思，孩子们一手紧紧牵着牛，一手拿着棍子，防备牛吃庄稼。一时不备，往往会惹来庄稼主人的怒骂，自然也少不了家长的教训。

真正的趣味在不上学时，在放牛之外，一如古诗所云：“牧童骑黄牛，歌声振林樾。意欲捕鸣蝉，忽然闭口立。”不过我很怀疑诗人生活体验肤浅，以为温驯的黑牛与躁性的黄牛只是颜色不同，也许是为了押韵的缘故。天气晴朗，放牛娃把牛赶上山，把牛绳往牛角上一绕，留下一人瞭望，其余的人就开始疯玩。有时大点的孩子带来家中珍藏的扑克，一群人兴高采烈地玩“对门”或“捉乌龟”。有时搞零食，只要是可以入肚的东西，什么酸桃涩杏，什么青豆黄豆，什么山芋黄瓜，也不管是谁家的，甚至是监守自盗，今天搞你家的，明天拿我家的。好在大人也知道娃儿们肚子空，不以为意，有些放牛的大人还凭着丰富的经验指点一二。也有文化场面，说故事，唱歌，打口哨，记得一位同伴，擅长用树叶奏乐，令我佩服得要死。偶尔，我们还玩一把斗牛，一般点到即止，碰到胡搅蛮缠的，还要即时分开，毕竟伤了谁的牛，都不好向大人交差。虽说玩乐，也有仔细的活，要帮忙打牛虻，看着牛尾甩不着的地方，一只牛虻叮着不动，赶紧一巴掌，一手殷红的血；天热时要记得把牛系在塘边的大树上，让牛泡水避暑；牛走小路时，要注意避免牛踩空跌跤，那么重的牛身，摔一下可不是小事；最让放牛娃害怕的事，就是不能让牛吃到天牛，据大人们说，那会让牛胀死，幸好这样的事没发生过。人对牛好，牛也通人性，常拿一双温柔的大眼看着我们放牛娃。更让人兴奋的是，牛还让娃们骑着玩乐。那样的庞然大物，我们哪能够得到它？只好让牛走到低处，我们从高处爬到牛背；胆大的，双手扳着威武的牛角，沿着牛颈攀爬上去。一手牵着牛绳，一手舞着枝条，双腿一夹，大牛沿着山路缓缓回家。暮云远去，炊烟近前，骑牛的牧童，如同战场归来的英雄。

雨天的时候，似乎有点寂寞。放牛人坐在小板凳上，撑着一柄笨重的木柄黄伞，随牛移动。人默默无言，牛默默啃草，只有细细的雨声。有时牛停止啃草，“哞哞”几声，十分温柔；有时人牛相望，似有言又无语。那种场景，如今想起，觉得有一种说不出口的美感。

“胀不死牛，饿不死狗”，牛的食量颇大。经常在一块山上放牛，草皮都会啃光，得时不时地挪挪地方，好让草生长恢复。有时到不远处的小溪里，顺流而牧，放牛娃一边摘下几束柳条，编成帽子，既防晒，又体验了电影里潜伏战士的风姿；一边掏掏沙子，翻翻石头，找小乌龟和螃蟹等水族玩耍。现时有点身份的乌龟们，当年只是放牛娃消磨时间的玩物，谁也不稀罕。有时到远处的山头，在人家的地盘里放牛，一切都要小心，可不敢让牛吃了庄稼，遇到当地的放牛娃，受点气也得忍着，正月里，说鼓书的不是说，“强龙不压地头蛇”吗？顶好是到菜子湖放牛，那可是件又新鲜又快活的事。湖离家有六七里路，孩子们吃过早饭，沿着一条大路，结伴赶牛。到了湖边，捡一块水草丰美的地方，把牛群一放，放牛娃们自由自在了。夏日的菜子湖，碧波荡漾，湖草青青，天很高很蓝，无须担心牛群，孩子们尽情玩耍。除了平日里的把戏，还可以翻捡河蚌，采采菱角，就是到湖里洗澡，也没大人管着。快到晌午时，由两三个孩子赶回家吃饭，吃完到没回的孩子家里带饭。饭盛在大瓷缸里，为照顾孩子，也为面子，瓷缸里的油水比平时好，一般有蒸蛋羹，那是令人馋嘴的美食。傍晚时分，玩累了的放牛娃骑着饱餐一日的牛，在徐徐的湖风里归家。“牧童归去横牛背，短笛无腔信口吹”，笛声少见，但一路上有的是欢笑声，有的是牛哞声。

牧牛岁月，转瞬即逝，现在庄子有了农机，耕牛已不多了，也没有了所谓的“放牛娃”，谁会让孩子放牛？那会让一个庄子的人笑话。有一天散步时，我忽然看见两块荒田，芳草萋萋，又绿又嫩，心里居然发痒，想牵头牛来吃草。甚至想，我要是那头牛，美食在前，肯定会大喜过望。

怀念“双抢”

农谚云：“小暑割不得，大暑割不撤”，其中“割不撤”是枞阳方言，意为来不及收割，这“割不撤”的季节便是“双抢”了。“打工潮”未兴时，一切极其单纯，“双抢”便是农村里的头等大事，谁不知“人误地一时，地误人一季”呢？平日慢悠悠的节奏一下子变得急促起来，庄子里处处透着收割的喜悦，全家总动员，毛伢们也安排了活计。其时，庄里鸡飞狗跳，路上人流滚滚，急匆匆地赶着活儿，一派繁忙景象，但井然有序。

头几天，大人们扛着锄头把自家承包田跑了一遍，先割哪块后割哪块心中就有数了。计划着要收割的，赶快放水，免得泥巴深了缠脚。农人们一碰面，谈话离不了收成。

“你家大塘冲那块田，稻好哎，什么种子，明年我也试试。”

“先丰，街上买的。你家月亮田也不错，再养四五天，少不了八百斤。”

那时节，没听说什么假稻种的事，街上买的种子就是比自个儿在田里选的好。那时节，售货员爱理不理的，只管自个儿聊天或打毛线，半天才从牙缝里快速地扔出几个字，东西却让人放心。如今，售货员变成了大小老板，老板们笑容满面，真诚地承诺，买回的稻种什么的还是有点毛病。表象有了变化，实质难免变动，人世大多如此。

临近收割，大人们就把家里的大小弯刀找出，一看生锈了，赶紧磨快，不够的，得问问隔壁小爷家明天可动刀，有多余的借两把。磨好刀，再就着自家的草堆打好草绳，以备第二天捆稻把。夏日天亮得早，凌晨四五点，人们便赶到田里，水已经放得差不多了。一脚踩进烂泥，凉意从脚丫子冒出，手攥住稻子，满手都是露珠，孩子们的睡意一下子消失了，和大人一起趁着凉快，“嚓嚓”地割稻，偶尔会有一声惊叫，多半是踩着了一条水蛇或黄鳝。割稻还时常割破手，人们戏称为“杀鸡”，一般把手含在嘴里吮一下，严重些回家用布条包扎好，有些毛躁躁的孩子，一天要“杀”几回“鸡”。等到太阳高照头上，家里人就会送来茶水，该是回家吃早饭的时候了。饭后割稻，就没那么凉快了，稻田里热气腾腾，六月天的阳光会晒得人淌油，颈上雪白的草帽绳已然染黑，嗓子焦渴得冒烟，好不容易有一丝风，一下子就没了，茶水灌了下去，只会让人更加燥热。收获的汗水从来都是辛劳的，只有丰收的喜悦才可以抚平劳累。

割下来的稻子一束束地铺晒在田里，到傍晚时分，稻铺晒瘪了，此时挑稻把子，分量自然轻。挑前当然要捆，捆当然要抱，抱稻把说起来很轻巧，但很令一些人生畏。即便长衣长裤，也免不了那些看不见的细小而尖锐的东西扎进皮肤，令皮肤又痒又红肿。不过，几天农活下来，皮肤也就麻木了，再抱也就无所谓了。

挑稻把子绝对是男子汉的活计，手持锚担，一头扎进稻把，借着肩力，两手一拿，再狠劲地扎进另一个稻把，然后挪肩弓腰，发力挑起，其间得一气呵成，不然闪了腰，正是双抢季节，家里怎么能少一劳力呢？半大小伙子头回挑稻把子，一般家里大人会给送上肩，或者捆一些小点的稻把子。挑稻把子半路歇不得，那玩意没法子放在地上，只能换肩，不幸只有一个肩膀受力的，只好苦忍了；路远了，有些人家备有打杵，可以把担子架在上面，也就喘几口气，谁敢误了农时？不常挑担的半大小伙子，头天肩膀感觉还好，一夜睡醒，肩膀又红又肿，甚至皮肤开裂，再挑稻把，会痛得龇牙咧嘴。等熬过两天，脱了两层皮，肩膀自然硬朗起来，后生们也打磨成了壮实的庄稼汉了。百把斤的担子，其实是庄稼汉的成长仪式。

挑下来的稻把堆在稻床上，小山堆似的。金黄的稻子，碰到就撒落一地，真正脱粒却不容易。那时也有脱粒机，却非电动的，是脚踩的，“吱呀、吱呀”的，十分费力，一人喂，一人打，打的人坚持不了多久，便要轮换。好在双抢时节明月皎皎，庄稼人可以趁着月夜打稻。回家时路过清水塘，汉子们洗个凉水澡，别提多惬意了！

那些空旷的稻田，只剩列队似的稻桩，有个路过的城里人说有收获的美，此时却要留水犁田了。说是犁田，其实有四道工序：一是犁田，二是耙田，三是耖田，四是耠田。犁田主要是把耕作层深翻一遍，让熟土和新鲜土混合在一起，但活儿很糙，稻桩、泥块什么的十分潦草。二是耙田，耙下面有锋利的刀片，乡下人叫耙齿，人站在上面，指挥着牛，把稻桩和泥土一点点切碎、切匀；第三遍是耖田，耖是为了让泥土更加细化，耖过的田，泥土如浆；最后一遍是耠，我们枞阳方言读“gāi”，耠完，田平如镜，就可以插秧了。犁田不仅要一把力气，还要讲究驭牛的技术，一般弱劳力都不能胜任。犁田有独特的号子：“驾”“吁”“特泣”等。前两种很好理解，后一个是拐弯的意思。庄稼人的号子，有腔有韵，自然流畅，拉犁的牛，令行禁止，极通人意。人辛苦也罢，庄稼人嘛，天生的劳苦命，却劳累了大水牛，毕竟不是家家养牛，“双抢”时节，歇人不歇牛，心痛的主人家只好天天加些精料，也无非是些带露的嫩青草。

剩下来自然是插秧，早晚也罢，逢到下午插秧，半田水经太阳晒得滚烫，热气蒸腾，人都能晒得发慌，然而蚂蟥仍如幽灵一般，在水中一闪一闪的，一会儿便趴到小腿上，不痛，等人发觉时，早已是鲜血淋漓，赶忙跑到田埂上，还要使劲才能扯下。有蚂蟥恐惧症的人，只管惊叫，得旁人帮忙。

插秧也是门技术活。好把式动作神速，解开，分秧，入水，轻轻巧巧的，一气呵成，眨眼就是一行；他们可以一路绕着田埂画圈直至田中央，插出的秧苗行列齐整，不歪不乱，稀疏有致，如同织布。至于新手，勉强可称栽秧，脚歪手猛，苗棵忽粗忽细，东歪西倒，一时疏可走马，一时密不透风，脚下无路，把稻田踩得大坑小坑。有时两个人绕着田埂并排插秧，快手可以把慢手围在秧丛中。从前还有插秧比赛，有的高手竟然能双手插秧，技艺可谓臻于绝顶。

就这样，割稻、打稻、犁田、插秧等诸般农活连轴转，庄稼人忙得团团转。如果天时不对，雨水偏少，还要架上水车车水。雨水足了，又要“抢雨”。六月天，孩儿脸，最爱下暴雨。刚才还晴空万里，不知哪里飘来几块黑云，霎时大雨如注，大人小孩便急惶惶地跑，忙着收打下来的稻子。谁愿意刚收割的稻子被雨冲走？只好一边跑，一边喊：“小毛伢啊，快些收衣裳！把酱钵儿也盖上！”

如斯“双抢”，也就十来天的工夫，却是农活的考场，手高手低，伸手便知，更是农村的熔炉，一场锻炼，懵懂的农村娃终成娴熟的庄稼汉，不再是毛躁躁的孩子了，手中的农活也是有板有眼、架式十足了。

如斯“双抢”，虽累人，也喜人。不说那满仓的稻谷，换个角度，“双抢”也是村庄的节日，那段日子的伙食真不赖，厨房里飘出少有的肉香，主妇们还会杀几只鸡鸭犒赏“双抢”的功臣，伢子们大口大口地咕着浓汤，俨然一副能吃能担当的样子！

如斯“双抢”，说着顺口，可我愧为一个农村娃，多年来却不知其具体含义。有天猛然醒悟，“双抢、双抢”，不就是“抢种、抢收”嘛？一翻词典，果然如此，想不自得也难。看来，思维一简单，快乐也容易。

如斯“双抢”，而今不在。其实“双抢”还在村庄里延续，气氛不再浓重，这缘于粮食已成了家庭经济中的小角色，即便众人吵嚷着粮价飞涨。而现实更加逼人，村庄已呈“空巢”化，对打工族而言，回家的路费都够好几担稻了，再算上工钱，不划算！再说，家里还有割稻机等农机帮忙呢！

于是，“双抢”成了对老弱妇孺的考验，其他人很少问津了。

连　　枷

在这收割的季节，我拿起连枷，满怀喜悦，以为可以找到 20 年前的感觉。可是没一会儿就觉得手臂僵硬，力道散乱，没轻没重，全然没有想象中得心应手的感觉。并非连枷笨拙，相反其十分称手，只是不务农事已久，我与连枷的感情已然淡漠，不像从前那样心灵相通了。

而少年时却非如此，我企盼一件好的农具不亚于企盼一顿美食。干农活时，拿到一把刀口锋利、木柄磨得舒适的镰刀，或者手握一张又轻又快、重心适中、手感通透的锄头，自有一种挥洒自如的喜悦感；如果是一口笨重、毛糙的农具，干活时非但又慢又费力，心里更是沮丧。可惜最好的农具一般由狠劳力优先享用，我们这样的半大小子们很少沾手，碰上爱惜的家长，干完活后，还把农具擦得干干净净的挂在壁上，挨都不让挨。有个伙伴趁大人没注意，把家里的好锄头带到学校挖树坑，放学回家挨了一顿骂，发誓长大后置几把全世界最好的锄头，专门挖坑。由此可见，村庄里的人和农具的感情何等深厚。当年，有些人家里农具齐全，他家的小孩居然以此为傲；“你家没洋镐，你爸还向我家借”，这样的话很能让打口水仗的一方哑口无言，就此败北。

那些农具中，我有点偏爱连枷。乡村里的连枷多是“群居”的，家家都有好几件，半大小子也有量身定制的专属连枷。因为比起别的农具，连枷制作简单，不需求助铁匠、木匠那些神气活现的稀有人士，砍一棵竹子，找一块废铁或者铁丝，拿些破布破片，就可以制作一柄合手的连枷了。大人用长柄厚实的大连枷，小孩子就用轻巧的短小连枷，我少时的伙伴都要么是从收割，要么是从打连枷开始尝试农活的。那个时候，每个村庄都有一块大稻床，一家一小块，也没明显的界线，但从没人弄错，都在心里。天一热，油菜连着小麦，大人们拿出连枷，片片索索地编编，再放到水里浸浸，就可以大显身手了。那时，扛着一把连枷，于少年时的我而言，仿佛扛着军旗的先锋大将，气宇轩昂，不过要是扛两三把，晃晃悠悠的，就有点别扭了。

我喜欢连枷，不仅威武有趣，还因为打连枷是件轻活。那些农活中，插秧、割稻、锄草，哪样不弯腰？哪样不让人腰酸背痛？“青蛙无颈，小伢子无腰”，大人说得好听，还不是想让我们这些半大的孩子能耐着性子收割。打连枷就有趣得多了，五六月的大晴天，稻床上一丝风都没有，油菜或者麦子什么的齐整整地平铺着，人们竖起连枷，对着油菜角或麦穗甩下去。大人们悠悠地用劲，连枷画成一道道美丽的弧线，奏出欢快的丰收乐曲。有时两个人一进一退，连枷一落一起，节奏不缓不急，眼瞧着厚厚的庄稼一点点变薄，一遍打完，翻过来又变厚变松了；有时三四个人排成一行，齐头并进，煞是威风，如雷的连枷声响彻稻床，回荡在因收获而显得特别忙碌的乡村里。而孩子们却是凭着兴致，高举着连枷，急速地舞动着，“砰砰”地乱打着，浑身的力气仿佛用不完；偶尔，两柄连枷在空中便咬住了，纠缠在一起，调皮的孩子称之为“连枷打架”。没一会，孩了们生猛的劲儿就松懈了，连枷也东倒西歪了，当然少不了一顿数说。

打麦的时候，间或还有“艳遇”，那金黄的麦捆中居然夹带着一种黄色的野瓜，婴儿拳头大小，幽香扑鼻，甘甜可口。我猜测是野香瓜，为此我割麦时特别留心，可是失望居多。世上的事就是这般，有心栽花花不发，无意插柳柳成荫。

多年以后的记忆中，出现更多的是这样的场景：无遮无挡的日头，尘雾弥漫的稻床，打连枷的人先是汗珠密密地沁出，接着就是汗水肆意地流淌，皮肤先是发烫，渐渐变红变黑，口内如同生烟，世界已经远去，只剩下这一块火熏熏的场地。毕竟，再轻松的农活，也是“面朝黄土背朝天”，也是“黑汗淌，黄汗流”，打连枷并非舞步般轻盈，其质感一如大地般沉重。一场劳累，大人们终于同意歇息。躲在稻床边的树荫里，人们围着泡满大茶叶片的茶壶，喝着凉茶，聊着收成；打麦的时候，间或还有香喷喷的小麦粑充饥，那更惬意了。当年，我“咕咕咚咚”地喝着凉开水，狠狠地咬着麦粉粑，全然忘了劳累，以为世上最舒服的事莫过于此。后来有一段时间我回忆起那段经历很是羞愧，以为孤陋寡闻，毫无境界，可是如今却感到那种单纯、那种简单的幸福很可贵，也许，离开乡村的生活虽然轻松和精彩，却有着太多的虚无、虚假和虚伪。

放下连枷，我无比感伤。“笑声歌里轻雷动，一夜连枷到天明”，优游田园的范成大如斯说，那样的情景我小时没遇上，现在更不用说，我想那是诗人遇上丰收年景的豪情放纵。如今，空旷的大稻床逐渐消失了，取代的是门前的小水泥坪，有了脱粒机，连枷这样有着千年历史的农具也很少出场了。将来，也许只有在时髦的“农家乐”里才可以找到它的身影了。

吃一天想一天

前天上午我在家悠闲地上网，5岁的小侄子旋风般跑进来，一把抓住我，大叫："吃饭啦，吃超级豆腐啦！"这小孩就这样，肉乎乎的，一点也不怕人，在我们家，这个"人"主要也指我。他倒是有一点怕我老婆，对奶奶却是怕得狠点，有天他对我老婆说："大姑，你只有一根（打人的）棍儿，奶奶有许多。"至于我女儿，他们是同哭同笑的伙伴、打架兼游戏的伙伴。

在有可能面临电脑被一键强行关机的威胁下，我只好听从命令，扔下电脑，乖乖地坐到饭桌上。当然，我不能埋头闷吃，我得陪孩子们吃"超级豆腐"，还得兴高采烈地。当然，桌上确实有豆腐——牛肉豆腐火锅，也就是小孩口中的"超级豆腐"。他们倒是懂得煽情，动不动就说"方便面，我的最爱"，或者"大姑爷，我最喜欢你了"，当然，大都是在大姑爷出差带回零食的时候。有一次，实在没时间买零食，孩子们在搜完我的旅行包后，失望至极，女儿一边拍打着旅行包，一边埋怨："什么包，都不装好吃的！"过了一会，她居然跑过来安抚郁闷的我："爸爸，你是忘记买，不是不买，对吧？下回买也成。"孩子们就是这样贴心。

动嘴吃饭时顺便问了问妻子："昨天不是说买豆腐吗？"

“昨天没买到。卖豆腐的说，豆腐要想着吃。”

“卖豆腐的是……”

“文友家。他家还做木匠呢。”

想起来了，憨厚的汉子，肌肉饱满，一身的力气，我们好像还能理得上亲戚。

“哦，卖完了。你怎么不早去？”

“不是的。黄豆涨价了，又不好买。豆腐只好做一天歇一天。这就叫‘吃一天想一天’。”

“黄豆多少钱一斤了？”

“黄豆去年一块三，今年涨了好几次，现在要两块三了。家婆去年黄豆没卖上，出正月时生了虫子，恼得要死。后来晒晒，九月晚卖了一块八。”

“啊，幸亏没卖。”

“要是再晚点卖，还要贵点，小来卖了一块九，他家卖了600多斤。”哄孩子吃饭的外婆插了句话。

哎，我们这个偏僻的山区本来物流就困难，现在居然连豆腐也要“吃一天想一天”了。这下不仅孩子们说豆腐是“超级豆腐”了，我也觉得是“超级豆腐”了。豆腐浸润着牛肉汁，果然美味。

年味浓淡人时无

我静坐在电脑面前，屏幕不时蹦出网友发送的祝福网页，我却无心浏览。院子外不时传来鞭炮声，这从腊月底到正月就不曾熄灭的声音，浓烈时如重金属乐队的疯狂，稀薄时仍如寂寂清晨的小号，有着尽情放纵的喜庆味儿。这也是一种年味，而且古老。那些孩童的岁月里，小小的红色，危险而刺激的引线燃烧声，砰然一声巨响，让无数的小心灵充满着无数的乐趣。然而这却是别人的喜庆，别人的年味，我已过了渴望过年的岁月，不再觉得过年的日子有什么不平常，反而有点失落，失落在那曾真真切切体会又悄然而逝的年味里。

或许，对成年人而言，年味只是一种回忆的味道。

那远去的岁月里，年味是慢慢发酵的味道。它酝酿着庄稼人的平日里许多美好的愿望，在大年夜才小心翼翼地揭开，然后一股脑儿地喷发：热气腾腾的年夜饭、红彤彤的灯火、喜笑颜开的面容、美好动听的祝福……

那贫瘠的村庄里，年味从炊烟袅袅的厨房飘出，炸、蒸、煮、烧，各色的味道混合在村庄的上空；年味也从五彩缤纷的年画中涌出，有肥美的红鲤鱼，有白嫩的胖小子，有长眉的老寿星，还有看不厌的传奇演义；年味也从简洁又喜气洋洋的窗花中描出，“腊八日子好，姑娘变大嫂”，收获之余的农闲多的是喜事；年味又从鲜红黑亮的对联中读出，那歪歪扭扭的稚嫩笔迹有着老先生们苍劲老辣的笔锋一般的吉祥……

那朴素的人群里，年味也从青年男女的打扮中露出时髦的气息。小伙子们流行的是“许文强”式风格，脖子绕着一条长围巾，披着衣带飘拂的风衣，脚蹬锃亮的打着响铁的三接头皮鞋。腊月时分，小伙子骑一辆永久加重型的自行车，车把上吊着录音机，音量扭到最大，大唱“男人爱潇洒，女人爱漂亮”的流行歌曲，车后则坐着一位三分羞涩、七分幸福的女朋友，一里路外就使劲地按铃铛，那得意的样子全忘了铃声被录音机掩盖了，嗷嗷叫的小伙子就是为了表达一份人人皆知的幸福心情。到了庄子边，小伙子和姑娘下了车，一路见人就散烟，惹得一些孩子未订下对象的家长更加心烦意乱。

年味，更多的是从庄稼人乐观的笑容里流淌出来。没有比我的乡亲更乐观的人群了，一点一星的满足就能让那些脸比手还粗糙的老农们绽开淳厚的笑容了！老太太身体还康健，坐在火桶里见人还能笑着打招呼，还记得老亲戚的模样，小孩儿的成绩单还拿得出手，思谋着半年的大件到家了，大小子的婚事也差不离了，一家子的新衣也送到裁缝那里了，就连鱼塘里的鱼，拈了个好阄儿，也能让笑容更深一点，更浓一些。

年味，也是一种遗忘了的味儿，沉淀在岁月的港湾里，若有若无。

再见了，那捡拾小鞭炮的岁月！那时的初一，孩子们起床后就会捡拾开门炮里未燃的小鞭炮。那些小鞭炮是男孩子比试勇气的道具，尤其是罕见的高喜。勇敢的孩子两根手指拈着小高喜，引线“嗤嗤”地逼近，方才扔向远方，胆大的，还得捏在手里听响儿。一旁的孩子，胆小的早已紧捂双耳，却又透出一丝缝隙，多半人是一脸兴奋地半掩着耳朵，心里羡慕极了，盘算着怎样在大人高兴的时候买上两根。再见了，那诱惑人心的卖零声！那让我的女伴们盼望的卖零儿，挑着担子，摇着拨浪鼓，总是在腊月姗姗来迟，然后被妇女和小孩子围了起来。那里总有一些稀奇的东西，包括一根红头绳，或者绿头绳，吸引着乡村小女孩的目光。大人们赶忙拿出平时积攒的鸡鸭毛等可以换钱的玩意，为自己和孩子挑拣着合意的东西。

再见了，那令人渴盼的年货！煮米糖、炸鱼圆、炒山芋角、炆鸡蛋，都是让人流口水的记忆。孩子们焦急地等待，热切地盼望，向家里通报谁家开始炸圆子了，等到油锅冒烟了，又急慌慌地注视，起劲地缩着鼻子，看哪个圆子先漂起，先发黄，然后在出锅的热气中，如愿以偿地咀嚼，一嘴又稠又酽的油花。

年少时对过年有着无限而又朦胧的憧憬，过年时只顾着和伙伴们一起吃喝玩乐，简陋而单纯，没有现在这些五光十色的多媒体和丰厚的物质享受，却也兴高采烈。反倒是现在，才发现那才是有滋有味的年，虽然那饱满又浓厚的年味，对如今的孩子而言，困惑而不可思议。困惑也在我的眼里，那是对时下的年：没有了时鲜菜，多的是大棚蔬菜；没有了卖零儿，多的是贺岁商家的煽情；没有了老少爷们的问候，多的是满天飞的短信；没有了红绿头绳儿，多的是服装华丽的主持人，满脸堆笑地捧着小卡片祝福……丰盛又透着冷漠，浓烈又带着造作，如今的年味，到底是什么味道？

或者应思索：年味浓淡入时无？

狮舞白梅

“锣鼓响，脚板痒”，乡下老年人回味他们的正腊月时如是评价。吾生也晚，20世纪八九十年代也曾闻音而动，听过敲门歌，多为瞎子卖唱，一人牵着一人唱；观赏过乡邻们待之有如神圣的龙灯，龙灯所到之处，整个庄子都沸腾起来；也领略过争吵热烈的狮子灯，这些算是“下里巴人”了，间或也遇上杂技团、黄梅戏等“阳春白雪”。读小学时，有回操场上表演杂技，全校师生出动，当然还有团团围观的乡邻们，场面自是壮观，我还记得有一人鼻顶一根大竹竿，上面立着一小孩，宛如风筝般地晃晃悠悠。

这一晃悠就是20来年，其间我从乡下走出，绕了一个小圈，又回到乡村，不过是从菜子湖畔挪到白云岩下，夜听涧水如歌了。2007年冬天的一个晚上，在孙畈街道的老车站改成的乡间饭店中，席间偶然提起狮子灯，缅怀不已，没想到大家俱有同感，争相谈论；更没想到座中的孙畈村书记孙彪就是方家，多年前他是拿球珠的，就是绣球。我以为拿球是个轻便活，孙书记平头一摇，不无自豪地感慨道：“狮子跟球走，每到一家，我先打上一趟，哼，哈，那要见真功夫，打完一身汗。”说话间孙书记双眼发光，显然是回想起了往昔的青春岁月。

“不看舞狮，就看散帖”，谈起白梅的舞狮，行家里手如是说。简短的八个字，东乡人的剽悍之风呼啸而来。那年头，能拉起一班舞狮的，不容易，成员少的有十来人，大多是一个庄子里的人，靠的是家族的力量；能把狮子灯舞出去，能赚几个零花，更不容易。那年月，能够拿一二十元钱的殷实家庭不多，主人家大多是包几元钱意思意思外，再拿些糕和烟，像“大前门”“春秋”，档次高些的就是“东海”了。舞狮不像舞龙灯，大多要自己推销，也就是散请帖。散帖的人选要精挑细选，要么是德高望重，要么是地方上有头有脸的人，吃得开，除此而外，还要能说会道，所谓八面玲珑的人物。舞灯多半是正月初一到十五，新年新气的，散帖者要就景说情：“表爷，你这家里搞着多兴旺，晚上送个灯给你看看，热闹热闹!”这么一说，主人高兴，帖子就顺理成章地送出了。甚至主人家里有些不顺事，譬如媳妇几年不生，家人大病方好，会说道的散帖者也能以冲喜、避灾、祈福等名义把帖子散出，真的能算上是舌灿莲花了。

帖子送出，散帖者还要四下打点，给那些喜欢惹是生非的汉子们递根烟，打声招呼，请高抬贵手，不要闹场子，如果能让主人家出面，效果更好。当然，真有闹场子，舞狮人也不怕。不要看舞狮似乎就八九个人：引灯一双，球灯一人，锣鼓两三人，狮头狮尾各一人，还有一个驮大袋的；其实像拿球灯、舞狮头狮尾等位置都有换班的，因为舞狮要下大力气，一个人没办法舞上大半个晚上甚至整夜的，再加上护场的人，少有十来人，多有几十人。据老人讲，邻乡章家大队甚至出动过整个庄子的青壮男儿护送狮灯，那总有四五十人吧。

腊月的山乡，暝色早现，夜的帷幕一经拉动，欢乐的海洋便涌来一波又一波的潮汐。激昂的锣鼓声中，引灯铺道，那长形的引灯，明灿灿的灯火，色彩斑斓的图案，在夜色中显得十分华丽，一个精壮的汉子拿着灯球郑重上场，率领狮灯等大队人马鱼贯而行。舞狮讲究颇多，如不走回头路，狮子灯出门，走哪条大道，先到哪庄哪家，路线在家就定好了，就算走错了路，也不能回程，弯多远也得弯；也不能走下水路，所谓“水往下流，人往高走”，不吉祥。

进庄后到了主人家，灯球要先拜上堂，然后“舞狮门”。一个好灯球，要懂得山里的礼节，还要会亮相，会打套路，引出彩声。不然，庄子里的汉子就会说你不会舞，不如我来舞，即所谓闹场子，有文有武。武者，多为抢灯球，因为狮子跟球走，抢来了灯球，狮子都得听你指挥，能够成功的抢到灯球，在四邻八队那是多大的荣耀啊，毛头小伙子也许就能娶上漂亮的媳妇。有些庄子甚至连整个狮子都抢，借你的家伙，为大家增添娱乐。因此，护场的人才有那么多，大处要防抢灯球，小处要防人趁乱踢舞狮者，一踢一个跟头，可要大出洋相的；也要防扔鞭炮到狮灯底下炸人，炸得狮子乱跳，跟不上鼓点，有时还会把人炸伤；甚至还要防有人剪狮尾，那年月，画纸儿都少见，有的大人惯着孩子，想给孩子件装饰物，兼有讨吉祥的寓意，拿着锋利的剪子来剪狮尾，急慌慌的，往往把舞狮尾的衣服剪破。

舞罢狮门，狮子随灯球上场，摇头晃脑，双眼连连发光，绕得人两眼发花，却是激奋人心。其实也就是两个大灯泡，舞狮头的里面控制着开光。狮子听鼓下道，时而跳跃，时而翩翩起舞，先正堂，后偏房，甚至鸡塞、猪圈都要绕到，取意兴旺六畜。舞到兴处，狮子就要拿出看家本领——“狮子抢绣球”，那时鼓点热烈起来，球灯忽左忽右，时上时下，逗得狮子气急败坏，张着牙舞着爪，左盘右旋，上下蹦跳，引得人群叫好声不断。忽然鼓点更加急切，拼命一般，节奏都有点疯狂了，怒火冲天的狮子勇猛一跃，一口将大红球灯咬下，威风凛然，那个可怜舞球灯的则抱头鼠窜；四周掌声雷动，把欢乐推向高潮。当然，狮头是靠狮尾抱着用力向上方一扔，借力跃起的，相比狮头，舞狮的狮尾更见功力，虽然出风头的是狮头。更见狮尾功夫的要数“麒麟送子”，由一小儿骑在狮尾之上，如遇家有孕妇的，或者新生小儿的，主人家的红包会更加厚实，骑在狮尾上的小儿口袋里也会装满各色各样的点心，却累坏了狮尾。

舞戏过场，有些狮子灯还有文戏——打花鼓，多是三个合舞：一人打锣，一人打鼓，一人主唱。有唱政策宣传歌的，譬如计划生育；有唱黄梅戏的，《王小六打豆腐》《小放牛》等，逗得乡邻们前仰后合。当然，主唱得有点急智，因为人家“武”抢球灯不行，或许自恃能歌善舞，上来对唱，“文”抢也能名扬四方啊。

据老乡邻们回忆，老白梅最盛大的狮子舞是在孙畈街，那是解放初期的事。其时孙畈街地处要津，店铺两边对列，各行各业多有涉及，集镇生意四通八达，名闻大江两岸。有一年习武成风的金渡豸岭人组成一支技艺精湛的狮子灯，来到孙畈，和本地的狮子灯切磋舞艺，当街叠起八九张木桌，锣鼓声中，不靠工具助力，狮子灯攀缘而上，绝顶旋舞，名曰“狮子望长江”，引来欢声如雷，人人叹绝！

“人间何处不沧桑？漫说名教出东乡。酒酣戏说玩灯事，雪满故园细无声。”当问起现在是否还能组织起一支狮子灯时，家居以勇力和齐心出名的孙院组，曾经是球灯好手的村书记孙彪犹疑了一会，说：“能。不过，难啊！”

龙灯琐谈

正月我去官桥镇张家龙外婆家拜年时，恰是残雪消融、春寒深深的季节。用过午饭，搬一条长凳摆在门前，我和隔壁的表舅爷们一边听着屋檐边融化了的雪水滴答声，一边放下生活的负担，东扯西拉，尽情享受浮生半日闲；而春日的阳光悄悄地爬上了我们的衣襟，不一会儿，棉衣下就泛起了融融的暖意。

说起来小时候我极喜欢待在外婆家，外婆的门前有用青黑色的石头圈成的果园，可以夏吃桃子秋打枣。其实从蝉鸣时我就嘴含手指儿地渴望着桃子的成熟，也曾偷偷地尝过青嫩的桃子，却是满嘴青涩的苦桃仁味。但能够有那么多株的果树去渴望，让我在外婆家的玩伴中有着无形的优越地位，因为持家严厉的外公十分疼爱我，肯让我随意地采摘，长大后才发现那时的玩伴多是舅舅辈的长辈。

现下和我聊天的张复如就是其中的一位，年纪比我还小 1 岁，却是我的舅爷。张复如平日在武汉打工，搞装修，对于木匠活、漆匠活都有一把刷子。农村里从事这个行业的人不少，很少有人能挣到技术钱，多是苦力钱。正聊着，村南走来一个人，很响亮地问道："张复如，晚上还去不去?"张复如很干脆地答道："还去。"那人又问道："昨天晚上什么时候回来的? 怎么样?"他答道："12 点吧，还好，就是肚子有点饿。”这样的问答有点神秘，让人觉得他过年回家时还客串了什么“角色”。不会是参加教会吧，我有点疑惑地望着他：“那晚上干么事?”有人笑着说：“舞龙灯，今年罗庄新兴的龙灯。”

原来如此。“咚——咚——锵”，那熟悉的乐调自心底浮了起来，漆黑的夜、红艳的灯、舞动的影、喧闹的人群、难以言语的喜悦……尘封多年的记忆一下子复苏了。张家龙那一带有正月请龙灯的习俗，我小时候去外婆家拜年，遇到舞龙灯必定要留下来歇上一两个晚上，且喜且惊地看龙灯。欢快的锣鼓、精美的龙灯花纹、红艳艳的牛油烛火，吸引着小孩子幼小的心灵；硕大而狰狞的龙头，又让小孩子望而生畏。但那是贫瘠年代里少有的乐趣，比村里放露天电影还热闹，不唯孩子们，就连大人也跟着嬉闹到大半夜。后来的日子似乎忙碌了，龙灯也渐被乡下人遗忘了，初中毕业后我就没看过舞龙灯，偶尔在电影电视中看到过，太不鲜活了，苍白，空洞，一如读书时作文本上常见的批语。

然而惊喜却这么漫不经心地一头撞来，虽然我不能马上观赏久未谋面的龙灯，但听听舞灯人谈天也很过瘾啊。在儿时，舞灯的艺人是何等威武、何等神秘，如今就在身边，可以毫无顾忌地乱问，不像儿时提及龙灯那得恭恭敬敬的，有许多忌讳的，真是此一时彼一时。此时的话题当然是集中到龙灯身上了，表舅爷们熟悉这些土生土长的龙灯，犹如熟悉自己的掌纹一般，当然少不了鉴定鉴定。

“罗庄的大钹，比大鼓还响，那是熟铜的。”

“可试过?”

“我亲自试的，把鼓声都盖过了。”

“不行，你那锣鼓家伙不行，打得乱七八糟的。好些新手噢。”

“引灯也不会进门，那天晚上那些人在我家门口等龙灯，冷得要死。”

“不懂规矩哦，本来引灯先进屋，把红包收着，在屋里喝喝茶，估摸龙灯到了，就到门外站着等候。龙灯一到，先在门外游一圈，停一下，该换蜡烛就换蜡烛，然后再游一圈，龙头对着大门三点头，再进屋；还要注意不要把人家门框上的门庆碰掉。张洼的小李，肩扛龙灯，把门庆碰掉，我是骂他：你是吃干饭的？你就不能托着进门？”

“龙头一般有几盏火？有什么讲究？”我趁机把儿时观灯的疑惑提起。

“龙头 7 盏火，龙尾 5 盏火。有个小窗户，用麻索系着，打开可以换蜡烛。”

“还是用铁丝好些。那天在我家里舞灯，小门就舞开了，我都着急死了，生怕灯过（枞阳土话，灭掉的意思）着。”

“就是，那年，东头老牛家舞灯，龙头一盏火过着，当场就吵起来了。后来，老牛的老头就走了。”

灭灯是极其晦气的事。谈起这事，舅爷们感慨良多，提起了许多灵验事：某人家剪龙须，没有请香案，结果当场下起了雨，龙灯都没法子舞；某人家出语不恭，炸花炮点着了草堆。请龙灯的人最忌讳龙灯或龙尾的灯火灭掉，主凶兆，主人家一般会有人大病或伤亡。一般家有老人生病的，不敢请龙灯。舞灯时讲究平安，就是碰掉电线或什么的，也要披红挂绿，即送红布、绿绸给主人家，甚至要放铳消灾。

“那放铳是怎么回事？”我想起了儿时舞灯时必有的震耳怪响，好像叫“放铳”。

“放铳，就是镇压邪气。一般进门放一铳，出门放一铳，有的还在床底下放，那一般是那家妇女身子不好。”

“过去回龙时也放铳，老远的，听着铳声，就知道是几回龙了。有钱人家有七回龙、九回龙的，我听过七回龙的。”

“舞龙灯要多少人？”我想，不会比舞狮子灯少吧。

“大鼓、大锣、小锣、大钹、小钹，两班人；引灯，收钱记账的，收东西的，光记账就有 2 人；龙头、龙尾、龙腰，至少要两班人。”有人扳着指头算着，“有五六十人吧。”

“晚上要三班车子呢。张黑皮最好，他讲送老龙的，只要 28 元的油钱。”

“黑皮那家伙，最爱看龙灯，灯瘾比酒瘾还大。”

“那一晚上要舞多少家？收入怎么样？”我试探着问。

“一般有 20 多家。礼钱是个意思，不强求，一般百多元左右。有户在安庆做生意的，房子是新的，还没装修好，包了 1 800 元。镇政府也可以，今年包了 600 元。”

“可以啊！看来政府真的是在提倡建设农村风俗文化。”我由衷地赞叹道。

“人家老板在安庆赚了钱，又是新屋起龙，当然红包包得多！还拿了条烟吧？”

“是条好烟，我还分了一包咧！”张复如补充道。

“龙灯怎么请啊？”

“送帖啊。这有讲究的，送帖不过午，过午不送帖。有的地方好龙灯，像官山一个庄子，每年都有 20 多家接龙灯，红包都有 1 万多元呢！”

“明年还有龙灯吧？我要带我家里的宝贝女儿来看看，她可没看过龙灯呢！”我一边兴奋地说，一边想象着女儿欢天喜地的样子。

“好！到时我让她看最好的龙灯！”

“哈哈……”爽朗的笑声回荡在村子上空，久久不歇。

在这合适的季节，有关龙灯的话题是很吸引人的。说着，笑着，不觉日影西移。初春的阳光毕竟淡薄，不经意间就有些寒意，而袅娜的炊烟更是归家的信号。谈兴未尽，我也只得起身送走表舅爷们。不一会，三三两两的身影就各自散落到庄子深处，我伸了伸懒腰，随意中望望远方，暗黑的山林映衬得山顶上的雪却愈发白了，也许，明年我带着女儿来观赏龙灯时，就不一定有这般美丽的山岭春雪了！

斗 腿 脖

斗腿脖，那是小时候男孩子间流行的一种游戏，或者叫“斗铁脖”，更符合日常的口音。在东乡，如白梅，斗腿脖则被称为“kuǎng 腿”，“kuǎng”又是方言，常听到枞阳人的告诫：“别 kuǎng 我啊！”意为别惹我。中年时分，我发现多年来受过的语文教育一遇上方言就显得特别的苍白无力，许多音节找不到合适的汉字来表达，同音字替代都困难。方言，在同官方语言的对抗中有着顽固不化的骨气，生命力持久，精辟而又意味深长，虽然给书面表达带来困窘，但让乡邻们倍感亲切，甚至在异地，一句熟悉的方言，能勾起一腔热泪。

作为孩提时的游戏，斗腿脖规则极简单，姿式也简单，纯属男孩间的对抗，是勇者的游戏。其要领是一条腿站着，有点金鸡独立的气派，双手或一手抱起另一条腿，也有拎着裤腿的，极容易出状况，如用力过大，“嗤”的一声，裤子被撕成两半，回家少不得“吃”两下扫帚。游戏的方式就是用膝盖撞击或冲击对方的屁股、大腿、膝盖甚至是手，直到对方的两脚落地方才算赢。那些受打击的部位中，大腿是重点照顾对象，尤其是某个地方，我们称之为“酸筋”，撞上了又酸又痛，往往可以一击制胜，以弱胜强的，多是击中此处。

斗腿脖可以独斗，也可以群斗。独斗就是一对一，志同道合的俩孩子，利用课余，躲开老师，在走廊、操场甚至是教室里拉开架势，如同斗鸡一般，斗得个烟尘四起，人仰马翻，也不喊痛。如果一个孩子自觉实力超过对方许多，往往允许对方找个帮手。初中时，我就和一个小个儿的小马同学时常合伙挑战一位大个子同学，三个人有空就纠缠一起，我和小马在正面都无法抵抗大个子，只好一个人在前游而不击，吸引对方，另一个趁机在后攻击，期望在对方顾此失彼中出现漏洞，或者拖败对方。

群斗比较难得，因为时间和空间都要有富余才行。群斗时，双方分派好人手，兵对兵、将对将地厮杀。有时是擂台般的战斗，一个个出场，打淘汰战；有时是混战，一拥而上。虽然那时还没有潜规则的说法，但斗腿脖的战场上，仍讲究公平和不欺弱小的原则。实力悬殊的一般不会对上，真的遇上，点到为止。不然，那身高一米七八的强壮小子还不把一米出头的小不点撞伤？但是说句老实话，“咕咚”一声摔倒一个牛高马大的孩子，却最让人津津乐道，如果胜利者是位个头矮小的，还会被视为英雄。群斗更多的时候发生在班级之间。譬如二班的某个孩子瞧一班的某个孩子不顺眼了，或者就是纯粹想切磋下技艺，双方斗了一回。失败一方回去找人“复仇”，战斗就会升级。最终好热闹的男孩子会把斗腿脖上升到班级层次的战斗，往往一群人斗得七歪八倒，只剩几个高手在酣战。

斗腿脖不纯粹是力气的较量，也讲究技术。对战的男孩们，会试探对方的底细，扬长避短，以期克敌制胜。有人身高腿长，行动如风，再一借助地利，三下五除二就能让对手缴械，甚至望风而降，这是冲锋的好手，用之得当，一胜再胜，可大长士气；也有人小巧玲珑，转身极快，善于躲闪，明明要撞上了，他能借势消去冲劲，同实力高于自己的对手也能周旋一番，可以纠缠住对方的主力；当然也有鱼腩部队，求生存享乐趣，偶尔终局时能围杀对方主将而获胜，别有一番滋味。

斗腿脖能让男孩们原形毕露，那一丝被书本遮掩了的本性，在呐喊中，在跑动中，渐渐浮现。有的人急性，爱速战，大步跳跃，口中“啊啊”呐喊，同对方狠命冲撞；有的人不焦不躁，最能折腾，磨得人腿酸脚麻，他则乘机获胜；有的讲勇气，不玩花活，最有男儿气概，沉迷于膝盖与膝盖之间地对撞，如果双方身高与力气相当，斗起来难分难解，则精彩异常。也有耍赖皮的，譬如一看你冲来，迅速放下腿脖，又迅速拿起，让你找不着打击的地方，又不挨地，当然不算输；譬如搞点手上的小动作，一手抱腿，一手拉着你的衣角，其行为一如当今的足球场、拳击场上的拉扯；顶赖皮的就数那些有速度优势的人，表面上气势汹汹，一看要接触，转身就逃，斗战变成了跑的比赛，不过，这是弱小者必习的技巧。

斗腿脖虽然四季都行，但最适宜的季节莫过于冬天。一来冬天衣厚，斗起来不疼，摔一跤也不过沾些灰，爬起来余勇可再斗；二来大冷天的，坐在课堂里缩手缩脚的，斗一斗，浑身发热，可以御寒。

斗腿脖终归是一种带暴力性质的游乐，虽然孩子们的身体不因缺少营养而皮实得很，极少有受伤的，但斗腿脖难以为官方也就是老师认可，一旦发现，严师一要训话，二要罚站，所以看见几个人被罚成一排站在教室外，就不一定是上课调皮捣蛋，十有八九是缘于斗腿脖。斗腿脖是男孩子炫耀力量、速度和技巧的一种活动，屡受呵斥仍要乐此不疲。当年，从小学到初中，它伴随着我成长，到了高中时，男孩们也要假装斯文，才恋恋不舍地远离了斗腿脖。

如今，时代变迁，孩子们游戏的花样多了，身体却似乎娇嫩了些，这种磕磕碰碰的游戏极少见到了。

夏日的葡萄酒

那时夏天的村庄有两大主题曲，白天是树叶上高亢的蝉鸣，夜晚是草丛中喧闹的蛙声。

蝉鸣声里，午后的庄子有一种寂静的疲乏，木门半开半闭，时有时无的南风穿堂而过，拂在凉床上光着肚皮的少年身上，一会儿凉爽，一会儿燥热。少年其实没睡着，却不敢乱动，怕惊醒午睡的父母而引来呵骂。前几天晌午，少年偷偷地和伙伴们溜出洗冷水澡，结果被大人们发现，湿淋淋地被拎回家，各自“吃”了几次扫把，还被警告，再去就扒皮。扒皮是大人呵斥小孩的一句狠话，虽然谁也没见过，谁也没听说过，可少年这几天在父母的眼中老实多了。其实，少年是窝在家里装午睡，等候自由的时光，父母总要出门干活吧。

约莫三点，父母午睡起来，戴着草帽，搭着湿毛巾，扛着锄头，关照好像被吵醒的少年好生看门，就顶着火辣辣的太阳出去了，虽然早已忙完双抢，可地里的山芋正等着锄草。少年尝过锄草的滋味，山芋地里无遮无挡，一片热浪，从下到上严严地包裹着人身子。一会儿，背心湿了一大片，衣服紧紧地黏在身上，雪白的草帽绳子被汗水浸黑，黑绳子又湿又咸，勒得脖子十分不舒服，更不敢取下，太阳毒花花的。不知擦了几遍汗，少年的脸染着污迹，又红又黑，可睫毛仍挡不住汗水往眼睛里灌。一下子，少年蔫了，慢腾腾地落在后头，被父母打发回了家。毕竟不是双抢，少年又还是学生伢。“晓得田难种，念书才进肚”，酱黑色的庄稼汉谈天都这般说，真要小伢们受苦，却又舍不得。

只一会，少年便躺不住了。凉床被捂得发热，少年一骨碌爬起，想换个地方睡觉，其实只是找乐趣。少年抓起扫把，狠劲扫净浮尘，露出一块光滑的地块。试着把光肚皮贴上去，果然凉丝丝的。少年的弟弟看见了，也扫出一块地方。弟兄两人舒服地躺在地上，枕着扫把，也不怕硌着头。少年仰望着屋顶青黑色的瓦片，那儿有一块发黄的亮瓦。阳光静静地透过亮瓦，斜斜地照在空地上，形成了一条略带黄色的光柱，光柱里许多细小的颗粒飞舞。多年以后，少年才明白，这就是看起来无形无色的空气真面目，尘世这个词或许来源于此吧。

少年对光柱的兴趣没维持多长时间，就转向屋外。门外有一块用石头垒成的低矮的园子，种了几棵树，泡桐、刺槐、青皮，挖了一个窖，是冬天用来收藏山芋的。夏天的窖里蓄了点雨水，壁上长了两三株野草，偶尔有两只青蛙待在里面。孩子们就和它们逗乐，有时用土块砸，看青蛙跳来跳去，有时制一个土钓竿，系着虫子，妄图引青蛙上钩。园子左边则是叔叔家的园子，墙略高些，也种了些树，有一株枣树，还有一株弯弯扭扭的葡萄。少年看着叔叔在初春时埋下一截葡萄藤，然后渐渐变成了一架葡萄。冬天，又粗又弯曲的枯藤显得孤零零的，盘在几棵树间，有点触目惊心。盛夏时分，宽大的葡萄叶子爬满了树杈，也垂下了一挂挂玉石般的葡萄，大的在上，小的在下。葡萄下的树荫，少年却不敢长久地待着，怕藤叶里会掉下一条小蛇。少年看过叔叔家的一本厚医书，彩页上是五颜六色的毒蛇，让少年吃惊的是江南竹林里会有一种叫竹叶青的毒蛇。竹叶青喜阴凉，说不定会藏在同样阴凉的葡萄藤里。少年有闲的时候就去看葡萄，明知味道酸，明知还没成熟，还是偷偷地捡大粒吃，果然酸得“呸呸”地乱吐，舌头还要伸多长。

这是一个被少年久久怀想的下午。那个下午，少年想起在叔叔家里翻到的一本发黄的《唐诗一百首》，上面有一首诗：“葡萄美酒夜光杯，欲饮琵琶马上催。醉卧沙场君莫笑，古人征战几人回?”古人连打仗那么带劲的事都忘不了它，葡萄美酒肯定是好喝的东西，也肯定和葡萄有关。平日里有什么好喝的？糖水是一种温暖的水，可家里一年才两三斤红糖，少年不敢偷喝。小时候，少年盼望家里买红糖，那种黄纸或报纸包装成宝塔形的糖，一根稻草系着，尖上有时还贴着一小块红纸，一包一斤。红糖是自家喝的，就要装到玻璃瓶里。这时少年很热心地看着妈妈用汤匙装糖，只想得到包装纸，那上面黏着一些散糖粒，可以慢慢舔。妈妈也会留一点红糖。白酒嘛，一般来客时才摆上桌，少年倒是在打酒的路上尝过一点，觉得这么辛辣的玩意怎么会是庄上男劳力的集体爱好？最好的就是过年时才买一瓶的小香槟酒，那种黄色的液体，又香又甜。葡萄酒，应该是比香槟高级的酒吧，可是没喝过。少年想起冬天煮山芋时，有时锅底会留下一点黑乎乎的东西，用手指刮到嘴里，甜甜的，据说山芋糖就是熬的。少年忽发奇想，或许葡萄美酒，用葡萄来熬就行，那园子不就有葡萄吗？少年不由得兴奋起来。

那个下午，到底摘了几挂葡萄，锅里放了多少水，甚至“葡萄酒”熬成什么样子，少年后来已想不起来了。只记得弟兄两人拿着杯子相互碰着，夸张地“吱吱”咪着，仿佛那真是夜光杯里的葡萄美酒。但从少年后来再也没有熬酒的行动来推测，酒的滋味肯定不值一提。

值得一提的是莫名的开心，是探索的喜悦，是成功地避过大人的兴奋，少年体味着成长的乐趣。或许，人生的乐趣便在成长中，等心智成熟，便有尘埃落定、兴趣不再的感觉。谁能肯定，成人世界里取得重大成功时的心情，能比得上童年时手拿树枝看蚂蚁搬家的兴味？那个夏日的下午，便闪耀着时光的璀璨，深深地烙在少年的记忆里。

张　岭　头

那年我15岁，糊里糊涂地考上了高中。说糊涂，是因为没有升学的压力，也没有现在一人考试、全家紧张的氛围。于是，1988年的9月，一个青涩的乡下少年，懵懂中去外乡读书，开始了3年的寄宿生涯。到校的路有2条，一条是走5里的路到雨坛街，挤那辆总是迟到、总是人头滚滚、总是充满售票员呵斥声的班车，花5毛钱的车费到官桥，然后花2毛钱搭三轮车到会宫，再走2里路到会宫中学；另一条是走5里路，翻过张岭头，再走5里大路到官桥，剩下的行程相同。毫无悬念，我和周围的同学选择的是第二条路。因为5毛钱可以作一天的菜金，而走路，那还不是乡下人的本分？村里人挑担子上枞阳都是常事，空手上学还不轻松？

上学的前半程路是乡间小路，穿村庄，走田畈，弯弯扭扭的，中间还有两条小溪，平时踩石而过，水大一点，就脱鞋赤脚蹚过；遇上涨水，溪水轰隆，就绕几里路过桥；赶到张岭头时，路程近半，人也累了，就坐在山坡上歇息。春天的时候，黄灿灿的油菜花，像抖动的画卷绵延到林木深处。秋天的时候，满坡的山芋，瞅准了甜山芋，扒开，在草皮上擦擦，用铅笔刀一削，满口脆甜。张岭头大约三四里长，沙子坡，坡陡路弯，有些地方被人踩得光溜溜的，两边无人烟，倒有些坟墓。往下就是通往官桥的大路了，时有卡车、拖拉机路过，机灵兼胆大的伙伴借机爬车，省去不少脚力。

当时官桥是区政府所在地，有漂亮的柏油马路，也有几辆三轮车。不过，我们舍不得花 2 毛钱搭车，依然走路，很自然的事。那些星期天的下午，学子们三三两两地走在官桥到会宫的马路上，背着书包，拎着尼龙网兜，网兜里是随着步伐磕磕碰碰的咸菜瓶。那时流行的是黄球鞋，走到宿舍，脱下鞋，一股臭脚丫的味道，再看脚趾，又白又扁。为了缩短行程，我和同学经常利用每周一两次的回家休整时间，尝试了多条路线，穿村过户，希望能找到最佳路线。寻路，成了 3 年读书生涯里的一个主题，甚至留下了后遗症。很长的一段时间，哪怕是离开校园，我都做过同样的梦：行走在旷野，找不到方向，或者无路可走，浑身无力，焦躁，惶惑，恐惧……

幸好，我是寄宿生，不用天天赶路。一般星期六下午回家休整，偶尔星期三也回家。那两天的下午只有两节课，方便远路学生回家。所谓休整，就是回家讨钱讨咸菜，更大的意义是可以饱餐一顿。记得星期六下午回家，我总是扒下两大碗油炒饭，那是母亲特意留下的，晚上继续猛吃，那时的肚子，简直是无底洞。

然而作为寄宿生，却要带粮食到校，极个别的人拿钱买饭票。瘦小的我，每隔一个半月，便要挑上四五十斤的大米赶到学校。吃过中饭，我就开始赶路，有时母亲还送上一程。但远路无轻担，开始还能换肩膀，后头就得赶一段歇一段，歇脚的间隔越来越短。最希望碰到相熟的同学，能帮着挑上一肩；最怕的就是张岭头那截路了，沙子坡光溜溜的，难爬易滑，不止一次，我摔得膝盖流血。那样的张岭头，让瘦弱的我不知生了多少恨！

对张岭头最深刻的记忆，却是一回夜行。那天我从学校回家，晚了，翻张岭头时已是夜里七八点。下半年的夜晚，漆黑无比，望不见村庄的灯火，周围偶尔虫鸣，我全凭感觉走在沙石路上，心里七上八下，平日听到的、读过的鬼故事，不断地在脑海里翻腾。翻上岭头时，夜更静，黑愈浓，恐惧的藤已蔓延全身，捆得人呼不出气。忽然，我听到了异样的“沙沙”声，那是不属于我的脚步声，一刹那，心悸到极点。所有听说过的鬼故事、各种禁忌一起涌上脑海，然而别无去路，前后是一般的黑。我硬着头皮往前走，“沙沙”声越来越清晰，越来越近……就在要窒息的时刻，这时对面传来两声咳嗽，一个老年人的声音。原来那“沙沙”声也是一个赶夜路的人的脚步声，想必他已听到了异样的声音，只是比我有经验，所以用咳嗽来打招呼。我紧张的心情总算轻松下来，慢慢地摸下岭头，看到了熟悉的村庄灯火，觉得那是从来没有过的光明和温暖。也奇怪，从此我不再害怕黑夜，不相信“怪、力、乱、神”了。

一晃，时光到了 20 世纪 90 年代末。从我家到张岭头，修了一条砂石大路，但张岭头坡度太陡，难以通车，偶尔有零星的车辆像浪涛中小舟般地颠行。然而，外出读书的孩子已不用步行，全部到雨坛街上坐车了，也不用带粮食了，拿票子就行，庄稼人也拿得起票子了。2006 年回家探亲，我又走了一趟张岭头，情形更加令人欣喜，两边已是村村通的水泥路，中间路基已初具雏形，只是降坡工程浩大，暂时还是断头路。我想，当年张岭头小路的踪影，恐怕不久就要消失了。

2009 年 4 月的一天，年迈的母亲打电话说，张岭头水泥路通了！霍然，那坡陡路滑的羊肠山路，那踽踽而行的少年背影，一起浮上心头。那一刻，我有个念头：今年一定要再走一遍张岭头，平坦的张岭头。

煤油灯的岁月

前些天，妻对我说："婷婷的功课重了，晚上作业写到 8 点多，该给她买盏台灯了。"于是，我带着女儿来到孙畈街的灯具店。一进门，我们的眼睛便不够用了，那琳琅满目的灯具，品种繁多，有吊灯、壁灯、台灯等，式样新颖，有可爱的动漫造型，也有玲珑精致的花卉状，通上电，更是五颜六色。女儿摸摸这个，试试那个，最后挑了个卡通兔子的台灯。回家后，爱不释手的女儿忽然问我："爸爸，你小时候读书用什么台灯？"女儿的一句话，让我的思绪飘回到那烟熏四壁、一灯如豆的日子。

作为"70 后"的农村孩子，小时候的世界上只有一盏灯，那就是煤油灯，黑黝黝的煤油灯，庄子里家家户户都用。记忆深处的煤油灯，是一个装着煤油的小玻璃瓶，瓶口盖着圆圆的洋铁片，洋铁片上打了个孔，放进一根短短的穿着灯芯的小圆筒，灯芯也是自制的，有的用纱缠，有的就是一根棉绳，极其粗糙。这样简陋的煤油灯也不是每间屋子都有，一家只有两三盏，晚上灯随人走。因为煤油金贵，得凭票供应，谁也不敢奢侈。小时候我上街打煤油，带的是塑料壶或铁壶，从不用玻璃瓶，因为大人怕我在路上不小心打碎瓶子，泼了煤油。

除了简易煤油灯，也有档次好的煤油灯，那要到商店里买。一种也叫台灯，厚厚的玻璃灯身，细细的腰，小巧的底座，有可调节灯芯的灯头，灯芯扁扁的，要到商店里买，配的玻璃灯罩却是细颈粗腰，室内可防风。同星星般昏暗的自制煤油灯相比，一盏台灯，它就是室内的月亮了。家里第一次用台灯时，小小的我觉得那是十五的圆月亮。台灯还有个好处，灯罩熏黑了，擦擦，就又变得雪亮了。

至于夜里出门，用的是马灯，就是样板戏里李玉和举的那种铁家伙，大风雨都撼不动。小时候我觉得夜里拎着一盏雪亮马灯，四处游走，特神气，就连看人家擦马灯罩时，都很羡慕，更想亲手擦擦，把它擦得浑身发亮，可是大人不让，怕失手打碎了。很可惜，那时我家里没用过马灯。少年时，很长一段时间，我为没有擦过马灯罩而心生遗憾。马灯，现在想来，那是煤油灯中的贵族。

油和灯如此金贵，读小学时，成绩差的同学晚上都不敢用煤油灯写字，除非一家人拢在一起用。通常夜里在堂心的大桌上放一盏大灯，堂心，按现在的话说就是客厅，可那时的破草屋哪有这样的说法？一家人围着昏黄的灯火各做各的活计，爸爸修农具，妈妈补衣纳鞋，孩子写作业。夜一会儿深了，灯芯烧短了，光线暗了，妈妈拿起手中的针，轻轻地一挑灯芯，一朵小火花无声地喷出，灯光一闪，又恢复了先前的明亮。可是夜风越来越大，扑打着门窗。四壁尽是缝隙，灯火飘摇着，忽地就灭了，屋里陷入一片漆黑，却没有慌乱，习惯了的孩子们静静地等待着大人摸火柴点灯。

在煤油灯下干活，一不小心就会出差错，尤其是煮饭时。灶上灶下的烟雾水汽缭绕，为了看得清楚些，灯一般会放在锅边，或者井罐边。有时忙着，忘记了灯，衣角一扫，“扑”一声，油灯跌入了锅中。等一阵忙乱后拿起，一锅饭全是煤油，舍不得扔，拿水洗洗，再煮，仍然一嘴煤油味。这样的事情不在少数，防不胜防。

1985 年我上雨坛初中时，学校里已供电了。但熄灯后，勤奋的同学就会拿出一盏用墨水瓶做的煤油灯。爱学习的同学会从家里带来一小瓶煤油，有时煤油用完了，就向别的同学借一点，下次再还。那时，物资也还贫乏，同学之间相互借用的东西，现在的孩子听了肯定会觉得不可思议。譬如，借两滴墨水，借半块橡皮、两张草稿纸，偶尔，同学之间会为还的那两滴墨水不够大而翻脸，相互指责对方抠门。其实不要说孩子，农村里大人也较真。两分钱一包的火柴，烧锅点灯，都得靠它，大人从不轻易浪费。晚上烧锅，精明的人家是一根火柴点好引火柴，再从锅洞里引火点灯。有时不凑巧，火柴用光了，关系不好的借两根还得还。

开夜车的同学，一般竞争心较强。各人用各人的灯火，轻易不同别人共灯火。我记得有位胡姓同学，嫉妒别人成绩好。有一回，人家煤油用完了，拿着书本过来借“光”，他居然说头昏，想回去睡觉了，平时他是最后才回的。

在煤油灯下看书，有不少的弊病。如油烟，凑得近了，两个鼻孔熏得发黑。如烧头发，灯下看书，光线渐渐昏暗，书也就越靠近灯火，人也往灯火边靠，头发一碰，“嗤”的一声，泛起一股焦味。第二天一照面，就知道你昨晚开夜车了。更影响视力，我的不少初中同学因为煤油灯而戴上了厚厚的眼镜。

可是那一盏煤油灯，夜色中的一点萤火，却温暖着我的童年和少年，虽然它渐渐地消失在了视线之外。其实我上五年级时，庄上就开始用上了电灯。但即使通电的人家，也常备有煤油灯。因为那时的电费同收入相比，显得极贵。一般人家，只是堂心里安上大点的灯泡，也就是25瓦左右，其余的屋安15瓦，甚至不安，有些执拗的老人，心疼钱，坚持在屋里用煤油灯。这样的情况在农村并不鲜见，直到后来才慢慢改变。

20世纪80年代末，农村里普遍通了电，煤油灯还不敢扔，仍有用武之地。因为线路故障、电压不足等原因，农村里常停电，遇上用电高峰期，拉闸限电，农业得给工业让路。常常是搞不清什么时候，电就没了，就连大年晚上也不例外。庄稼人讲究大年晚上红红火火的，所有的电灯都打开，尽管先前村干部给电工左打招呼右打招呼，还是停电，工夫不长，电工不知受多少咒骂。个别没通电的人家，也就有了说法，他不说经济原因，却说电忽来忽停，发神经似的，还不如用煤油灯自在。

但随后就是线路的几次大改造，特别是 20 世纪 90 年代的台区升级，电线杆高了，电压强了，电费也城乡同价了，偶尔停电，也是点蜡烛，甚至有的庄稼人用车辆的蓄电池来发电。煤油灯也终于被扔到角落里了，历史的角落里。偶然间，譬如女儿的问话，它才会在我的记忆海洋中浮起，黑黝黝的，诉说着曾经的辉煌岁月。

乡村中巴

世界上人口密度最高的地方在哪里？答案恐怕五花八门，或许这也是个学术性课题。不过，只要是乘过乡村中巴车的人，多半要把乡村中巴算上一个。

乡村中巴座位不多，又靠乡邻吃饭，旺不旺季的，人都不少。乡村中巴没有超载的概念，都是乡邻，出门办事，还想像在家一样？座位之外，挨挨挤挤，说不出的亲热。有时碰上亲戚，车头车尾招呼：“表爷，你也上县城，快到我这来，我让你！”表爷粗着喉咙喊：“挤不过去，哦，票我买了，不要再买了。”

乡村中巴还没有时间观念，从无定时，说是6时发车，一路停停歇歇，到8时还未出乡，缘由是张庄的老王正搭三轮车赶来，他有急事，非搭此班车不可。谁能没个急事呢？于是17座的中巴车，座位满满，大盖挤了6个，中间车厢竖放一条长板凳，屁股挨屁股坐了6个，车门边又站了7个。站着的人喊：“娘的，站票要半票！”长凳上屁股搁半边的立即接上：“半票，我来站！”

最可怜的要数门边的站客，好不容易的谋得一方立锥之地，又拥上三两个人，又成浮萍，挤得胳膊、腿、腰将断不断，只盼忽然一个刹车，下去一两个人，那是挤车时最舒服的事。

人多当然热闹，少不得有一位见多识广的兼肺活量指数较高的健谈者，发起主题会谈，必会成为短暂旅途的解闷佐料。这样的谈话，词锋不必锐利，要紧的是话题新鲜，能勾人好奇，能引人共鸣。譬如家长分离中考高考时的备考经验，怎么给孩子加营养，怎么抢旅馆；譬如小职工透露的陈年往事和内部新闻，让大家对焦点问题恍然大悟；譬如打工的人谈论着在外的新鲜见闻，感叹家乡陋习重重。甚至有一回，一健硕的农妇大谈自己的婚嫁史和持家理念，一车人也听得津津有味，为之喝彩。最有趣的一回，我听到某两个学校的会计人员，谈论核算中心一位办事认真的职员，言下颇有怨意，当时心里莞尔，因为此公恰是我的一位好朋友。斯人风范，由陌生人描摹勾画，也算是见了一回面。

总的来说，中巴等同论坛，一车人闷声不响的，那是集体潜水，比较少见，多的是板砖满天飞，从东扯到西，时有精辟出彩的言论。我想，乘小车呼啸来往的公仆们不知漏掉多少调研民情的良机。真是可惜！通常这般热烈的会谈，我只是旁听者，静听，从不参与发言。听众有听众的乐趣，并不是每个人都喜欢话语权。有时会心一笑，有时一声感慨，为那平凡人生，诸味杂陈。这些下里巴人口中热烈的谈论，虽然缺少娓娓动听的韵味，缺少起承转接的结构，却是人生最贴切的真相，附着人世间的臭汗。

谈笑间，中巴车哐哐地驶进县城，吐下一群高谈的人，又吞进一群阔论的人。吞吐之间，乡村与时俱进。

与谁同居

托单位的福，我寄居有室，且是两间多功能陋室。一间主做寝室，一间主做厨房，安然栖息着一家三口。然而几年下来，我发现陋室能闹出点动静的，并非仅仅是我的一家人，还有一批数目不清的同居者。

同我相比，那些同居者生活有规有矩，大多崇尚温度，冬日销声匿迹，春夏踊跃回归；也有极少数和我一样四季穷忙，老鼠即其中之一。“相鼠有齿”，作为高智商动物，相鼠深受实验室青睐，但远非居家之必备宠物。陋室上顶预制板，下有水泥地面，至今未见何处有破洞，然门窗常开，鼠子漫游过来，涉足尘灰密布的家具物什之间，也是常事。夜间常有鼠子“索索”啃咬，冬夜寂静，最扰清梦。猛捶床板或拉亮灯火，此等非常状况，居然不能使相鼠惊吓而逃，不愧为高智商动物；又与老妻扮公母猫，“喵喵”有声，然此鼠非积年家鼠，不识猫为何物，稍停即磨牙如故，于是探手床底，摸一臭拖鞋，用力一扔，“砰”然一声，鼠慌忙逃窜。五分钟后，啃咬声又起，我们只好于无奈中强迫自己入睡。如何防鼠，我们也曾讨论过，养只花猫，可惜弹丸之地，禁不起龙争虎斗，况且养猫的花费不菲，此事也就作罢。买灭鼠药，万一相鼠当场不倒，逃匿他处而亡，腐烂后发臭，岂不是跟自己鼻子过不去？终于想起一绝妙对策：坚壁清野，大开门户，猛击家具，礼送出境！没有食物，相鼠难道能天天啃家具填肚子？直到有一天我无意中打开一只抽屉，看见一堆破碎的书页上，卧着三四只拇指长的小老鼠，见了我“吱吱”乱叫，我才明白，我的陋室不过是被相鼠看中的一处遮风挡雨的育婴室。妙计已然落空，从此我不让藏书的抽屉露出一丝缝隙。

除了刚搬进来时请人用白水泥粉刷四壁之外，我没想过要进行其他的装修工程，但蚊子改变了我的想法。其实被小蚊子叮几口，别人想法如何我不知道，但我这个庞然大物还是有牺牲一点血液的觉悟。可是，蚊子并非“悄悄地进村”，它太嚣张了，享受前居然还来段小调调。这小调调在夜间更为恐怖，让人心脏陡然紧张，无法安眠。于是进屋后的第一个夏天，我对陋室作了点装修，装上了纱窗和纱门。屈指算来，我的陋室也有三道防蚊战线。第一道是纱窗和纱门，御敌于国门之外。纱门是一年一个花样，有笨拙的木质，有轻便的塑料，但我疑心它们只能起点安慰剂的作用，因为整个暖天蚊子们畅通无阻，反倒是我进出都小心翼翼，甚至带点神经质，要四顾空气中是否跟进蚊子。第二道是生化防线，感觉房间的蚊子密度确实有点不像话了，我便拿出紧跟广告潮流的新型灭蚊剂，据说为防蚊子产生抗药性，这玩意得常换牌子。但我无法确认进入我家的蚊子是否经过邻居家的“一扫光”考验，反正我用“一扫光”时，喷得差点把自己牺牲，蚊子反而不见得多难受，隔了一会又不请自来。生化武器一失灵，只能让自己难受，还不如不用。第三道防线是蚊帐，这招太有内涵了。空间缩小了，大可关门打蚊，以肉搏肉，谁怕谁？时常有饱腹之蚊被我帐壁悬尸示众，雪白的蚊帐上被弄得黑点斑斑，斑斑程度同战绩成正比。三道防线下来，并未换得清静世界，幸好只是季节性战争。冬天也有蚊子，冷不丁的，三四厘米长的蚊子，可是它也不咬人，咬也咬不到，一点精神都没有，飞行缓慢，目标又大，我随便拿本书一拍，硕大的蚊子就陈尸室内了。

说起打蚊子，我的同事教我一绝招：静立不动，放松肌肉，伸手诱敌，待蚊子将叮未叮之际（此是要诀），猛然绷紧肌肉，蚊子嘴被硬邦邦的肌肉夹住，想咬咬不了，想飞飞不了，真是人间一大快事。可惜我的肌肉坚硬程度有限，只能作经典战例欣赏，无法实战操作，我还是躲在蚊帐中咬牙切齿，以血还血。

不得不承认，长翅膀的机动性就是强。后窗外曾有一棵杂树，本来夏天时遮遮阴很舒服的，后来有一群野蜂看上了彼处风水，垒上了窝，时不时还飞进陋室观光，又不交费，又不学习未成年人保护法，我家还有重点保护的未成年人啊。隔着窗户捅了几次，野蜂们一点也不嫌我这个邻居粗暴，安居如故。后来请人伐了杂树，以为可以与野蜂老死不相往来。不料同人类一般，野蜂们也有故地重游的嗜好，隔三岔五还有蜂们出现在陋室里。这些蜂族游客也不爱走回头路，又不识玻璃的神奇之处，往往乱飞乱撞，顽固地在那一块玻璃上钻研出路。偶尔晨卧床上，朦胧间见窗户玻璃上有细蜂冉冉上飞，大有飘逸之姿。但欣赏归欣赏，隔着纱窗，我用厚书拍击野蜂，“啪啪”有声。同野蜂相比，苍蝇的攻击性为零，但它建设卫生陋室的积极性估计也为零。这位同居者一经发现，也是就地正法的。想停，有苍蝇拍，想飞，我用灭蚊剂，灭不了蚊子还灭不了你？甚至还可手抓。我的一个同事经常卖弄抓苍蝇的技艺，盯着地上的苍蝇，他一抓一个准，手一招，一扔，地上保准有个死翘翘的苍蝇。诚恳请教，不值一哂，原来苍蝇的灵敏性高，空气稍有波动即向上飞，抓的时候手掌向上 握，工好逮个正着。如今我也能在小朋友面前像模像样地表演抓苍蝇了。

陋室还暗藏飞行族的敌人——蜘蛛和壁虎，蜘蛛躲在屋角，吐出无情法网，壁虎四处游走，长舌出击如标枪。偶尔大扫除，我都避开蛛网，不慎碰到，也不会伤害那网络“版主”；掉到脚下的壁虎，顶多欣赏一下断尾，不会损伤其躯干。作为蚊蝇们的捕手，它们有值得被尊敬的资本。

夏天时最有名的同居者还数蜈蚣。它是多足类代表，头尾赤红，中间的躯干泛着乌光，游走迅速，偏爱阴暗。曾经有只蜈蚣略通文学，躲进书柜中，居然逼迫我将陈旧发霉的书捡了一遍，方才露出面目。蜈蚣名列五毒，咬人特疼，偏又防不胜防，那闲放着的书和衣服下说不一定就有只蜈蚣，我在潮湿的拖把下发现蜈蚣已不是两三次了。有次小孩睡觉时被蜈蚣咬了一口，留下的咬痕有两个小洞，擦了红花油，痛了两三天才好。从那以后，我们养成了见蜈蚣就打的习性。不只我们，整栋楼里人都如此。夏天里常常看见外面有被打死的蜈蚣，乌油油的，尺把长，触目惊心。

多足类的还有一种常客，短身材，腿长而纤细，易让人忽略其躯干，本地人常叫作“球球”，我们的贵体若不幸被“球球”无意中旅行过，皮肤就会有一道道的红斑，奇痒难耐。但“球球”不及蜈蚣矫健，其攀爬墙壁的专业技术也让我怀疑，因为有时我忘记盖上水桶盖，晨起时会发现水桶里漂着一只失足的“球球”遗体，它总不会是禁不住喝水或者游泳的诱惑，扑水而亡吧！就此看来，攀登不论在动物界还是在人类，都算得上是高危作业，能恰如其分掌握捐款尺度的王石们还是要小心些，攀登的尺度失控，后果很严重啊。

这些同居者算是温情脉脉的了，顶多也就伤害一下我和陋室的表面，然而还有一大群默默无闻的白蚁，掌握着陋室的安危。白蚁的居住史远比我长，它们在我的视线不及之处活动，对木头兴趣浓厚，且擅长钻探作业，是攻堡垒的好手。白蚁组织严密，智慧也不低，白蚁中的知识分子，对书的钻研远比我通透。有一柜需要费脑筋也不一定看得下去的书，白蚁们发现后，大为欣赏，等我打开书柜，厚砖头都已被吃透。白蚁们也不全玩阴谋，有时一高兴，也在木头表面留下一些小洞洞，或者撒些粉状物，甚至在水泥地上搞一条壮观的隧道，无非是和我打声招呼，免得我无视其存在。

白蚁们活得轰轰烈烈，丰衣足食。这栋楼里有几窝白蚁，我们无从得知，但从数量来说，陋室的主人，还包括这栋楼的主人，毫无疑问应是白蚁了。我们闲来串门，有时用手敲敲外形完美的木门，听到声音有点空洞，便很内行地说：“哦，你家的门有白蚁了。”

很灵验，没有失手的时候。

一帐之隔

还未入夏，草蚊子就已乱舞，乡下门虽设而常开，闲置数月的帐子就有了用武之地。但如何挂帐子，我家曾有一本难念的经，因为是靠背床，所以需要张罗帐杆子。

小时候，乡下不用为挂帐子发愁，相反，愁的是如何补好那一顶小窟窿挨大窟窿的帐子。因为，那时的床有架子。记得有一种雕花大床，至少一米八宽，红漆，有踏板，一边一个大柜子，床栏上有大红雕花或漆绘，描着喜庆的图纹，整张床蛮实，厚重，严肃，一家子夫妻俩再加两三个小孩，睡着也不太挤，但如需搬动，工程实属浩大。后来简易了，多数是架子床，少了雕花，少了踏板，床也矮了点。但不论是雕花床，还是架子床，吊水，挂蚊帐，钉个钉子，或绑几个绳索，都行。等到20世纪90年代，乡下一窝蜂向城里看齐，普及席梦思，用上靠背床，挂蚊帐就有点不方便了。

我也是20世纪90年代成的家。扔了老笨的架子床，拖进席梦思床，也有两个床头柜，小得可爱，纯属摆设，高度也降低了十来厘米，开始躺在床上，感觉地球被人削了一层。第二年初夏，就开始怀念那张笨重的床了，至少不用为挂蚊帐操心。好在是山区，竹子丛生，找了四根竹竿，一角插一根，用绳索外加铁丝绑牢，好歹能顶起蚊帐。其时，作为户主的我，因动手能力差，屡遭责难。没法子，一个大男人，面对一大一小两个女人，能用投票方式表决家庭要务吗?

等到下蚊帐时，那四根竹竿，还得宝贝似的收好。后来搬了一次家，从小鸽子笼搬到稍大一点的鸽子笼，竹竿不翼而飞了。所谓“搬家三年穷”，应在了竹竿上，也算不得破财。索性来了个一劳永逸，我在墙壁上钉了两根铁丝，挂帐子之余，还可晾衣裳。但空间感极差，就像拉起了渔网，而我，就是那网中徒劳蹦跳的鱼。去年天热时，看见隔壁同事家的新式蚊帐，两根塑料杆轻轻巧巧地交叉着，再搭配六道拉链，就撑起了一个防蚊“蒙古包”。新蚊帐不仅外形美观，而且收放方便，真是鸽子笼居户的福音。问清了购买地点和价格，出差时顺道带回了家。从此，我家不用为挂蚊帐发愁了，鸽子笼的格局也得到了美化。

当然，蚊子们仍无视一帐之隔，不请而入。于是清剿，少不得血染帐篷，隔天观之，网格发黑，时有蚊子的瘦腿若干只。若不是动用因SARS病毒而闻名遐迩的84消毒液，那血染的风采来年犹在。

保留一粒小小的病牙

“牙痛不是病，痛起来要人命”，10 年前我以为这是个笑谈，并故作玄虚地和同龄人相互打趣。其实那时我的牙齿生猛得很，嚼炒黄豆如咬嫩豆腐，上食堂吃饭能把汤匙咬得一片斑痕，偶尔牙痛，那是犒赏自己几块雪糕的理由。然而笑谈未必没有力量，轮到我一嘴参差不齐的大黄牙步入保养阶段时，牙痛不期而来，或“水深”，或“火热”，甚至有几个不眠之夜，我连拿石头砸牙齿的勇气都油然而生了，只是缺乏合适的道具和严谨细致的方案才未行动。

痛定思痛，遍问同好，有温和淳厚的保守疗法，未必治标更不可治本；也有勇猛的拔牙大法，干脆是干脆，却有株连牙兄齿弟之虞，腐坏变质的事物大多怕株连，坏牙也不例外。那就保守治疗吧，啥时候痛啥时候治，吃两片小西药对我来说不算难事。况西哲曾言：“我痛故我在”，留着一粒小小病牙，体会一下无妨生命安全的病苦，暗合佛家人生本苦之道，也未尝不是一片活泼生动的人生风景。

在一片牙痛的风景中，牙痛病人的姿态委实可爱。牙痛嘛，要么因为上火，要么因为虫蛀，多是两者兼而有之的。这牙齿痛起来，先是觉得牙龈胀痛，牙齿松动好像要脱落的模样，上下牙一合，不再有硬碰硬的感觉，似乎能相互嵌入；面部仿佛有一条疼痛的直线，从牙齿途经脸颊，路过眼睛，终于幽深的脑部。方向也相同，哪边牙痛，哪边的脸颊和眼睛就跟着受累，所幸我不曾有两边疼痛的经验。也有例外，瞧着也没什么花样，只是刷牙时喝一口冷水，某颗牙齿闪电般地刺痛，半边脸颊跟着抖动，依我的经验，那是有洞的蛀牙发炎了。应付牙痛，有人猛咬牙关，以为可以把那看不见的病菌憋死；有人直吸气，仿佛那气流是运动场上镇痛的喷雾剂；有人捧腮，坚信压迫可减轻痛感，如同手指儿划伤那般；有人闭着一只眼，痛上眼角嘛；有人龇牙咧嘴，哎哟不停，畏牙痛如猛虎。牙痛两年后，我总算明白了一件事，美人捧腮不一定是故弄姿态，或许正是牙痛，牙痛时不忘保持美丽的风姿，这更让人感动，诸君日后遇上，得使劲欣赏方才对得起人家。

老资格牙痛的人还知道，牙痛不怕白天，白天总有些杂七杂八的事要做，不可能专注于疼，有些牌迷只要打两局就能治住牙痛，但夜晚就不太好应付了。越是夜深恬静，那一粒病牙就像一粒可以燎原的星火，起先隐隐约约，继而一点点清晰，像一根根小钢针照着软肉猛戳，终于头痛欲裂。那颗病牙发烧发热，把痛神经刺激得四处张牙舞爪，扯得眼角直发抖，只好用手使劲抵着腮帮，似乎有点减轻，却又忽地剧痛起来，是深入骨髓的刺痛，把意志的防线全部击溃。等疼得七荤八素时，它又稍稍安静下来，然后等你疲惫得昏昏欲睡时，它又故调重弹。所以，从某种意思上说，病牙具备诗人气质，最爱于夜晚大发激情，让平凡的人能稍稍诗意地栖居。

牙痛尚且略带诗意，那治疗病牙不论如何也是件妙趣横生的事了。说起治牙，上至留洋出海的医博士，下至足不出村的老太妈，人人都可滔滔不绝，开出奇妙绝伦的医方。我生在农村，身边众多人物深具牙医潜质，耳濡目染之下，我也稍有见闻。上火牙痛，那就凉补，含冷盐水，开罐头吃梨子，喝鸭血，煨老鸭汤，熬板蓝根之类的草药，这样的牙痛才算得上有滋有味。牙有结石，洗洗就行，超声波冲刷，电钻刮垢，再涂上一层釉，不亚于老房抹灰，既白且美。不幸为虫蛀，我看见有人用火攻，手持竹筷，上缠着漆黑麻乌的一团东西，烤热后照着虫牙一抵，想来能烫死一批害虫；也有被虫吃成一个小洞，最易藏污纳垢，也易诱发炎症，却可以补牙，但要牙不发炎方行。不论是哪种牙痛，最利落的要数拔牙，斩草除根，一了百了。

拔牙说起来似乎是件力气活，但技术含量不容忽视。豪华的躺椅，优雅的聚光灯，一整套专业工具，似乎还夹杂了工地上的家什，就诊别的科室没这享受。大嘴一张，钳子、钻子、锤子你来我往，血水与涎水淋漓，偏又发不出声；大夫汗流满面，十八般武艺轮番用过，那摇摇欲坠的牙齿却顽固无比，终于搞定，却有江山不固或崩溃的感觉。我不知别人如何，反正自从目睹过牙医拔牙的神勇场面后，我深深觉得还是保守疗法得儒家精髓，有值得传承的文化传统。

做人还是要传统些。保留一粒小小的病牙，为贪美食不顾辛辣而牙痛，为人情咪两杯小酒而牙痛，然后猛吞西药片，大喝鸭血汤，不亦乐乎？

打　　针

五尺男儿，头破血流时，眉不皱，眼不眨，自是男儿本色，但面对护士小姐纤纤素手中的一枚细细钢针，却手脚哆嗦，挪不动步儿，及至用棉球擦洗肌肤时，更是紧闭双眼，如果此时察看心电图，必然紊乱无比。为避打针而选择苦涩的药片，甚至吞下大碗茶那么多的难以下咽的中药汤，这样的人在生活中比比皆是。如果人人不怕打针，药片的销量必然大减。打针的巨大威力，由此可见一斑。

大人如此，儿童更是少有提打针而能面色如常的，有的父母甚至拿打针来威吓顽劣孩儿而立马收效。吾家顽童五六岁时，被猫抓破了手，要打狂犬疫苗，且分几个阶段施针。每次我都要哄着她去，要么是买玩具，要么是游玩，方能骗到诊所。及至诊所，女儿必号啕大哭，擦药棉时功率倍增，其声绕梁，其音凄厉，到打针时更是蹦跳以助兴，大人还得紧紧按住。后来的一阶段时间，我一说带她出门，她必条件反射似的变成哭脸说："爸爸骗我，我不要打针。"其情真是可悯！有天我在医院亲眼看见一个10岁左右的女孩打针，3位温柔可亲的护士和其大作严母状的妈妈一起组成统一战线，或大讲打针不痛，或劝其勇敢，甚至于威吓，耗时近一小时左右，居然无效，其间该女孩做出了撒娇、哭闹、假装合作等诸般姿态，最终还是由一位勇猛的男医生按住女孩，该针方才施下。其实我小时更怕打针，但体弱多病，偏需打针，小小人儿到了打针时，又哭又骂，言辞涉及国骂，全然顾不上施针者就是我的亲叔叔。为免打针，我吃药本领突飞猛进，西药片儿，不用一滴水，我能生吞一堆，还能巧妙地避过苦味。也有不怕打针的儿童，我亲见我们大院里的一个小孩，打预防针时只叫了一声，然后就勇敢得像个上战场的小战士，因为他亲爱的妈妈在旁边许诺，打针不哭不闹就给他一元零花钱。

这仅是肌肉注射，如果挂水，静脉注射的难度又高些。冰冷的药棉擦了又擦，小指粗的皮带儿勒了又勒，有时护士还要伸出白皙秀丽的手掌拍上几拍，以期皮肤颜色变化而致青筋易于识别。如此严刑酷罚伺候之下，常上诊所挂水的人必有扎针屡扎不进的经历，看着护士把针头比来比去，扎得鲜血染红了棉球，大功尚未告成，看来还有转移战场的必要，有几个人不心胆俱寒？证之己身，长大后体检，尤其是抽血化验，无不战战兢兢，紧张得医生老是找不准静脉，又绑又打，多挨了好些苦头。有时到安庆人民路，见到电影院前的献血车，很想惠人惠己，但念及比平时打针更粗大的针管儿，从心理到生理都要恐慌而逃，真是有心献血，无力见针。

“大斧砍着不动，小针煨着一跳”，确是鲜血流来的日常生活经验。我甚至敢和人打上一斤猪肉的赌，这样的话百分之百的是病人生活的写照，我可不怕猪肉的价格明天就要涨，因为赢面太大啦。如果真有人不信打针的厉害，我请他上医院让实习护士们扎上一通，若他不夺门或翻窗逃脱，我再输一斤猪肉！当然啦，想借机和如花似玉的姑娘们亲近的登徒子除外。

不仅被钢针锐锋触体的人心有余悸，更有亲自执行该项手术的人也不能幸免。医学院里有着各种版本的传言，经典的是有医学院的学生左手捏紧病人的胳膊，以免该病人识荆之下逃之夭夭，右手持针，却不敢看，就闭着眼睛，用力一扎，“哎哟”一声，两人一起大叫，针就扎在医学院学生自己的左手上了。病人是惊叫，学生是痛叫。据说，医学院里的学生平时练习打针，要么相互扎，要么扎自己，扎人家呢，练练都能马马虎虎的，有点准头，唯有扎自己难度最大，可见这打针是人见人怕。

所以啊，进了医院，平生我就佩服那些有经验的护士，动作轻柔兼干脆有力，和你慢慢说话时，针已入肉，宛如蚂蚁叮咬，没有丝毫的恐怖味儿。但是，实习护士多有令人敬谢不敏的，有人亲口告诉我，说她实习时打针，肌肉注射硬是打了五针不中，自己都觉得对不起人家。幸好她没给我打过针，而且从此之后，不到万一的万一，我绝不请她打针。

想起白玉堂

“人到清明边，走路要人牵”，瞌睡如此之重，能安安心心地睡个懒觉也是人生一个小小的愿望。可惜，小孩儿要背沉甸甸的书包，而在炒鱿鱼遍天下的年代，成人世界更残酷，上班一族固然要诚惶诚恐地按时早起，自诩精英的老板们也要为创功立业而起早摸黑地绞尽脑汁，再光鲜的着装也掩盖不了浑身的焦虑。浮生如此忙碌，安心地睡懒觉当然成了一些人的奢望。

幸亏有双休日，上班族们有了补觉的可能。当然，吾家小孩也有了不急着上学而睡懒觉的理由，可惜，她妈妈一声“上街”就能让她满身装了弹簧似的蹦起，她要和别人家的孩子一样去逛街呢。而我也要替孩子她妈看店而不能赖被窝，但能不慌不忙地伸个大懒腰，甚至好几个。

居然就想起了一哥们，当然是爱睡懒觉的哥们。三国时代，诸葛亮未出山时，爱睡懒觉，可惜那厮文化太深，口中斯斯文文地吟唱《梁父吟》，实则一肚皮阴谋诡计，且处处装神仙，不好拿来做哥们。真的可以做哥们，还要数帅哥白玉堂，机灵鬼怪，爱出风头，爱讲义气，缺点也不少，自高自大，时常冲动，另外，还能睡懒觉。何以见得呢？和颜公子演对手戏时，哥们白玉堂的道具就是床，不搞人体写真，只在睡懒觉上下功夫。遥想当年，锦毛鼠白玉堂风流倜傥，处处装性灵，就连起床也能摆弄几句："草堂春睡足，窗外日迟迟，大梦谁先觉，平生我自知。"就这几句歪诗还是他经典的口头禅，这让悲情的白五爷赢得了不少文化分。可以说，缺少了白玉堂的《三侠五义》，包黑炭断案故事只能是死气沉沉的了；缺少那几句歪诗，白玉堂白帅哥也就是一村野莽夫，一个只会拿刀砍人的古惑仔。

除了戏弄颜书生那几回合外，白玉堂似乎没再吟诗了。看来白玉堂顶多是私塾肄业，吟诗只是业余玩票，走江湖才是专职，即便招安后也不习惯坐办公室，奔走江湖时居多。想来多亏他能睡懒觉，适时诌几句别人的诗，秀秀爱好，马马虎虎地就成了武林中的文化人了。想当年我在某某中学，虽其貌不扬，但青春年少，也曾忝列"十大卧龙（卧龙者，以睡觉为不二爱好也）"席位。

小时候看连环画，最喜欢孙悟空大闹天宫的情节，弄得满天满地的神鬼不安；等到孙猴子戴了箍，什么阿猫阿狗的宠物都能让神通广大的大圣四处求情，真是郁闷。少年时看《三侠五义》也是如此，前半部的白玉堂，神龙见首不见尾，搅得开封府鸡犬不宁，若非内讧，御猫还不得困死在机关之下？然而一招安，擅弄机关的白玉堂居然死在襄阳王府的铜丝网中了。

"在山泉水清，出山泉水浊"，想来未招安的白玉堂和未婚小青年同类，可以另类，可以不务正业地吟诗睡懒觉；一旦招安，如同现实中的男女进入婚姻之城，许多灵感都消弭于柴米油盐中，再行走江湖，就处处缩手缩脚，至于睡懒觉，也成了从前浪漫的影子了。

师院门前的旧书摊

藏书家们坐拥书城，津津乐道的却是某本从旧书摊上淘来的旧版，如果是两宋善本，则可以炫耀于方家。这等尽善尽美的事当然不会落到我这半吊子书呆身上，但其中趣味，也曾略略尝之，既可解囊中羞涩，又可过过买书的瘾，那也是在安师院读书时的一段美好记忆。

1993 年进安师院读书时，师院的大门还很简陋，还有大段爬满青藤的围墙，尽管校园里新教学楼正在建设，但拆墙建门面房还不是那个时代的主题，或者说只是停留在讨论阶段。出大门往右转，有一家几开门的饭店，由学校某老师承办，主打早点为牛肉煎包子，黄灿灿、油滴滴的，底下的皮儿略微有点焦，颇受学生欢迎，时常看到校园里有人用纸托着，边走边嚼。也许是看中了饭店的人气，也许是店前的场子空旷，雨雪天气之外，每天都有三四个旧书摊铺开，逢星期天，更有七八家之多，偶尔还有道貌岸然的算命卜卦者，摊着有八卦图案的红布，静等那亟需排忧解难之人。

在师院摆旧书摊，行头极其简单，一辆破自行车，驮上一两个装满旧书的大蛇皮袋，再把剖开缝在一起的蛇皮袋铺在地上，把旧书、旧杂志大概分分类，一排排地摆好，实在摆不下，就堆在一旁供人翻找。摊主，也就是旧书贩子，常来的有三四个人，有男有女，好像还有一对夫妻搭档，弄一条小凳子，坐着晒太阳，或者随手拿本杂志翻着，等候顾客问价。顾客当然大多是师院里囊中羞涩的学子们，在师院两年，我算是其中的常客了；买得多了，时间长了，有的摊主甚至了解我某阶段的喜好，手上有了类似的旧书，见我经过，拿起扔过来就说："看看这本书。"

说起买旧书，我在龙门补习班时就常逛墨子巷里的德邻书店，那要走一段不短的路；到师院读书时，近水得月，进出都经过旧书摊，随便扫扫，都有书在招手：买我吧，不过一两个"大洋"，真正的价廉物美啊！确实，有些杂志，如《青年文摘》类，1 元 4 本，我甚至可以花 1 元买 5 本；《小说月报》，1 元 1 本，多买还可优惠。那时手头比高中时宽绰些，每月有 18 元的伙食补贴，早点钱家里给，中、晚餐我在家就食，省出来的钱大多花在买旧书上了。即便一贫如洗，也可"蹲翻（东方）不败""过屠门而大嚼"，从一个摊子逛到另一个摊子，不必像在书店内那样忐忑不安。自己挑选的旧书，一般正合口味，可读性较强，当年的室友，肯定记得我时常夹着一两本旧书出入寝室，上了课堂，又用课本遮掩着啃读。

有一阶段，我对聂云岚翻写王度庐的《玉娇龙》和《春雪瓶》入迷，花了好长时间，从旧书摊购回一堆《今古传奇》，撕开重新装订，居然得到了合订本，成本不及新书的三四成。当然，光买旧杂志没什么难度，乐趣也少，最让人回味的是淘名著，淘书店里流行的经典，如果能花极少钱的买上一本心仪的书，那可以在心里乐上两三天。一本雨果的《九三年》，繁体人文版本的，厚如砖头，五毛钱，我还装着懒得要；印量极大的《傅雷家书》，书店中要花 11 元，旧书摊上只用了 1.5 元；《百年孤独》，高长荣版，2.5 元，得意之下我在书上涂字炫耀；邓广铭老先生的《岳飞传》，2 元钱，上面居然盖有"处理"的印章；一些上海译文版的名著，《喧哗与骚动》之类也只两三元。看到此类书籍时，除非是要价没话说了，赶紧出手，否则一律平常处之，与摊主还还价，或者搭上一本杂志，知道我老买旧书，希望我多来，摊主也多如我愿。有些眼红的仁人君子，也许会指责我瞒混摊主，私德有亏，但摊主货源充足，大多是收废纸而来，如遇单位处理存书，赚头更大。我手中的许多旧书，盖有“某某厂图书室”之类的印章，何况那时新书价格尚未普涨，杨绛先生的《将饮茶》，2 元而已，张中行的《负暄琐话》，也只 3.5 元。

旧书摊有时还有一些少见的书，居然被当作废纸扫地出门，又被旧书商人捡出。我花了 1.5 元拿了回来，纯属猎奇。还有一些印数极少的学术书籍，如张舜徽的关于扬州学派的讲学稿，繁体，1 元钱就可拿到手。甚至还有作家的签名书，陈祖芬的一本报告文学选集，扉页赠送了签名。这成了我手上唯一的一本作家签名本，尽管是送给别人的。

那时还有品种齐全的连环画，美术系学生常翻翻捡捡的，其中精品，索价也只 1 元或 5 角之间，可惜幼时的爱好我已经淡忘了，只捡了一两本彩色水墨画的，如《三岔口》。不然，那时弄几套像《红楼梦》《三国演义》那样的大部头也很容易，留存今日，既可赏玩，还可收藏升值。

江边也有旧书摊，好像焚烟亭一带为多。由于江边风大灰多，旧书多用半截砖头压着，拿上手，抖抖摸摸得留下一手的黑灰。偶尔骑车过去，揣着 10 多元钱，回来车后夹着一小堆。记得有汝龙译的竖排版的契诃夫小说，11 本只花了 10 元钱。不过，江边路远，淘旧书还是在师院方便，人也熟悉，有时还可欠点小账。

最近路过安师院，门楼一新，店面林立，也有五六家考试书店，各种书籍琳琅满目，价格都不菲。师院对面还有席殊书屋，装潢精致，尽是排行榜中的主流书籍，至于那有点脏、有点乱而不堪的师院门前的旧书摊，早就消失或移迁别处了！

第四辑 尘世冷暖

一个卑微的中年人，他的卑微实在有着太多的理由。他了解了人生的大部，大部的人生就成了重担；他经历了尘世的患难，患难的尘世就写进了颜面；他收获了生活的喜悦，喜悦的生活就埋葬了理想。卑微，是中年人的感激，是中年人的畏惧，更是中年人的良知。

想起或遗忘一个村庄

记忆很奇妙。以为从此遗忘，不料稍有动静，便如小草复青；以为刻骨铭心，也许转身便沉入黑洞，杳杳无踪。多少人从那一座村庄出发，以期在路上把它遗忘，但到天边时，却发现思念中居然还有那一座低矮的村庄。叶落总要归根，远方的人却未必回归，故园东望路漫漫，相逢的故乡人，却未必知晓故乡事……于是，我想起一个村庄。

村庄的名字

老家那地方七里八湾的有许多庄子，有庄子当然有名字，这名字就和农村人一般，很实在，大多是因姓得名的，像齐咀、张湾、李庄，不用说那是咱们老齐家、老张家、老李家的老地盘；还有因物而名的，叫桥头的，是那儿有一座远近有名的桥，叫巴塘的，不过是那块地儿有个叫巴塘的大塘给人的印象太深刻了；也有因人或传说得名的，不过老家没有，老家的庄子太普通了，普通得好像地里的一粒尘土。

不过也有例外，我老家那个叫江冲的庄子，它的名字则有点莫名其妙。它为什么叫江冲？庄子里有姓荣的、姓张的、姓伍的、姓齐的，就是没有姓江的，附近也没有姓江的，说明它不是老江家的地盘。是不是因为此地常受江水冲击而得名呢？可是庄子不靠水，算起来还在山边，一水分南北的长江，就算在地图上从山丘中画一条直线，也有几十里的距离，草肥鱼鲜的菜子湖再发狂，也只能淹到桥头边，不算高度，光算路程，离庄子还有两里路呢。会不会历史上长江改过道？不过庄子的历史应该不长，这么杂姓的庄子，老荣家算是大头，老祖坟却不在庄子附近，做清明还要跑多远的路，也就是说大家都是搬来的，做原居民的时间不长。好像也没什么传说，有传说的是 10 里外的黄公山。有说得玄乎又玄乎的照妖镜，人一照，就知道后世要投什么胎，有人照了照，看清是猪胎，伤心地撞死了，结果惹得雷公发怒，劈了泄露天机的照妖镜；小时候听故事时觉得很侥幸，幸亏照妖镜不灵了，不然的话，万一碰上了，万一忍不住照了，又万一是投什么不上台面的畜生胎，譬如是小老鼠，或者是只苍蝇，岂不是让伙伴们耻笑？还有令人羡慕的金牛，人类用黄金久了，基因里都有黄金情结，那个吃不饱饭的年代，10 元钱都是大额人民币的年代，我们这些鼻涕虫都梦想遇上金牛，拉住它，实在拉不住，拽下黄金牛尾巴也是好的。可这些传说没江冲的份。

人到中年有时候就喜欢瞎琢磨，不过，还真有点谱儿。大概，最早的居民是从水边逃水灾而来的，人家询问从什么地方来的，他们随口打趣：江水冲来的！久而久之，江冲就成了别人称呼这批难民们居住地方的代名词，进而约定俗成地成了村庄名。可是没法求证，反正我家是最迟搬来的，早先的原居民都不去考究，我何必牵强附会呢？就让疑问闷在心中好了。

村庄的职业

有一段时间，职业是要摊的，是要指标的，不是你想干就能干的。一个庄子里有多少职业，恐怕也是一种实力和荣誉的象征。

庄上有一个绞米坊，换句话来说，就是拥有一个加工厂，当然有一些令人羡慕的技术农民。那个绞米厂在村南，一个大院子围着，夜里还有人值班，周围庄子的人都来这绞米、绞山芋、扯面什么的。我印象最深的是绞山芋，大齿轮飞速地转着，山芋在上面抖动着，大人手里则拿着个木棒狠劲地捣。捣山芋很危险，有一年有个人一不小心，手被齿轮打得鲜血淋漓。此事过后，很长一段时间，绞米坊被我们那些小孩视为危险场所。

庄头还有一所学校，这更稀罕，好几个村才一所，这下可沾了不少便宜，下课回家讨个东西都不会误了上课，据说还有人馋奶，回家找老娘喝几口再上课，居然也不迟到。学校的校长是我们庄的，老荣家的，尽管我们记事时他已经退休了，经常躺在藤椅上晒太阳，但书香门风犹存，后来他们家还出了位诗歌评论家，在武汉诲人不倦。

至于那手艺人，庄上也有不少。有剃头匠，我的一个表爷，腊月时，大手一摁我们这些萝卜头，那个狠劲，让人畏之如虎，可是大人却撵着我们快剃，因为剃收刀头不吉利，那些年的收刀头似乎是留给一位孬子的。有铁匠，我管他叫大表爷，光膀子抡大锤，“叮叮当当”地乱响，老远就知道打铁啦！他那神奇的玩意不少，呼呼喘气的风箱，喷得多高的火苗，还有那给锤得搞不清要厚还是要薄的通红铁块，等像模像样时又给扔进水桶里，“滋滋”地冒白烟，一出水，我们手指儿沾沾就烫得冒泡，铁匠表爷却没事般用手拿起掂着玩。庄上还有一位赤脚医生，那更不得了，全村也就 3 名，一位是管接生的妇联主任，一位是营长兼赤脚医生，那么大的村子，我们庄还摊上一位，不得了！头疼脑热的，拿个小药片儿，多方便，既不用跑路，又可在手头紧缺时欠欠小账，反正那时手头紧缺的时候虽说不太多，拿后来的话来说，也就 350 天，剩下大年三十到正月十五，大伙都能装着不缺的样子。至于木匠、砖匠、篾匠什么的，我们庄子就不好意思再摊了，总得给别的庄子留点职业吧。再说那些匠们，我们庄上半吊子的也有不少，不稀罕。

等到职业可以自由选择的时候，一个小庄子，要挨家数清却很困难了，有的一家子的职业种类都能赶上原先整个庄子里的了。木匠、砖匠、漆匠、电工、司机、厨师、工程师、大学讲师、职业军官等，还有分不清什么职业的老板经理，反而原先不稀罕的农民出现了危机。有天碰到一位老农，也算是硕果累累的行家，他很是激动地指着一片田野说："在家种田的都是老人和妇女，现在我们这些人还做得动，再过20年，我们做不动了，谁来?"这确实是个令人忧虑的问题，年轻人中有几个会种田的？有谁知道做秧田要做七遍？再说，这些走南闯北的人，谁还愿意盘泥土活？

村庄的风景

要是数说风景，庄里人却说不出口。庄后靠着半边小山包，那半边是毛家井的，眼瞅着人家那半边山密麻麻地长着松树，我们这边，山脚北边有个小竹园，南边长着五六排杉树，当年每棵树都有主儿，房顶的大梁指望着它；山包上除了稀稀的几丛黄荆外，再也长不出什么树了，缺柴时没少抱怨那小山包，学成语"不毛之山"时大有醒悟之意。后来也搞过植树造林，就多些大坑小坑，没看见一棵成活的马尾松。去年回家时，倒看见山脚边多了几大层灿烂的野菊花，阳光下花香馥郁，从此在外可以故作风雅地说"遥怜故园菊"了。

站在小山包上向东一望，高高低低的田地还是那样高，那样低，就多了一块极平整的菜地，原先是打稻场，自从家家改用门前的小场地后，打稻场就寂寞了。那么大的场子荒废着太可惜了，庄上人就将其改成了菜地。于是那儿没有了往日的喧闹，却成了庄子里唯一一块平整的旱地，一畦畦或碧绿或淡紫或嫩青或艳红的蔬菜，显示着农村常有的勃勃生机。打稻场向上是个坡地，前些年通了一条公路，两旁也就添了一幢幢的楼房。原来修路时，庄上给各家都预留了宅基，如今俨然成了新江冲。而老庄子里已不复原先的齐整了，有老旧的瓦房，也有新添的楼房，更有断垣残壁，那是全家人迁到城里无人打理的后果。

真让人难以忘怀的是庄前水塘边的两棵枝繁叶茂的老树，一棵皂角树，夏日满枝皂角，已无人采摘，一棵枫香树，秋时依然红艳，使游子惊心。晨昏之时，抚摸盘根错节的老树，鼻端还有丝丝清香，同当年一样。可惜庄上的四口池塘，水色已是混浊，全然没有当年清澈的景象了。

然而更多的人和事我已记忆模糊，即便年年回去探望，比起孩童时的敏锐，我已患上某种功能退化症，再也无法把握村庄的节奏了。这个夏日，我很努力地想起一个村庄，又慢慢地遗忘了一个村庄；遗忘了，又会无端想起，如此反复，直抵未来。

中年感怀

如果说青年是闻鸡击剑、锋寒刃锐，老年是月下抚剑、意深思幽，那么中年就是登堂舞剑、舒缓自如。

宜于盛宴的人生莫过于中年，若是一场美轮美奂的宴席，轻歌曼舞，花香三千客，那是得天之幸的弄潮儿，即便名列翩翩嘉宾，成就一场盛事，那也是难能可贵的了。可悲的莫过于看客，尤其还是就连喝彩声也无人问津的看客。

中年，是看山不是山的年纪；中年，不再泛泛而谈，知道虚与委蛇，能与仇敌共度蜜月；中年人的幸福更需要实惠，从来不会把客套放在心上，然而却把客套源源不断地批发出去。

中年也是尴尬的年纪，诸多事情已然程序化，进退都有点失据，人生的一部大书已经编校，虽未盖棺，定论已在。

中年最适于在凌云高楼中想起寂寂小巷，最适于在慵懒的午后想起在水一方，最适于在秋天的荒原中领略黄昏，最适于在夜半观望浩瀚的星空，寂寞地思考。

中年有着太多的淡漠，激情只能回想，偶一为之，必定心力不谐；中年有着太多的忙碌，闲暇只有心境，若能为之，必定百倍轻松。

中年有着太多的面具，为人父母者，严父慈母早已落伍，角色互换也不新鲜，想从新一代成长教育培训班毕业那是遥遥无期；为人子女者，孝顺不再是单方的一厢情愿，而要练好平衡木，哪一头都不能忽视；为人夫或妇者，“妻管严”或“夫管严”换谁都觉得委屈，此处关系早已成为生活艺术的重点，流派繁多；为人领导者，既要运筹帷幄，又要亲民有方；为人同事者，既要融洽相处，又要玲珑八方；为人下属者，既要任劳任怨，又要把成绩做到亮处，既要亲近上司，又要不折腰，真是身心俱疲。作为诸多面具的拥有者，中年人更要按牌理出牌，要有一切早已明了的觉悟，冲动不会成为犯错的借口，那只会招来人神共愤。

一个卑微的中年人，他的卑微实在有着太多的理由。他了解了人生的大部，大部的人生就成了重担；他经历了尘世的患难，患难的尘世就写进了颜面；他收获了生活的喜悦，喜悦的生活就埋葬了理想。卑微，是中年人的感激，是中年人的畏惧，更是中年人的良知。

一个幸福的中年人，他的幸福也有着诸多的理由。他自身每一次微小的成功，职称、奖金、名誉，都能使循规蹈矩的日子兴起微澜；他父母健在，托上天的福，大病全无，偶有小恙，正是他奔波孝敬的大好时机；他的子女聪明可爱，哪怕是拿回一纸奖状，哪怕是递给他一杯茶，甚至是生病不叫苦，都能令他产生上天待人不薄的念头。幸福于中年人而言，是有所付出，是有所获得，更是有所期待。

中年不过如此。跋山涉水，风尘仆仆，彼岸风景，不过如此；辛苦经营，屡历磨难，终有小成，不过如此；当年情仇，相逢无语，解也罢，不解也罢，不过如此。中年的人生篇章有点落寞，少了憧憬，多了世故，以为有点感悟，却不过是老生常谈。

老 篾 匠

乡下上年纪的人评论起那些小年轻木匠们，很是瞧不起，呼为“钉子”木匠。“钉子”木匠打桌椅家什，咬着牙猛锤钉子，近年来又上一层楼，用高压喷钉机，“扑扑”地乱打，然后刷漆灭迹消尸。居乡这么多年，我渐渐地发现已经很难看见那些讲究榫儿合缝、竹签锋锐的老木匠了。木匠尚且如此，以靠编箩筐、打簟子营生的篾匠更是几近绝迹了。

近期天气变冷，晒太阳的人多了。既然负暄，便有闲谈。乞丐捉虱子、文人谈典故也是阳光下的行当，我们沾不上边，但相互交流家长里短，附带谈论社会新闻也是一大乐趣。有一天就谈起了手艺人的工资，也需 60 元一天了，忽然有位姓徐的主任说有户人家请篾匠打簟子，花的工钱居然比买的簟子还贵，不过东西确实精致。这位打簟子的老篾匠人很风趣，至今想起还令他难忘。徐主任见闻广博，熟识乡村风情，多年的事情谈起来还是妙趣横生。

说起来有些年头了，那时工钱也就 20 元左右。老篾匠算是本家，人很干净，上工时系一件大蓝袍子，红脸膛，说话干脆响亮，在本地是出名的篾匠。头天上工的时候，东家同篾匠讲好了总共 8 个工。

中午当然有酒，菜也不错，东家是要面子的人，也是好客的人，招待手艺人的酒菜当然不会让人讲话。老篾匠酒量不是一般的好，主客开了一瓶酒，喝了半天，东家干了一杯，用手捂住杯子，示意自己不能喝了。

老篾匠举起酒瓶，让了让："还搞点？"

东家说："不搞了。"

老篾匠也不客气："真不搞了？那我搞点。"

老篾匠摇摇酒瓶，要了个大杯，一股脑斟光，刚好一大杯。老篾匠酒足饭饱，泡杯浓茶，准备上工，坐在地上却拦住了要出门的东家："别走！我给你唱段黄梅戏！"老篾匠扯起喉咙，唱开了"夫妻双双把家还"，有腔有板的。唱了半个小时，隔壁家有位大嫂过来串门，老篾匠眼尖，喊道："大嫂子，我给你唱首黄梅戏听听。"东家着了慌，赶忙拦道："你别唱啦，要做事了。"老篾匠手一摆："不就 8 个工吗？我包着，晚上加点班就是了。"老篾匠过足了戏瘾，方才动手。

晚上吃饭，老篾匠照旧把瓶里酒摇摇倒倒，一个人搞光。以后，老篾匠照样喝老酒，拉人听戏，手底下活也不见慢。

这样子过了八天，老篾匠果然不食言，打完了簟子，拿上工钱，哼着小调回家。但东家桌底下的酒瓶儿摆了一堆，家中上下无人不被拉着听了一段饱含酒香的黄梅调子。不过，老篾匠的活儿漂亮，篾片细密无结，簟子厚薄均匀，又韧又软，摸上去光滑不毛刺，扎实更不用说，至今东家夏天还在使用。

徐主任一席谈话，引起我浮想联翩。小时候，家里请篾匠时，篾匠师傅一副威严的样子却阻不住孩子们的好奇心。斯文些孩子可以坐在旁边静静地观看篾匠一双长满老茧的大手，灵巧地摆弄着长长的竹条子，调皮的则趁机摸摸篾刀，然后飞也似的逃走，不然有吃"爆栗"的可能。中午篾匠坐在桌子上方，滋滋地喝着两三块钱一瓶的大曲，父母在下方殷勤地陪着。桌上必有一碗鱼肉之类的大菜，但篾匠一般要到晚上或第二天完工时方吃上两筷。那时家底薄，那碗大菜维系了东家的待客之道和手艺人的尊严。年轮轻轻一转，工业化巨兽逐渐成长，张口吞噬了一切，乡下遍地塑料垃圾，就连空气都失去了本色，何况本就稀少的篾匠？年轻些还可改行，年老的只能退隐，叹息一手好手艺无法传承了。

人群渐渐散去，冬日宁静，路边枥树的叶子飘舞着簌簌落下，“化作春泥更护花”，当水泥路面越来越多时，能够叶落归根的只是少数幸运儿了。注目乡村，篾匠们渐行渐远，和我们儿时一些残缺而美好的记忆一起，浓缩为那个时代的背影了。

猪　贩

那是 2008 年的冬天。

1428 次列车到合肥时还不到 3 点，晨光未露，冬寒绵绵。出了检票口，没有白日里嘈杂的接送。拎着行李，躲过追问的司机，想想此时没有枞阳的班车，就把自己扔进路边的网吧，胡乱地看两场电影，也比在寒风中哆嗦强吧。挨到 7 时左右，便直奔车站，上了枞阳的大巴。

可能乘客太少，大巴未开空调，抗议无效，也只好蜷缩在座椅上，可能是由于睡眠和温度的关系，只觉得车厢内外一般的清冷。颠簸了数小时，走了一套常见的过场，就是候客、拉客、卖客、过车的把戏，终于看到了“枞阳欢迎您”的标语，在熟悉的李洼下了车。熟悉啊，还是那个路口，还是那个小店。外面的世界一如魔幻万花筒，一眼万年，变化多端，而我的白梅还是那般安静祥和，仿佛安居保鲜箱。自然和从前一样，短时间里没有到黄咀的车辆。这区区 10 公里的路程，却是最费时、最磨人的旅程，近乡人怯路更怯。

我在小店内踱来踱去，和店主有一搭没一搭地聊着天。不时地看看门外可有车辆停下，甚至盼望也有人在此下车，哪怕是陌生人，结个短途旅程的伴也好。人是群体性的动物，尤其是面临困境，一个人会怨天尤人，两个人会稍觉心安，三四个人甚至更多，可能会笑出来。一群困境中的人，可能最擅长苦中作乐。

小店夹在合铜省道和合铜黄高速之间，高速上的车声如同夏季的雷声轰隆隆地碾过头顶。我却觉得寂静，即将归家的喜悦悄袭心头。

忽然一辆从庐江方向来的四轮车径直朝小路驶来，一下子在小店前刹住。我走出门外，看见一个老汉躬着腰从车厢爬出来，双手提着一个沉甸甸的篮子，接着又利索地爬上车，又提出一个篮子，然后再从车厢内抽出一条扁担，就凑成了一副猪篮子，篮子上罩着一层网，拢着一群小黑猪们。原来老汉是位猪贩。老汉付给司机 10 元钱，四轮车掉个头，屁股一冒烟就走了。我搭车的希望又落空了，我有点怅然。

老汉收拾了一下，就走进了小店。我抬头打量了一下，老汉身材不矮，年轻时肯定是位魁梧的汉子，老了一副慈眉善目的模样，短发略有些花白，那久经尘事浸染的圆脸还有些许红润。老汉上身穿件农村里曾经流行一时的、中山装模样的、有 4 个口袋的褂子，下身是条市场上仿制的浅蓝海军裤子，踩着一双黄球鞋。老汉和店主看来熟识，大声嚷着让店主打电话叫三轮车，声音洪亮，精神矍铄。然后，老汉拿了包烟，熟练地撕开，很自然地扫了扫周围，立刻向我让了让，见我摆手谢绝，才点上火，猛地吸了口，鼻腔里喷出一股浓烟，透着一种万事搞定的舒坦。

这时店主告诉我，老汉包了辆车，刚好也到黄咀那方向，如果我不嫌弃，可以搭一下顺便车。我当然不嫌弃，猪又有什么可憎的？无非有点异味。再说，小时候我也经常打猪草，到猪圈里喂猪食。不过那时一年倒吃不上两回肉，现在恰相反，经常吃着猪肉，倒少见其真面目了。我一大老爷们的，偶尔与曾经的伙伴相伴着旅行，就算谈不上喜相逢，也不至于嫌弃，不然也对不起曾经喂猪的少年岁月。

不一会，一辆屁股冒着黑烟的三轮车开到了店前。一个瘦高个儿的司机笑着跑下来，见了老汉就抱怨：“你这老头，一向都不来，前几天黄咀有人要小猪，要 5 头哎，现在不晓得还要不要？”

蹲着候车的老汉站起来笑着答道：“地里刚忙完。来来来，吃根烟！”

两人说笑了一会，老汉把担子提到车内，我也爬到了车上。数了数，篮子内共有 6 头小猪，快乐地哼哼着。

从李洼到黄咀是一条柏油路，有不少年头了。乡下没有护路工人，去年又是一场 50 年不遇的大雪，本来有些破损的路面更烂了，有些地方坑坑洼洼，就像女人脸上的麻子般令人讨厌。车子一路跳着，把老汉和司机的谈话音颠得忽断忽续，忽上忽下。

“建楼那户小猪病了……要换呢。等回头再说。”

“嗯……回头再说。”

“涧边几户……听说要猪呢!”

“那就到那块……下。”

他们的确是多年的搭档，知晓对方的心意。

拐了一个大弯，车子停了下来。大概涧边到了。

老汉利索地爬下车，悠着嗓子喊：“小猪啊，卖小猪啊——啊!”

空旷的田畈里，仅有一个老农在慢条斯理地锄地，像在给苍天表演一种精湛的技艺。听到吆喝声，这仅有的一个老农暂停了演出，然后慢腾腾地向路边走来。

“小猪么价哎?”

“十二。”

“贵死人！左岗的，才六块!”

“六块，哪有这么话？去年差不多，今年行情早变啦!”老汉一副你瞒不了我的样子。

“前几天刚有人去买了!”

一直抽着烟火的司机笑着做中：“算上路费和工夫，行里还搞你秤，也便宜不了多少！差来差去的。”

“也不要这么贵！你便宜点，我们要买的人多呢!”

这时，庄里又走来了几个穿棉服的人。一个精明的中年汉子也不说话，就爬上车解开网绳，一把拎起小猪。可怜的小猪一条腿被人拎着，身子悬空，剩下三条腿徒劳地乱踢，只好死命地叫唤着。

“不是孬猪吧？犍猪（公猪）九块，雌猪八块五！”老汉适时地抛出价码。

“犍猪八块五，雌猪八块！我要两头！”拎猪的人不假思索地说。

“两头？”老汉有点踌躇，好像心里在翻来覆去地算账。

“两头。还有她们也要！”回答干干脆脆，好像早已盘算好了。

“那，你挑吧！”老汉有点不情不愿。

拎猪的人却放下小猪，转头打量另外一篮的小猪。

“那是杂交猪，少了九块不能卖。街上杀猪的一个礼拜前就定了。”老汉急忙拦着。

“哪有这么话，你讲让我挑，我挑你又不干，不干算着！”

“你不买，不怪你，没法子卖啊！总不能亏本吧？”老汉委屈地叫唤。

那人跳下车，急急地走了十来步，却又停了步子，向一位妇女喊道：“成文家的，哪天一阵去左岗？哪里捉不到小猪？还便宜呢！”

成文家的却看着车上的小猪，脚步稳稳地，一动不动。

老汉赶忙拎起一只小猪的前脚，放到地上，那小猪只有后脚着地，嗷嗷地叫，拼命挣扎。

老汉望着成文家的：“你看这猪条子多漂亮！我家猪一惯好喂不挑食！”

接着又说：“你要雌猪吧！八块嘛，你挑一头啊！老规矩，包半年。”

三轮司机递了一句：“都是熟人生意，到猪行里全靠碰了。”

成文家的迟疑着说：“我一个人不买。要买，大家买。”生怕得罪了人。

几个人都望着老汉，一时成了僵局。

老汉想了想，果断地一挥手：“好好好，你们挑还不照？”

“那，犍猪八块五，雌猪八块。”刚才拎猪的人不放心地说。

“算啦，街上的哪天再去。”三轮司机搭讪着。

“哎，挑吧。”老汉无可奈何地说，好像被人摸到命门。

涧边的几个人仿佛打了一场胜仗，有说有笑的，一会工夫，就挑出了五头小猪。

老汉帮着拎了一头猪，犹如战场指挥官一样地挥着手说："到庄里秤去。"

老汉居然没带秤，我觉得奇怪，问司机："他卖猪都不带个秤？"

瘦高个一耸肩，笑道："带秤？人家也不相信。一般用庄里的，再说，他心里还没个数？"

瘦高个接着又神秘地说道："管怎么搞，他都要搞点秤，不搞点秤，他赚什么钱？"

这句话，让我思量了一会。秤是庄里的，除非他俩特别熟识，一般能不赊就不错了。要搞秤，恐怕还得在喂食上下功夫，也就是小猪上车前喂个大半饱。喂得太饱，路上拉屎撒尿，反而不美。

好一会，庄子里此起彼伏的猪叫声才歇，老汉轻快地走出庄头，爬上车，上口袋鼓鼓囊囊的。

"生意不错啊。"我急着回家，恭维着老汉。

"哈哈，"兴奋的老汉看出了我的焦急，一挥手，对着司机说，"走，到孙畈去。"

十来分钟后，车子在黄咀丢下我，然后直奔贩猪之旅的终点站——孙畈。这趟特殊的搭车之旅，终于结束了，却让我大开眼界，觉得触摸到了乡村行商的神秘影子，印象也深刻：老汉看起来一副爽朗的性子，骨子里透着一股狡猾的劲儿，但又不让人反感，反而有种亲切感。这也许是多年磨炼出来的生意人模样吧。今年猪流感时，不经意地，我又想起了那个七分憨厚三分狡诈的老汉，在这场猪肉危机中，不知他是抓住了又一个难得的商机，还是已经结束了快乐的猪贩生涯，在家逗弄孙儿。

当年同学（一）

当一切风流云散，母校的弦歌依旧悠然。沿着时间逆流，那带着童真、光芒闪烁的记忆碎片只剩些许，当年同学，那英俊的面容渐渐模糊，那潇洒的背影更是淡薄得近乎透明。然而触摸那段时光隧道，却有绵绵温情从心底慢慢升起，最终凝聚成静夜时分一粒纯净的泪珠。

——题记

有一天上网Q聊，无意中得知一Q友是岱冲人，便随手击键：

“你知道张晓海吗？”

“张晓海是岱冲人的骄傲。”QQ聊友的一句话激起我的遐思，思绪飞越到20多年前的雨坛中学。

那时的雨坛中学，只有四五排低矮的教学房，一个年级3个班，但学生活动场地有三四块；校园也挺干净，充满绿色的气息，耸立着许多高大的法梧树，秋天的时候落叶缤纷，树上的果子绽开，绒毛乱飘，不小心就会迷着眼睛。还有一条林荫小道连接着教室和教师宿舍，女贞树两面相列，枝杈相连，组成半圆形的林荫道，夏日里走在林荫道上，踩着平整光洁的青石，阳光从树叶间洒在身上，这对我们不曾出过远门的农村娃来说，简直是一种莫名地享受。我还记得那时校园中没有自来水，我们在公路边的水塘里洗脸，洗碗，塘水清澈照人；学校附近还有一个放炮炸石形成的深水塘，水质也好，因为不在老师视野之中，有些胆大的学生敢在塘里游泳。几年前路过雨坛中学，公路边的水塘已发黑发臭，但不知那深水塘是否依旧澄静。

当年同学中，有发愤啃读的，有天资聪颖的，但既聪敏又勤学的却只有张晓海一人。印象中的张君年纪虽小，一副娃娃脸，却处事老成，对老师尊敬有加，有问题从不放过请教，而且劳动课也积极，不避脏活累活。那时的雨坛中学，学风极浓。晚自习后，电灯按时熄灭，但不少人点灯夜读，张君是其中坚持不懈的几位之一，我也曾坚持过数回，可惜抵不住睡魔，不了了之。初一时上学期期中考试，我是第二名，张君的成绩是第三名。但不久之后，天资加勤奋的威力不可抵挡，我的成绩便不曾位居其上了。仅有一回化学当堂测验，我居然成了全年级唯一做对全部大题的学生，以至于后来有同学硬是认定我高中肯定选择理科。

初二的时候，张君更是出类拔萃，成绩稳居前茅，还参加各类竞赛，当选不同级别的三好学生，拿现在的话说，他成了学校的风云人物。可是张君依然如旧，白天读书，时时请教任科老师，晚上点灯夜读，和我这成绩退步兼不守纪律的差生的关系也不赖。他为人大方，或许是家境还好，同学借东西借饭票，他从不主动催还，也不像有些同学藏私，把学习资料秘不示人，而是大方共享。不过有一天，班主任忽然发动全班同学批评晓海同学，每个人都要用小纸条写出他的缺点。因为年小，不太明白世事，我从大流，写了骄傲之类的纸条，事后也没有询问，只知他从此更勤奋、更谦虚了。

张君学习出色，但不是离了书本就无所事事的书呆子，跳绳子、踢毽子、抓子儿，他是能手，劈“一”字，全班就数他功力最好，姿式最标准，据说在家里也干农活。有一阶段我俩忽然迷上了乒乓球，经常下课后打“擂台”，十来个同学分成两队，三分定胜负，谁输谁下。缘由是附近来了一群人高马大的地质队员，他们经常到学校打球，发球旋转得看不清，抽球干净有力，来往回合多，仿佛打不死，就连离地面只有寸把的球都能稳稳削起。精妙的球技让我们这些乡村来的初中生目瞪口呆，更是大开眼界，纷纷仿效其动作。我就是在那时不可救药地喜欢上了这门运动，直到现在还能来上两板。要知道以前的班会课上，老师批评那些下课只知玩球的所谓差生，语言刻薄，我可是捧腹大笑，并对乒乓球嗤之以鼻的。

在那温饱问题不曾被解决的年代，我和张君还共过一回“苦”。具体时间不太清楚了，好像是放农忙假，寝室里只剩下我们两人。午夜过后，不知什么原因，我们忽然被饿醒。那静静的黑夜中，通铺空荡荡的，少年的身体被突如其来的饥饿折磨得浑身难受，仿佛多长了几张待哺的嘴巴。两个人在黑暗中既虚弱又无助，深切地体味着饿得发昏又昏不过去的感觉。天刚麻麻亮，我就敲开学校附近一家卖早点的门，赊来一笼包子充饥。

中考后，张晓海自然是以高分考上了省重点学校——桐城中学，我也侥幸上了会宫中学。但自此失去联系，直到高三那年。有一天，同学荣永谦告诉我张晓海写信说他星期六回家，准备在官桥等我们。放学后我们搭车到官桥，灰色的街道上人来人往，因为没有约定具体地点，一时不知到哪儿找他。忽然，我看见一辆三轮车边有个学生坐在地上，行李放在一边，正旁若无人地埋头读书，我心中忽然一动，再看看书的封面好像是本奥数书。虽然看不见面目，也找不到任何熟悉的衣物，我已经知道他是谁了。我极其肯定地对荣君说：“张晓海在那儿！”过去一喊，果然是我们稚气犹存的、不肯放过一点空闲时间的老同学张晓海。凭着这种学习的钻劲，聪明过人的张晓海顺利考上了中国科学技术大学，从此再无信息。当然，那天我们聊了什么我早已忘记，只是那幕在喧闹的街头忘我捧书的景象从此印入我的脑海。

说来好笑，印象挺深的还有老同学带到学校的咸菜。那时他家的家境算是殷实的，那咸白菜切得细细碎碎，清清爽爽，又浸染着香油，呈现着诱人的黄亮亮的色彩，而且菜里杂着不少的肉丁，香味盈鼻。这样的咸菜在 20 世纪 80 年代初的农村可以说是罕见啊。虽然凭着关系不错，我也品尝过，但说句脸红的话，不曾大快朵颐。可惜此等美味咸菜，初中毕业后我再也没有尝过。击键码字至此，思之念之，齿颊生香，但愿将来相逢，还能品尝到晓海同学家的美味小菜。

当年同学（二）

当年高考，落榜后继续攻读的同学不少，校园里更有定论：头年的复读生是“新四军”，再复读三年的就是“八路军”了。那时，安庆城内，办复读班的如过江之鲫，有后来成了气候的“龙门补习班”，也有游击不成的，譬如安庆自考办搞过的复读班，总共才七八个人，算是微型复读班了。我有幸参与其中，半年后复读班悄无声息地关门了，但相处半年，难兄难弟间还有点情谊，还有点印象，姑且为文记之，聊表思念之情。

邓君者，名立海也，怀宁人氏，一米七的个子，顶着一头乱蓬蓬的头发，时有爽朗的笑声，用今天的流行话说就是“很阳光”。邓君爱玩扑克，属铁杆牌迷，且精于此道，课余时间，一呼即应，至今我还记得他算牌时眼睛转来转去贼贼的样子。

真正令人捧腹的却是他的笛声。隔三岔五的，做题做得畅快淋漓或者心情大不佳时，邓君就摸出他那著名的“魔笛”。我一直怀疑邓君开学时并不会吹笛子，顶多知道一星半点的入门技巧。开始摸索的时候，他常向人借曲谱，有曲谱的杂志也是他的瞄准对象。断断续续的拉锯声为他的笛子赢来了“魔笛”的称号，“邓立海的笛子是魔笛”，没有人能拒绝他的音波魔功，即便深深沉浸题海里。等他用省下的资料钱购得一本曲谱时，拉锯声也能呜呜咽咽地连成一线了。于是冬日的下午，邓君吹着《雪山飞狐》，有人打着节拍和着：“寒风萧萧，飞雪飘零，长路漫漫……”这时断时续的笛声回荡在寂静的校园里，平添了一股苍茫的气氛。“吾将上下而求索”，复读生涯是如此的无边无际啊，何处是归程？

记忆深处的邓君似乎还以擅长“吹牛”而著名。当时我正狂迷古龙小说，常从书店里租回捧读，如果不小心看见邓君，必然调侃：“江湖上没有人不知道邓立海邓大侠了。邓大侠的皮厚，再锋利的刀刃遇上他的皮，也只能砍一条白印子。”邓大侠当然不能示弱：“比你的皮还薄一寸，遗憾得很啊。”这“憾”字特意念成“霍”字，念得很痛快，很惬意。不过我也会还击：“恭喜邓大侠的功夫又深一层，皮又厚了三分。”

第二年邓君考上了一个遥远的北方学校，我勉勉强强地进了安庆师范学院。其间邓君还来过一两封信，附了张校园里笑容灿烂的美容照片，毕业后我们失去了联系。转眼十多年，不知邓君是否还记得那些阳光灿烂的往事。

“大个子”姓陈，名字嘛，恕我愚笨，记不详了。陈君海拔高度一米八朝上，绝对对得起这个绰号，尽管也可以用竹竿来描绘形状。大个子笑的时候，我总觉得有点憨，大个子移动的时候，我也觉得不怎么灵活，然而大个子很和善，我总有这样的感觉。有一回，我不想回家吃饭，大个子马上说：“我打饭，谁打菜？”诚恳中又见聪明，饭钱总比菜钱要少些。

大个子也是扑克爱好者，输了，他就钻桌子。可惜桌底容量有限，大个子钻得既认真又费力，往往四脚朝地，要么拱翻了桌子，要么吃一身灰，而我们，包括敬陪钻桌者，毫不掩饰地、乐滋滋地欣赏着高人“雅行”了。

大个子不胖，天生的衣服架子，穿上西服，很有绅士风度。我们见他穿的西服很合身，问花了多少“大洋”。他不无得意地说：“100 元，卖衣服花得很，我看到标价 300 元，吓得看也不看了，出去时念着说句也好，就开口100元，不料卖衣服的立刻拉住，卖衣服鬼搞。”

复读班散后，我就没有了大个子的信息了。有一段时间，大个子滑稽的样子总会从脑海中跑出，令人生出一肚皮的笑意。

宋健者，桐城人也，那年曾至安庆自大进修，春节后回家，就不知道去向了。

宋君气派堂堂，常着笔挺西装，蹬一双刷洗如新的运动鞋，拎一公文包去洗澡。同行诸君有邓立海同学，常作谦恭状，手一挥：“总裁请。”总裁必命邓君提包，邓君不到一秒钟的工夫就不认得总裁了，拒而绝之，当然也忘了平日念兹在兹的“总裁有训”。“总裁有训”是邓君的口头禅之一，每隔几天邓立海就会表演一番，腰腿板板，作毕恭毕敬状，大声喝道：“总裁有训，命你部坚决执行零号方案……不成功，便成仁!”

宋君洗澡，也有一段故事。有一天，宋君与人打赌道：“如果两指拎包，到学校不落地，我请客。”学友中有勇者试之，却不能享受宋君一番美意。也许，宋君暗地里试过，而且不是一两遍。

宋同学门门功课不差，尤精外语，经常牛皮哄哄：“单项选择我不会错两三个的，这题目我几乎做过。”结果期末英语考试是当年的统考卷子，宋同学错了8个之多，虽然得了86分的高分，却是抱恨而归。

临走前，宋君嘱咐我一定为他买《希特勒传》。可惜好几个月的时间过了，我没有觅得此书，渐渐地就忘了这头等大事。那是1992年的事，街道上书店不多，种类也少，盗版书尚未出现于安庆，如果是现在，街头有推三轮售花花绿绿的盗版书，插图版《金瓶梅》尚且有之，《希特勒传》恐怕不算稀罕，宋君定能如愿以偿。

当年同学（二）

“十年生死两茫茫”，当年在会宫中学读到此词时，热泪盈眶，被沧桑、荒凉的意境所倾倒。当时我就想，十年过后，我们这帮趣味相投的同学们该是什么样子？如果相逢，又如何？这样想时，年少的心居然会沉浸其中的幻境。时光荏苒，十七载光阴轻轻滑过，这群人两两相遇，三三偶聚，就是不曾来过一次大团圆。当庭院木叶轻舞，心清如水，有所思时，无非月明松间，幽人来往，繁星寂寂，清风徐徐，有所憾时，无非少年心事，已付流水，会中（会宫中学）风雨，魂牵梦萦。

（一）

那时校园中陈君，一米七几的个子，白鞋白袜，黄军装，裤脚卷上一两圈，鼻梁上挺着一副眼镜，是个温文儒雅的英俊少年，又是咱们文科班的班长，想不引人注目都不行，更少不了暗恋的小女生。

许多戴眼镜的人摘下眼镜后，面目惨然，宛如换了个人似的。而陈君摘下眼镜后的笑容让我怀念至今，嘴角微扬，少年的爽朗、温醇、暖和一览无余，而同学梁君却恰恰相反，嘴角一撇，笑意中满含嘲弄。

这样温文的陈君与惫懒的我本是两个生活圈中的人，但却因了汪君，因了少年的文学梦，渐渐地相熟相知了。人生有着许多解不清的缘，多年后我常想，如果我们那一帮人没有碰到一起，我们的命运肯定会改变。那桀骜的梁君也许不会退学，温文的陈君也许会成为大学校园中的勤奋学子，潇洒的汪君或许会真的成为朦胧派诗人。当年，陈君最守纪律，循规上课，晚自习还到教室看书，不像我们，跑得满天飞，哪里都有我们的影子，就是课堂上找不到人。他的花费也最有规律，控制得当，星期五、星期六时还有留存饭票，不像我们，寅吃卯粮，饭票早就透支，到处找人借用，陈君当然逃脱不了我们的魔爪。

那时，我们不知天高地厚地学写朦胧诗，满腔豪气地喝散装老酒，也曾雄心勃勃地热烈空谈，夜晚还会到附近的小山游逛，坐成一圈，看繁星，赏孤月，听松涛，谈趣文，一切清纯得犹如山间的清风明月；我们也争论，也嘲讽，也吵嘴骂仗，可以数天如同路人，但少年间的友谊反因此愈浓愈厚。等混到高三时，我竟然和陈君结拜为弟兄，当然我是老小，他是令我尊敬的兄长，这在我们的圈子中是特例，因为那本是相互默契、不露声色地讲义气的圈子，而我和陈君居然着了相。也没人嘲笑，多年以前和以后，尽管一个稳重而有长者风范，一个调皮捣蛋近于小无赖。

那以后的关系近到什么地步呢，高三那年的陈君正在热恋，我理所当然地成了中间人，递来递去的情书固然不敢拜读，但情诗却老实不客气地要拿来欣赏和评点，其中妙句更要调侃。

也不记得是高二还是高三的夏天，忙完双抢，猛然有点想念陈君，我找了个借口，从家里走到官桥，然后搭上大山的客车，居然问路问到他家，根本不曾考虑过陈君是否在家，还好没有失望。当时陈君家里的稻谷尚未割完，两人便一起下田，中午用大铁锅打西红柿肉汤，又酸又香，劳累后胃口大增，淘汤吃饭，自然美味，饭量比平时要多两碗。这样鲜美的西红柿汤，后来我再也没有尝过了。也许，记忆中的家常小菜如同佳酿，愈陈愈香，愈久愈美，每回忆一次便增加一分思念，终于成为心底深处的一团温暖，而现实中的佳肴触手可及，反而难以进入我们的视线。

毕业时正逢会中的低谷，我们自然不能幸免，名落孙山。也曾复读，不到半年，就有好几位跑到广东打工去了。等到陈君也到南方的时候，我终于按捺不住，偷偷地拿了学费，第一次出了趟远门，在别人的帮助下成了打工一族。没想到这打工岁月也短暂，不到半年，陈君听从父母召唤到马鞍山上班了，不久我也回到安庆复读，从此两人没有再见过面，只通过两次信，终于连通信也消失了。

数十载沉浮，懵懂如我者亦能明白，世间的一些感情，愈单纯愈恒久，愈沧桑愈渺远。这些年和相聚的圈友们谈起陈君，居然没有人知道其详情，只知在马鞍山。也许，再见陈君时，我们一群圈友们可以来场大团圆了。

（二）

“老鲍”是鲍君的绰号，作为妙龄少女而享有如此响亮的名头，也算是圈中的一道风景了。初识鲍君是在一个晚自习，我、陈君和汪君来到三楼理科班，陈君约出鲍君，大家在走廊闲话，内容早已忘记，但脚踩一双时髦高跟鞋的鲍君单腿“金鸡独立”，一腿搁到窗台上，毫无淑女半分的形象我是一辈子也难以忘怀。想来老鲍的称呼与此大有关系，尽管我至今不知何因。不过，老鲍的豪爽、活泼、不矫揉造作也是圈内公认的。

记忆深处还有一件趣事，当事人还是此四位。某夜，小雨初停，我们三人从出租小屋来到校园，寻到老鲍。汪君故作神秘、故作潇洒地说：“有一件事，须买鱼皮花生和烟才能说。”陈君很厚道：“不买会后悔的。”鲍君不免半信半疑。此时我忽发奇想，拿出两枚硬币，说：“今晚我们是鱼皮、香烟不到不罢休的。你看，我们穷得叮当响，马上就连叮当响也不成了。”边说边把两枚硬币扔掉，又说：“你不买行吗？”当然要买，老鲍大笑着掏钱请客，当然她也如愿听到了一个好消息。那种少年时代的小秘密我是不会透露的，谁会没有呢？

说起鱼皮花生，那真是我高中时零食中的酷爱，也就八毛钱一袋，却温暖了我那如狼似虎的小胃。圈中聚会，谁也不会忘记备上鱼皮花生以供我解馋，就连毕业那年朱君的生日夜会也不例外。那晚月华如水，松影横斜，山风徐徐，草色青青，山坡十来位少年谈笑风生，居然不忘“鱼皮”，甚至让我们的老鲍亲自下山买鱼皮花生，还一个人去。如今想来，那些大男孩也太不怜香惜玉了，但我不是，我年龄最小，只能算作小男孩，小男孩没心没肺的多。

同老鲍的豪爽一样有名的还有她的那双高跟皮鞋。在那男孩子渴望能拥有一双正宗黄球鞋的年代，我们的老鲍就以高跟皮鞋“哒哒”地、豪迈不羁地穿过校园了，引来密集如风的注目。以至于毕业赠言时，我们小圈子里的人不谋而合，都写下了有关高跟鞋的诗句，那只能怪鲍君的高跟鞋太名震校园了，那年谁没读过郑愁予的《错误》呢：

我打江南走过
那等在季节里的容颜如莲花的开落
东风不来，三月的柳絮不飞
你的心如小小的寂寞的城
恰若青石的街道向晚
跫音不响，三月的春帷不揭
你的心是小小的窗扉紧掩
我达达的马蹄是美丽的错误
我不是归人，是个过客……

真的，只要是美丽，错误又何妨？何况飞扬的青春更无错误而言。

老屋里的母亲

“您还是到我那儿住吧!”

“不去哦，我还做得动，到你那又没地方闹脚!”

在那已四壁破败、尘灰密布的老屋里，这样的对话年年要重复两三次，我无法说服满头霜雪的母亲，最后只能是我认输。“知子莫若母”，反之亦然，母亲的倔强从不会因我的畏惧、怨望、愤怒、伤心、怜悯而有所改变。她老人家认准的事，当时谁也不能扭过来，事后，有些倒可以慢慢商量，有些就谁也说不动了。

母亲是劳累了一辈子的人。我上初中时，父亲出门搞副业，那时不叫打工，社会上还有点不务正业的看法，但家里的农活就全部压到母亲的肩上了。母亲种田又不服输，倔得很，田里地里都要顾，人手不够，只好多用工夫，双抢时更是两头不见日。夏天那个大热天，别人都回来吃中饭了，母亲还在地里磨着，不干完不回来。从小到大，我就是想不通，先吃饭后干活与先干活后吃饭有什么区别？后来我发现那个苦难年代的人好像有这么个通病，我女儿的外婆也那样，明明要吃中饭了，还要扛个锄头到地里闹一圈，让大家吃饭都不痛快。说过多次也没效果，算啦，干脆各吃各的。

当然，小时候我们可不敢，乖乖地待在家里等着，饿狠了，就到地里去喊。母亲就会说你们先吃，干活的没回来，谁也不敢先吃。等到她气喘吁吁地回来，热得“慌慌颤”，有时就看啥啥不顺眼，我们还要挨顿恶骂。那时我们最怕的就是母亲干累活，上火发脾气。

干农活时吃饭迟，农闲时也迟。劳累了的母亲还爱“闹脚”，就是谈“闲白”，经过邻居家，也不顾要吃饭，一群妇女坐那儿东家长西家短地扯着。夏夜里闹水时，田畈里跑个把小时，和隔壁家妇女还要谈一两个钟头。年老时妈妈四季的老胃病，我想除了劳累，多半是吃饭、歇息不按时落下的。所以长大后，我本能地讨厌谈“闲白”，更讨厌东家长西家短的谈话。

父亲去世后，“闹脚”渐渐成了母亲的习性，待在屋里心情就不舒服。那年女儿出世，我把母亲接了过来，没多久母亲就心情郁闷病倒了，弟兄接回老家又好了。我以为母亲是嫌弃女孩，后来闲谈，妈妈却说单位里太闷，没地方“闹脚”，不如家里自在。住在儿子家里不自在，只能让我惭愧。

就这样，母亲一直住在老家，年纪大了，没法种水稻，就忙些轻闲的农活。每年我回去时，多半要到地里喊。见我回来，母亲黑瘦的脸绽开了笑容，忙前忙后地要给我做好吃的。路过稻田时，她还想种稻，说多好的田啊，又不交税，家里能找人犁田，只要你回来帮我割稻就行。说过几次我没答应，妈妈很有点失望，失望我也不答应。

更多的时候母亲会絮絮叨叨地和我说些家里的农活，她的庄稼是个心头宝呢，油菜今年收成好，庄内不是顶好的，也算上中等的，打了几十斤香油，香喷喷的，比买的好；棉花摘了两三遍，地里还能摘一遍呢；家里的鸭子什么都吃，螺蛳、花生壳都吞，鸡呢，大大小小 20 来只，都听话。这我知道，每次回家都看见门前桃树上蹲着几只鸡，快成野鸡了。去年还发生了一件趣事，有只母鸡跑到隔壁无人居住的空屋，生了许多蛋，孵了一窝小鸡，母亲听着小鸡叫才知道。母亲像个孩子似的得意地告诉我，没花一分钱，就得到了十几个小鸡，几个快长成“笋公鸡”（枞阳方言，意指快成熟的小公鸡）了，哪天你逮只回去尝尝。白发的母亲数说着那些鸡呀鸭的，仿佛是在念叨着自己的孩子，全忘了这些小动物把她累得团团转。有次为找螺蛳，跌了一下，贴了止痛膏，足不出户，三四天才好。然而她愿意，她说，过年了你们回家，不杀两只扁嘴不像话啊。扁嘴，就是她养的那些鸭。

母亲最高兴的时候是我带着女儿回家的时候，祖孙两个人嬉笑着，一老一少，跑菜地，扯棉花，喂鸭子，数小鸡，甚至还做过一个钓鱼竿。走的时候，母亲拉开抽屉，拿出新鲜的鸡蛋、鸭蛋，俩人蹲在地上，一双一双地数着，往往为凑个整数，还跑到鸡窝里去拿刚下来的蛋。那是温热的鸡蛋，经由母亲老树皮般的手，摩挲得眩起一层亮光，让我眼前一片湿润。

我那劳累一辈子的母亲，白发苍苍，就像一棵老树，依偎着老屋，却不忘遮风挡雨。即便是远离老屋的我，也一样地被呵护，而我心中的歉意也是年年增长，一如老树的年轮。

给女儿的话

——关于爱情

亲爱的小宝，你已从一团可爱的小肉肉长成一位独自在外求学的小姑娘了，我们看在眼里，喜在眼里，爱在心里。你是我们生命密码的延续，我们希望你活得无忧无郁，活得精彩，我们为你受伤而痛，为你成功而喜。这痛这喜，在你是一份，在我们却是十份、百份。

现在的你，正在远方求学。大学时期，正是一个花季女孩初次走出家庭樊篱、放飞梦想的最佳时期，一如初次下山仗剑江湖的小侠女。当年，黄蓉初出桃花岛，遇上靖哥哥，真好；但靖哥哥太少，穆念慈便遇上了杨康，杨康还算好，至死对爱情还有初心，但糟的是有欧阳克和恶丐们，小侠女们最好还是在山上本分练功。

亲爱的女儿，你读高中的时候，学业繁重，年龄还小，我们只是略略提过不要早恋什么的。如今上了大学，远离家人，相对自由，而且也年满 16 周岁了，有些事情，我们也应该放手了，有些事情，我们想管也管不了。离开铺天盖地的作业，你转身扑进课外那片自由天地，恶补校园活动，参加青年志愿者协会，参加自行车骑行协会，甚至还远赴呼和浩特游昭君墓，我们既为你敢于尝新而高兴，又为你独自在外而担心安全，甚至还担心你为了好奇而尝试恋爱。但是不管我们有多么的担心，多么的不舍得，爱情这本书，迟早你会打开。

青春飞扬，爱情蠢蠢欲动。你可以尝试，也可以不尝试，这都是你的选择。没有什么非谈不可的大学时代，学业才是主旋律；没有什么不谈就会遗憾终生的大学时代，loser（包括婚姻失败者）才会在意过去。对于潮流，顺与逆都是一个选择。在我眼里，你是人群中优秀的一员，属于你的爱情会在前方等待。你准备得越好，爱情越甜蜜，也越成功，因为那时的你会更具鉴赏和识别能力，会轻易区分出友情和爱情，区分出虚伪和真诚。

有时我们会担心，由于我们的见识，由于我们的生活状况，许多方面我们没有对你给予培养，譬如音乐，你算得上是一窍不通，你唯一算得上经过正规培训的还是小学时学过的电子琴，时间也极其短暂。这会影响你在爱情舞台上的竞逐，让你失分。但我们更担心你会受骗，亲爱的小宝，如果你想尝试爱情，请记住，即使是新时代，自尊自爱也是女孩子保护自己的不二法宝。但是，即使被骗了，被伤害了，你可以伤心，可以哭泣，但不要对别人尤其对自己采取一些极端的暴力处理方式，你的生活里不应该有绝望；记住，你的人生之旅还不到四分之一，等待你探索的世界还在后面。而且，爱情不是人生的全部，不是人生的唯一，你的身后永远有爱你的我们。何况爱情也分合适和不合适的，如果你受到了伤害，请记住，这只是一段不适合你的爱情，请停止，请对这段感情进行归零，适合你的爱情仍会在前方等待你启动。

终会有一个男孩牵着你的手，把你从我们的身边领走。不过，我希望，你和那个男孩在爱情里是平等的两个人，携手相扶前行，如果真有不平等的一方，我希望你不是仰望的那一方。

愿你收获爱情的芬芳，不过最好是在将来。

给女儿的话

——关于成功和学历

亲爱的小宝，成功是一个严肃的课题，离你似乎很远。但你也不是小豆牙了，大学校园中的你，正在为世界的多姿多彩而眼花缭乱，而我白发已生，人生旅程已明确，唯有对你的担心一如既往。你的未来是一道道多项选择题，但生活不是你笔下的试题，不会有预定的标准答案，你选择后的人生状态才是对答案的最佳诠释。

所谓成功，从来都是多角度的，别人眼里的成功，不一定是你想要的，你心中的成功，不一定是别人认可的。王阳明曰："我有心灯一盏，照破山河万朵"，很强势，横扫上下几千年，其实，能够看着"山河万朵""有心灯一盏"，就足够行走江湖了。这心灯，内主修身养性，外定待人接物，俯仰无愧我心。

你得有你的心灯，如果没有，你还有大把的时间，去书本中寻找，在生活中铸造。你的心灯，是你衡量成功的标尺。

成功似乎还遥远，但也很近，因为有大有小。王健林说："先定一个能达到的小目标，比方说我先挣它一个亿！"目前你也有一个小目标，一个可以争取的成功，就是尽可能地去拿能够得上的文凭，就是所谓的硕士、博士学位，就是那一张张在有些人眼里可能代表高分低能的小纸片儿。

固然有人会嗤之以鼻：经济社会，挣钱何必高学历？确实，每行每业，都有一些低学历的能人，会挣钱会干事。譬如老干妈陶碧华，只认得自己的名字，她的企业已成行业龙头，都能赚外币回家了。你的家乡，有钱的大款，字认得越少越能挣。可是，为什么许多父母会要求自己的孩子尽可能地多读些书，尽最大努力去拿能拿的文凭，有些甚至是纯粹花钱去买一个专科、本科学历去读。因为那些低学历的成功者，只是小概率事件，他们付出的是别人十倍百倍的辛苦。

诚然，文凭不代表能力。但是在应聘时，什么能直观地体现一个人的综合素质或者能力？那就是文凭。毕竟，高考是一个全国性的平台，绝大多数的人都走在这条竞争的路上，能够从其中杀出的人，智商不会比同龄人低下。高考从某种意义上来讲，就是一个标尺，而从其中筛选出来的名牌学校的学生，他们所接受的训练，不仅是学术上的，更多是思维上的，更令人信服。

能力需要时间证明，但没有那张纸，没人给时间让你去证明能力，这就是名牌学校吃香的一个理由。刘备之所以三顾茅庐，固然是诸葛能力出众，更重要的是水镜先生给诸葛亮背书，贴了个“卧龙”的标签，相当于清华的博士学位。

最重要的是，高学历让你有更多的选择机会。一个大学生，可以很容易做一个小学生、中学生、高中生所能做的就业选择，但反过来难度就大得不成文了，试想，一个小学生去尝试一个大学生才能胜任的岗位，他得要付出多少倍的努力。

就业了，高学历让你跳槽、转行的机会大增，而不是困居一隅，忍气吞声。遇上糟糕的环境，如可恶的上司、狭窄的升职渠道，你大可说：此地不留姐，自有留姐处。想想都激动，前提是你得有一张好文凭。许多高学历成功人士，履历丰富，转战多行业，凭的就是高学历在不同行业中的高认可度。

一个高学历，让你在不能拼爹的时候，还能有底气去选择最有利、最舒服的工作机会，而不是无所适从。当你遭遇人生挫折，怨天尤人之余，还可以从头再来，凭一个高学历去争取另外的机会。对女孩子来说，哪怕成了全职太太，如果想再次走入职场，你的高学历依然有效，而不是成了明日黄花。

而所谓的高学历，对于聪明可爱的你，只是放弃一些游玩时间，专心读书就可以获得。读书是比较个人化的事，钩心斗角、拼爹拼娘不是没有，但同校园外的大社会比较，可以忽略不计。你不必在乎别人的看法，也没人对你指手画脚，你只需对付书本就行了。

对付书本，总比对付人容易，而你现阶段的成功，就是对付书本，去拿一张够硬、够漂亮的文凭。

后　记

在小县城，出书已司空见惯，但对长居乡下的我，还是一个奢望，一个莫大的惊喜。当初向枞阳县文联汇报选题时，心中忐忑不安，等看到入选通知时难免受宠若惊，想来这也许是第一次出书人共有的心情吧。后来有过一次见面会，明史研究者、枞阳县文联主席章宪法谈到选题遴选时说："整个过程还是公正的，像齐永平这个作者，我至今都不认识。"我又一次感到受宠若惊。

虽然离出版圈子很远，我也知道出书还是很有难度的，而不掏腰包出书，对于无名之辈更是难于上青天，近两年尤甚；没有枞阳县政府大力弘扬地方文化的坚毅决心，我等出书更是奢想。近日读丁帆《先生素描》，谈到叶兆言为其父叶至诚先生出版文集，几经周折方能如愿。叶至诚先生的文章，散文大家汪曾祺推许其为"很干净，没有一个多余的字"。与此一对比，我那些粗头乱服的文章，虽经疏利民编辑刀砍斧削，细琢慢磨，费尽心力，也难登大雅之堂，最终能够结集出版，幸甚至哉。这里要感谢章宪法先生的奖掖扶持，感谢疏利民编辑的勉励宽容了。在此，也感谢文友陈明华老师，在繁忙的教学之余，认真地帮忙校对拙稿。

除了惊喜和惶恐，出书对我还有一个督促意义。说句老实话，我远离传统纸质阅读差不多有十年了，十年间没有耐心地阅读过一本纸质书，再也没有享受过少年时期那种捧书大读的欢欣、感叹、沉思和遐想了，只是一些肤浅的、短暂的碎片化阅读，真是辜负了白云岩的山光水色。趁着这次整理文字的间隙，检点平生，似有悔悟，居然有了回归传统阅读的快意，于是在京东、当当、孔夫子旧书网购买了一批喜爱的书籍，鼓励自己每年读二三十本书。张潮云："少年读书，如隙中窥月；中年读书，如庭中望月；老年读书，如台上玩月。"但书香是永远的，是萦绕一生的梦，无论何时挽回都不算晚，岁月再残缺，也值得追求。虽然蹉跎了中年的读书之旅，所幸余生未晚，开启一段不悔于将来的读书生涯，还是值得期待的。

拙作中的小文，不值一哂，但这可怜的一锅"夹生饭"，也陆陆续续地煮了十几年，虽有些粗糙但感情真挚，如此而已；但有些情景已成历史，不过是一个乡情乡俗的剪影，譬如有关渔猎方面的叙述。生活永远向前，垃圾处理站、公交、宽带、网购快递这些新潮事物，在偏僻的乡村如白梅都已普及，人们的财富、健康、环保、生态等理念也是日益更新；2020年新冠肺炎疫情暴发，让我们敬畏自然，敬畏星空；长江十年禁渔，也让我们清楚国家恢复生态的莫大决心，更让我们从更深的层面理解"绿水青山就是金山银山"。那么，阅读小文，对于一些不合时宜的细节，请纳入时代的相框。

如此之后，请卷山色一帘，观云水悠悠。